LEVIS VERSUCHUNG

DIE CADE-BRÜDER

JULES BARNARD

LEVIS VERSUCHUNG

Übersetzung: Claudia Rapp

Korrektorat: Jana Oltersdorff

Umschlaggestaltung: T.E. Black Designs

KAPITEL 1

Hätte irgendjemand Levi Cade vor sechs Monaten gesagt, dass er die Firma seines Vaters leiten würde, hätte er sich schlappgelacht.

Inzwischen war ihm das Lachen vergangen.

Levi rieb sich über die Bartstoppeln an seinem Kinn, während er seinem Anwalt zuhörte, der langatmig über Club Tahoes bisherige Investoren berichtete. Darüber, dass viele von ihnen ausgestiegen oder im Begriff waren, es zu tun, weil die Gewinne immer weiter zurückgingen. Blue Casino, ihr größter Konkurrent, schaffte es irgendwie, ihnen zunehmend die lukrativen Deals wegzuschnappen. Mistkerle.

Der Anwalt zu seiner Rechten warf einen Blick auf Levis Stiefel und verzog abfällig die Lippen.

Levi seufzte innerlich. Wenn er schon aus dieser Nummer nicht mehr herauskam und das Luxusresort führen musste, dessen Betrieb sein Vater ihm und seinen Brüdern noch aus dem Grab heraus aufgezwungen hatte, dann konnte er sich verdammt nochmal anziehen, wie es ihm gefiel. Jeans, simple T-Shirts mit Rundhalsausschnitt und Bergschuhe. Die spießigen Anwälte in ihren Designer-Anzügen konnten ihn kreuzweise. Besonders, wenn sie ihn mit ihren Berichten zum beschissenen Stand der Finanzen langweilten.

»Sir, nachdem Ihr Vater verstarb, haben sich unsere Investoren anderweitig orientiert. Das koreanische Konglomerat, das Interesse an Club Tahoe angemeldet hat und das Resort gern als bevorzugten Austragungsort seiner Konferenzen auf US-amerikanischem Boden nutzen würde, könnte das nötige Kapital mitbringen, um den Betrieb reibungslos am Laufen zu halten. Der Vorstand wäre gern bereit, sich um diese Gäste zu kümmern, während sie hier logieren, und dafür zu sorgen, dass Club Tahoe sich von seiner besten Seite zeigt.«

Hörte er da einen Anflug von Verzweiflung in der Stimme des Mannes? Wollten ihn die Anwälte hinter die Kulissen verbannen, weil sie glaubten, dass er dieser Rolle nicht gewachsen war?

Er war Feuerwehrmann gewesen, bevor ihm ein zwei Kilo schwerer Zementblock, der an der falschen Stelle gelandet war, seinen Traumjob entrissen hatte. Oder an der richtigen Stelle, wenn man bedachte, dass er noch immer auf beiden Beinen stand. Aber ein Auge war beeinträchtigt, sein peripheres Sehen eingeschränkt, und damit war die Sache gegessen. Ihm blieb nur noch die Wahl, am Schreibtisch zu arbeiten oder den Job komplett aufzugeben. Er hatte sich entschieden, lieber zu kündigen als den Rest seiner beruflichen Laufbahn als Schreibtischtäter zu fristen und zusehen zu müssen, wie andere den Job machten, den er liebte. Dass er nun am Ende doch hinter einem Schreibtisch saß, war schlichtes Pech.

Sein Vater starb wenige Monate, nachdem Levi bei der Feuerwehr aufgehört hatte, und das Testament hatte zur

Auflage gemacht, dass Levi als Geschäftsführer die Zügel von Club Tahoe, dem familieneigenen Resort, übernahm. Nur einer seiner vier jüngeren Brüder wäre ebenfalls für diese Aufgabe geeignet, aber der arbeitete für die Konkurrenz, Blue Casino. Keiner der anderen wollte hier arbeiten, geschweige denn den Laden schmeißen.

Levi war nicht der Typ, der gern untätig blieb. Nach monatelanger Genesungsphase hatte es ihn gedrängt, endlich wieder das Haus zu verlassen. Er hätte bloß niemals gedacht, dass aus ihm einmal ein Anzugträger werden würde. Im Prinzip war das ja auch nicht geschehen, denn bisher hatte er sich strikt geweigert, diese verdammte Verkleidung zu tragen.

Er legte einen Fuß über das andere Knie und präsentierte somit seine guten, robusten Stiefel. Die Anwälte, die um den kleinen Konferenztisch im ehemaligen Büro seines Vaters herumsaßen, mochten höhere Abschlüsse als Levis Bachelor in Maschinenbau besitzen, aber er war ganz sicher kein Idiot. »Zuallererst«, begann er, »nennen Sie mich Levi, nicht Sir. Und was Ihren Vorschlag betrifft, nein, ich brauche Ihre Hilfe nicht. Wir schlagen eine andere Richtung ein. Wir verlassen uns nicht länger auf Investoren, um den Laden am Laufen zu halten. Das kriegen wir auch allein hin, wenn wir mehr Firmen- und Konzernkunden hinzugewinnen und die Konferenzräume auch wirklich auslasten.«

Die Anwälte, die in einem Jahr mehr verdienten als Levi in seinen fünf Jahren als Feuerwehrmann zusammengenommen, wechselten nervöse Blicke.

Er hatte keine Ahnung, was er tat, und verließ sich ganz auf seinen Instinkt. Und da sein Vater diesen Blödsinn angeleiert hatte, würden die Anwälte – und alle anderen, die gern das Sagen gehabt hätten – mit seinen Entscheidungen leben müssen. Die einzige Frage war, ob Levi selbst mit den Entscheidungen leben konnte, die er bereits getroffen hatte.

Er hatte schon zweimal beinahe alles verloren: als er klein war und seine Mutter starb, und vor einigen Monaten, als ihm sein Traumberuf gewaltsam genommen wurde. Eigentlich sogar dreimal, wenn er daran dachte, welche Zukunft er mit seiner Exfreundin geplant hatte – das war, bevor sie ihn betrogen hatte. Er wusste, wie sich das anfühlte, wenn man fast alles verlor, und er könnte es sich nie verzeihen, wenn er die Firma seines Vaters gegen die Wand fahren und seine Brüder am Ende ohne Erbe dastehen lassen würde.

Die Männer schoben ihre Unterlagen zusammen und erhoben sich von ihren Stühlen. »Ja, Sir – ähm, Levi«, sagte der Chefjurist und wandte sich mit einem Fingerschnippen an einen Assistenten. Dieser brachte ihm einen großen Aktenordner. »Hier ist das Firmendossier. Shin Electronics bringt nächste Woche für die Klausurtagung einen eigenen Übersetzer mit, aber Ihre neue Assistentin – die von Ihrem Vater sorgfältig ausgewählt wurde, wie ich hinzufügen möchte – spricht ebenfalls fließend Koreanisch.«

»Tut sie das?«

»In der Tat, Sir – Levi. Ms. Wright hat sich bereits mit dem Gelände und den Anlagen vertraut gemacht und wird derzeit von Esther, der bisherigen Assistentin Ihres Vaters, eingearbeitet.«

Levi ließ den Fuß vom Knie sinken und stellte ihn schwer auf den Boden. »Sagten Sie gerade *Wright*?« Der Name reichte, dass es ihm kalt den Rücken hinablief. Aber es war völlig unmöglich, dass seine Ex seine neue Assistentin sein sollte. Nicht einmal sein Vater konnte so grausam sein.

Einer der Anwälte, der Kerl mit dem glatt zur Seite

gekämmten, dunkelroten Haar, wies mit ausladender Geste auf eine junge Frau, die gerade von der anderen Seite her das Büro betrat. »Im Testament Ihres Vaters ist verfügt, dass Ms. Wright Ihnen bei Ihrem Einstieg als Geschäftsführer zur Seite stehen soll. Er wusste, dass Esther in Rente gehen würde, und hat entsprechend vorgesorgt.«

Levi war acht Jahre alt gewesen, als seine Mutter starb, und Esther hatte danach ein wenig diese Rolle für ihn und seine Brüder übernommen. Er war alt genug gewesen, um zu begreifen, was er verloren hatte und dass sein Vater nie mehr der Gleiche sein würde. Der vergrub sich, arbeitete die ganze Zeit und war nie da, während Esther ihr Möglichstes getan hatte, den Platz seiner Mutter einzunehmen und die Lücke zu füllen. Aber sie war eben die Assistentin seines Vaters gewesen, nicht seine Mutter. Die meiste Zeit hatte Levi sich um seine Brüder kümmern und die Elternrolle übernehmen müssen.

Er warf einen Blick auf die junge Frau am anderen Ende des Zimmers. Gottseidank handelte es sich nicht um seine Ex. »Sie meinen das Mädel da drüben?«, vergewisserte er sich leise. »Diese Lolita ist doch sicher noch nicht einmal volljährig. Und mein Vater hat *sie* ausgewählt, um mir dabei zu helfen, diesen Laden zu leiten?«

Die Frau, die sein Büro betrat, sah überhaupt nicht aus wie seine Exfreundin. Diese Miss Wright war groß und schlank, mit langem, welligem, blondem Haar, nicht braunhaarig und kurvig. Außerdem wäre sie locker für siebzehn durchgegangen, wenn sie keine Business-Kleidung tragen würde.

Philip – oder war das Sam? – hustete in seine Hand. »Ich denke nicht, dass Ms. Wright als ›Mädel‹ oder ›Lolita‹ bezeichnet werden möchte. Sie verfügt über einen Master-Abschluss der Harvard Business School und hat erst kürzlich ein einjähriges Praktikum in einem beliebten Hotel in Korea absolviert. Sie ist die ideale Besetzung, um Ihnen zur Seite zu stehen, wenn Sie nächste Woche diese Gruppe zu Gast haben. Das heißt, wenn Sie immer noch sicher sind, dass Sie dabei auf unsere Unterstützung verzichten wollen?« Der hoffnungsvolle Blick des Mannes verriet seine Beflissenheit und Ungeduld.

Nicht so sehr Ungeduld, sondern vielmehr Verzweiflung. Die wollten wirklich nicht, dass Levi das selbst in die Hand nahm.

Er musterte die Blondine von oben bis unten. Sie hatte gerade mit seinem anderen Anwalt gesprochen. Warum zur Hölle hatte er überhaupt so viele Anwälte? Der Name dieses Mannes war ihm ebenfalls entfallen. Es war aber auch nicht Levis Fehler, dass sie alle gleich aussahen mit ihren identischen Anzügen und ordentlichen Haarschnitten. Miss Wright dagegen besaß zarte, hübsche Züge für ein Mädchen, das mit diesen Absätzen sicher an die 1,80 heranreichte. Sehr hübsche Züge. Und so jung. »Hören Sie ... Philip?«

»Samuel.«

»Das Mädel ist auf keinen Fall alt genug, Alkohol auszuschenken, geschweige denn, als Assistentin eines Geschäftsführers des schicksten Resorts am Lake Tahoe zu fungieren.« Ihm war diese Rolle aufgezwungen worden, also konnte er ruhig den großen Macker markieren. »Lassen Sie sich denn nicht die Ausweise der Kandidatinnen zeigen, bevor Sie sie einstellen?«

»Ms. Emily Wright ist sechsundzwanzig, Sir.«

Levi blinzelte. *Sechsundzwanzig?* Er kniff die Augen zusammen. »Merken Sie sich das Alter bei all unseren Angestellten?«

Sein Anwalt errötete. »Nein, aber wie Sie soeben sagten,

sieht sie ... äh ... jung aus. Ich versichere Ihnen, sie ist volljährig.«

Levi starrte erneut zu dem Mädchen hinüber. Bei näherem Hinsehen waren ihre Beine dünn, aber wohlgeformt, und die Füße steckten in hohen Schuhen, die ihre Waden betonten und den Blick hinauf zu einem ausgezeichneten Hintern lenkten. »Lolita«, murmelte er.

»Sir, noch einmal, ich glaube nicht ...«

»Richtig.« Levi würgte ihn mit einer Geste ab. »Sie nicht so nennen. Verstanden. Arrangieren Sie für morgen eine Besprechung mit Miss Wright in meinem Büro.«

»Aber sie ist doch bereits hier, Mr. Cade. Wünschen Sie denn nicht, sie gleich kennenzulernen?« Sein Anwalt hatte endlich aufgehört, ihn mit ›Sir‹ anzusprechen, aber er brachte es augenscheinlich nicht über sich, ihn beim Vornamen zu nennen.

»Heute nicht, nein.«

»Selbstverständlich, Mr. Cade«, erwiderte Samuel, wirkte aber gar nicht zufrieden.

Miss Wright warf einen Blick in seine Richtung, und Levi schluckte. Irgendetwas an diesem Mädel machte ihn nervös. Sie war nicht seine Ex, soviel war sonnenklar, aber bei der Erwähnung ihres Namens sah er jedes Mal das Gesicht seiner Ex vor sich, und das war verdammt nervig.

»Morgen reicht vollkommen.« Samuel bedeutete dem zweiten Anwalt und Levis neuer Assistentin mit einer scheuchenden Geste, dass sie gehen sollten.

Sie verzog ganz leicht ihr hübsches Gesicht, verließ aber gemeinsam mit dem zweiten Anzugträger den Raum.

»Und wenn ich das sagen darf«, begann Samuel erneut und faltete die Hände. »Ihr Vater war ein scharfsinniger Geschäftsmann, aber frisches Blut ist immer gut.« Er lächelte und schien es ernst zu meinen. »Club Tahoe wird

unter der Leitung der Cade-Söhne ganz sicher aufblühen.«
Der letzte Satz klang weniger aufrichtig, und zum Ende hin
zuckte er ganz leicht zusammen.

Aufblühen? Interessante Wortwahl für einen erwachsenen Mann.

Weder Levi noch seine Brüder waren für die Positionen
qualifiziert, die sie im Club Tahoe neuerdings innehatten,
aber der Teufel sollte ihn holen, wenn er zuließe, dass
dieser Ort aus den Fugen geriet oder von jemandem geleitet
wurde, der kein Cade war. Sein Vater hatte den Laden
aufgebaut und dafür alles andere geopfert, selbst die Liebe
seiner Familie.

Er warf einen Blick auf sein Telefon. »Wichtig ist nur,
dass die Gäste, die Kunden zufrieden sind. Und dass meine
Brüder und ich es nicht verbocken.« *Was das anging ...* »Ich
muss jetzt zu einer Besprechung. In den nächsten zwei
Stunden bin ich also nicht verfügbar.«

Er brauchte Samuel nicht wissen zu lassen, dass seine
Besprechung in der Fireside Lounge stattfand. Die Anwälte
krochen ihm so tief in den Arsch, die hatten sich bestimmt
längst mit seinen Gewohnheiten vertraut gemacht.

———

»Wir sollen was?« Wes war der drittälteste Cade Junior,
nach Levi und Adam, das mittlere von fünf Kindern.

»Gastgeber spielen für diese koreanischen Geschäftsleute. Shin irgendwas. Ein Riesenkonzern, dem ungefähr
zwei Dutzend Firmen gehören.« Levi nahm einen tiefen
Schluck von seinem Ale. »Denkst du, du kannst sie für eine
Partie auf den Golfplatz mitnehmen?«

Wes warf die Hände in die Luft und schenkte ihm einen
zornigen Blick. »Klar, wieso denn auch nicht. Ich halte ja

nur die Golf-Boutique am Laufen, bin für den Platz verantwortlich und muss mich tagtäglich mit den gierigen, reichen Damen herumschlagen, die mir während der Golfstunde ihre Telefonnummern in die Hosentasche gleiten lassen. Herrgott, Levi, kannst du nicht einfach zuerst mit uns sprechen, bevor du solche Pläne machst? Wir leiden dann nämlich alle unter dem Druck, diesen Mist über die Bühne bringen zu müssen.« Wes lehnte sich schwerfällig im Sessel zurück und fuhr sich mit der Hand durch das Haar. Er war der dunkelste der fünf Geschwister und hatte das dunkelbraune Haar ihrer Mutter geerbt.

Levi starrte Wes an. »Bin ich der Chef dieses Unternehmens oder nicht?«

Wes erwiderte den Blick finster. »Aber nur, weil du der Älteste bist. Todsicher nicht, weil du den besten Geschäftssinn besitzt. Es ist mir ein Rätsel, wieso Dad dich an die Spitze gesetzt hat und nicht Adam.«

Adam war derjenige, der es dem alten Herrn stets rechtgemacht und alles getan hatte, worum sein Vater ihn gebeten hatte. Bis dessen letzte Bitte Adam bei Blue Casino untergebracht hatte. Blue Casino war die Konkurrenz vor Ort und machte ihnen gehörig zu schaffen. Nicht nur das, denn Blue Casino könnte Club Tahoe tatsächlich vom Markt verdrängen, wenn Levi und seine Brüder nicht aufpassten. Aber das bedeutete noch lange nicht, dass Adam ihnen helfen würde. Dieser Bastard.

Adam hatte wohl während seines Streifzugs durch das Blue Casino eine Art Erleuchtung gehabt, obwohl er dort lediglich die Konkurrenz ausspähen sollte. Er hatte beschlossen, dort zu bleiben, und aus irgendeinem Grund hatte das ihren Vater, der eigentlich ein Meister der Manipulation gewesen war, gar nicht gestört. Das Gerücht besagte, der alte Herr wäre in seinem letzten Lebensjahr weich geworden, nachdem er erfahren hatte, dass er nicht mehr lange leben würde.

Dass nun beide Eltern vor der Zeit gestorben waren, konnte man nur als verdammtes Pech bezeichnen. Aber Levi und seine Brüder würden es überleben, so wie sie es immer taten. Auf alle Fälle stand Adam nicht mehr auf der Liste der Söhne, die der Vater dazu bewegen konnte, Club Tahoe nach seinem Tod am Laufen zu halten.

»Du weißt doch, dass Adam nicht zur Verfügung steht«, erinnerte Levi seinen Bruder daher. »Er wurde im Blue Casino befördert, und seine Verlobte arbeitet auch da. Wir sind diejenigen, bei denen sonst nichts auf dem Plan stand.«

»Das gilt vielleicht für dich«, grummelte Wes. »Ich habe die Tour noch längst nicht aufgegeben.«

Nein, Wes wollte niemals wahrhaben, dass seine Golfkarriere zu einer Serie mieser Ergebnisse verkommen war. Es hatte am Ende seiner Collegezeit begonnen, als er sportlich gesehen in den besten Jahren gewesen war, und immer weiter angehalten. Wes war vor einigen Jahren im Club als Platzmanager eingestiegen und hatte nach dem Tod ihres Vaters angefangen, den firmeneigenen Golfclub zu leiten und Unterricht zu geben. Wenn man es genau betrachtete, war er von ihnen allen wahrscheinlich der Qualifizierteste für die Position, die er nun innehatte. Aber Wes wurde nicht müde, seine Brüder immer wieder daran zu erinnern, dass es nur eine Frage der Zeit war, bis er seine wahre Karriere als Profigolfer starten würde.

Levi streckte die Beine aus. »Auf alle Fälle wusste Dad, welcher seiner Söhne über das Charisma und den Magnetismus verfügte, welcher die nötigen Führungsqualitäten ...«

»Seid ihr beide fertig?«, fragte Bran dazwischen, bevor er den letzten Schluck von seinem Bier nahm und eine Kellnerin heranwinkte. Sie drehte augenblicklich bei und kam mit strahlendem Lächeln auf sie zu.

Bran war der Zweitjüngste und obwohl er viel mit seinen Brüdern gemein hatte – die breiten Schultern, die Größe aller Cades – war sein Haar dunkelblond, und er trug es länger als die anderen. Mit seinem guten Aussehen hätte er in der GQ landen können, und der Blick seiner leuchtend blauen Augen traf die Damenwelt oft ebenso zielsicher wie Amors Pfeil.

Bran musste sich kein bisschen anstrengen, um weibliche Aufmerksamkeit zu erringen, und das war eine echte Verschwendung, denn in neun von zehn Fällen bekam er es überhaupt nicht mit, wenn eine Frau an ihm interessiert war. Er war eher still – außer in Gesellschaft seiner Brüder – und mehr der häusliche Typ als der Playboy.

»Ich fange doch gerade erst an, warmzuwerden.« Levi schmunzelte, aber es war gelogen. Er fühlte sich absolut nicht darauf vorbereitet, Club Tahoe zu leiten, aber er würde es tun, weil er jetzt das Familienoberhaupt war.

Bran schob ihm ein neues Pint hinüber. »Trink dein Bier und hör' mit dem Thema auf. Ich hatte einen Scheißtag im Restaurant und kann eure Streitereien nicht mehr hören.«

Mit zusammengezogenen Brauen ließ Wes seinen Glücksbringer, einen Ballmarker, wie es ihn auch im Golf-shop gab, auf dem Tisch kreiseln.

An Levis Schläfe zuckte ein Muskel. Er verfluchte seine Aufgabe. »Was ist denn schon wieder in den Lokalen los?«

Bran rieb sich über die Stirn. »Frag' lieber, was nicht los ist. Weinbestellungen kommen nicht an. Angestellte klauen aus der Kasse. Kellnerinnen streiten ...«

»Kämpfen sie auch miteinander?« Dieser begeisterte Kommentar kam von Hunter, dem jüngsten der fünf Cades und dem einzigen Bruder, mit dem Levi sich absolut nicht verstand.

Hunt gesellte sich zu ihnen und setzte sich an den Tisch. »Vielleicht sollte ich die Restaurants übernehmen und als Schiedsrichter dieser Kellnerinnen fungieren. Hat einer von euch schonmal darüber nachgedacht, ein Rahmenprogramm zu bieten?« Hunt hob die Arme, als hielte er eine Anzeigetafel in den Händen. »Die Ladys von Tahoe: Schlammcatchen oder Chicken Wings – bei uns ist alles scharf! Das bringt eine Menge Kundschaft, meint ihr nicht auch?«

Levi funkelte ihn böse an. »Wer hat dich denn eingeladen?«

Hunt verdrehte die Augen. »Wie ich sehe, bist du heute wieder großartig gelaunt. Ehe du dich versiehst, wirst du genau wie Dad sein.«

Niemand wollte so sein wie ihr Vater. Er war der Grund, wieso sie stets vor allem weggerannt waren, was mit Club Tahoe zu tun hatte. Bis jetzt. »Du kannst mich mal.«

»Herrgott, darf ich denn auch mal irgendwann zu Ende reden?« Bran atmete mit einem schweren Seufzer aus, und seine leuchtend blauen Augen blitzten dabei auf. »Levi, wir haben wirklich genug andere Sorgen; du und Hunt müsst eure Fehde endlich begraben. Und Hunt, ich habe Levi und Wes gerade erst gebeten, runterzukommen. Also untersteh' du dich, Öl ins Feuer zu gießen.« Bran nahm einen großen Schluck aus dem neuen Bier, das die Kellnerin ihm hingestellt hatte.

»Er hat recht«, gab Levi zu. »Wir müssen dafür sorgen, dass die kommende Woche ohne Probleme verläuft. Ein Haufen Geschäftsleute mit sehr viel Geld kommen in die Stadt, um sich den Laden anzuschauen.« Er wand sich.

»Zieht eure besten Klamotten an und zeigt euch von eurer besten Seite.«

»Das sagt der Richtige«, warf Bran gleich wieder ein.

Schon wahr. Levi war nicht für sein charmantes Auftreten bekannt, doch er konnte seinen Charme spielen lassen, wenn er wollte. »Verdammt nochmal, ich werde sogar einen Smoking anziehen. Und wenn *ich* das tue«, – er zeigte mit dem Finger der Reihe nach auf jeden einzelnen von ihnen – »dann macht ihr besser dasselbe. Wir müssen diese Leute fürstlich bewirten und sie davon überzeugen, dass Club Tahoe die erste und einzige Adresse für sie ist.«

Levi dachte an seine neue Assistentin Ms. Wright und hoffte, dass ihre Koreanisch-Kenntnisse ihnen einen Vorteil verschaffen würden. »Hat einer von euch gewusst, dass Dad eine Frau namens Emily Wright eingestellt hat?« Er erschauerte. »Ich wäre beinahe aus dem Besprechungsraum gerannt, als ich den Namen hörte.

Hunt fragte mit erstickter Stimme: *»Emily Wright?«*

Levis Schultern verspannten sich. »Ja. Und?«

»Levi, Alter, wie gut kanntest du eigentlich deine Exfreundin?«, wollte Hunt wissen.

Mit zusammengepressten Lippen ließ Levi seine Zunge über die Innenseite seiner Zähne gleiten. »Nicht gut genug«, knurrte er. In den letzten vier Jahren war es ihm verdammt schwergefallen, die Gegenwart seines jüngsten Bruders zu tolerieren.

Hunt besaß immerhin den Anstand, beschämt dreinzuschauen, allerdings nur für den Bruchteil einer Sekunde. »Ich habe mich eine Million Mal dafür entschuldigt. Wann wirst du mir endlich verzeihen?«

»Du hast mit meiner Freundin geschlafen. Wer sagt, dass ich dir das jemals verzeihen muss?«

Hunt straffte den Nacken und stand auf. »Wie ich sehe,

war es keine gute Idee, heute hierherzukommen. Ich bin dann im Bootshaus, falls mich jemand sucht. Oh, und Levi?« Er warf ihm einen unnachgiebigen Blick zu. »Emily Wright ist Lisa Wrights Halbschwester. Du weißt schon, Lisa, das Mädchen, von dem du behauptet hast, dass du sie liebst? Wenn du sie so sehr geliebt hast, hättest du dir vielleicht auch die Zeit nehmen sollen, sie richtig kennenzulernen. Oder dir zumindest merken können, dass sie eine Schwester hat.«

Ach du Scheiße.

KAPITEL 2

Emily Wright war Lisas Schwester?

Das war doch gar nicht möglich. Aber jedes Mal, wenn Levi darüber nachdachte, war er besorgt, dass sein Bruder doch recht haben könnte. Hunt war auch viel besser darin, den gesellschaftlichen Schein zu wahren – und sich die Namen der Menschen zu merken.

Emily sah Lisa überhaupt nicht ähnlich. Das war auch der Grund, wieso Levi seine erste Reaktion auf die Erwähnung ihres Namens ignoriert hatte. Aber Schwestern sahen sich nun einmal nicht unbedingt ähnlich, besonders dann nicht, wenn sie unterschiedliche Mütter hatten.

Levi hatte Lisas Schwester kaum je zu Gesicht bekommen in all den Jahren, als er mit ihr zusammen gewesen war. Die Jüngere war auf dem College gewesen, dann an der Uni, um ihren Master zu machen. Er war ihr nur ein- oder zweimal begegnet, vielleicht in den Weihnachtsferien? Aber er konnte sich kaum an Einzelheiten erinnern und hatte darum wohl auch vergessen, dass sie überhaupt existierte. Damals hatte er zudem kaum etwas anderes als seinen Job als Feuerwehrmann und eine Zukunft mit Lisa im Kopf gehabt.

Seine Exfreundin war zierlich, dunkelhaarig und besaß üppige Kurven. Sie war außerdem so voller Leben, dass sie ihm jedes Mal wieder neues Leben einzuhauchen vermochte, wenn das Drama der Feuerbekämpfung und der Rettung von Menschenleben – oder das Versagen bei dem Versuch, sie zu retten – ihn leer und erschöpft zurückließ. Er fraß seine Gefühle in sich hinein, aber Lisa hatte noch nie auch nur einen stoischen Augenblick erlebt. Sie hatte stets das Beste in ihm zutage gefördert. Zumindest hatte er das geglaubt.

Bis sie mit Hunt geschlafen hatte.

Ein Klopfen gegen die rustikale Mahagonitür zum Büro seines Vaters ertönte. Es war jetzt Levis Büro. Heute trug er eine legere Stoffhose und ein Anzughemd mit geknöpftem Kragen. Noch konnte er sich nicht dazu durchringen, Anzug zu tragen, aber er wollte sich schonmal daran gewöhnen, in unbequemer Kleidung zu arbeiten, um für nächste Woche vorbereitet zu sein.

»Kommen Sie rein«, rief er und schloss die E-Mail, die er seit zehn Minuten nur anstarrte, weil ihn die Gedanken an die Vergangenheit einfach zu sehr ablenkten, um sie zu Ende zu schreiben.

Esther betrat das Büro in ihrem üblichen Kostüm, heute in marineblau. Sie war ein stets willkommener Anblick mit ihrem vornehmen Lächeln und den kurzen, weißen, aus dem Gesicht gekämmten Haaren. Sie sah wie der Inbegriff einer Chefsekretärin aus, aber Levi und seine Brüder wussten, dass sie noch so viel mehr als das war. Selbstverständlich *war* sie tatsächlich eine beispielhafte Chefsekretärin, aber sie besaß auch ein Herz aus Gold.

»Guten Morgen, Levi. Ich möchte dir Emily vorstellen,

deine neue Assistentin.« Esther machte eine Handbewegung und lächelte, als die jüngere Frau hinter ihr das Büro betrat.

Da war sie wieder. Die langbeinige Blondine, die immer noch zu junge aussah, um einen Master der Harvard Business School und ein Jahr Korea-Erfahrung zu haben.

Emilys Auftritt in seinem Büro war weder eindrucksvoll noch wichtigtuerisch, aber sie strahlte eine Selbstsicherheit aus, die er zu würdigen wusste. Er stand auf, und sie streckte die Hand über seinen Schreibtisch aus, um seine zu schütteln.

»Schön, Sie wiederzusehen, Levi.«

Und schon fühlte er sich wie ein Esel. Sie erinnerte sich an ihn? Er hatte sich gestern Abend ja schon anstrengen müssen, vage Bilder eines schlanken Mädchens, dem die hellen Haare ins Gesicht fielen und das High-Tops von Converse trug, vor seinem inneren Auge vorbeiziehen zu sehen. »Morgen.«

»Ich habe Emily eingearbeitet«, erklärte Esther und unterbrach den Mahlstrom seiner Gedanken. »Sie wird eine wunderbare Chefassistentin abgeben. Allerdings erscheint mir diese Bezeichnung inadäquat, da sie für eine Führungsrolle qualifiziert ist und diesen Posten nur deinem Vater zuliebe angenommen hat.«

Levi wandte den Blick von Emily ab und sah Esther an: »Hat er auch gesagt, warum er sie eingestellt hat?«

Vielleicht hätte er mit dieser Frage warten sollen, bis er mit Esther allein war, aber sie war ihm bereits über die Lippen gekommen, bevor er darüber nachdenken konnte.

»Nein«, erwiderte Esther. »Er sagte lediglich, er hätte das Gefühl, sie würde gut zu dir passen.«

Emily hielt sich die Faust vor den Mund und räusperte sich. »Das kann ich vielleicht erklären. Ihr Vater war praktisch ein Mentor für mich. Er hat mich ermutigt, einen Master zu machen, nachdem meine Mom mit ihrem neuen Ehemann nach Europa gezogen war.« Als sie seinen ausdruckslosen Blick bemerkte, fügte sie hinzu: »Lisa und ich haben verschiedene Mütter, aber erinnern Sie sich an unseren Dad?«

Plötzlich war dieser Teil der Vergangenheit wieder präsent. Lisas Vater war ein richtiger Mistkerl gewesen. Bei Familienanlässen ließ er sich niemals blicken und verbrachte auch sonst kaum je Zeit mit Lisa. Er nahm an, dass es bei Emily dasselbe gewesen war. »Ich erinnere mich an ihn, ja.«

»Justine, Lisas Mom, war immer großartig zu mir. Als sie mitbekam, dass ich kein Interesse daran hatte, ins Ausland zu ziehen oder bei meinem Dad zu leben, bot sie mir an, dass ich auch bei ihr und meiner Schwester bleiben könnte. Und mit den Jahren wurde Justine wie eine zweite Mutter. Und sie urteilte lange nicht so vorschnell wie meine eigene Mom.« Emily lachte leise, als hätte sie etwas Komisches gesagt.

Levi runzelte die Stirn. Er konnte sich gar nicht vorstellen, warum jemand dieses Mädchen in einem negativen Licht sehen oder verurteilen sollte. Er musste ehrlich zugeben, dass sie eine Schönheit war, aber auf ganz andere Art schön als Lisa. Subtiler. Und intelligent, mit ihrem Master und ihren beeindruckenden Sprachkenntnissen. Aber das erklärte noch nicht, wie sie an diese Stelle gekommen war. »Wann haben Sie meinen Vater kennengelernt?«

Emily öffnete den Mund und blinzelte zweimal. »Auf einer Weihnachtsfeier.« Sie blickte zu Boden. »Ich war einmal mit Lisa und Ihnen hier. Aber ich kann es Ihnen nicht verdenken, dass Sie sich nicht daran erinnern. Ich war damals echt unbeholfen.« Sie schob sich ihr welliges, blondes Haar hinter das Ohr und sah ihm nicht in die Augen.

»Es tut mir leid«, sagte er. »Ich ...« *War in deine Schwester verliebt? Kannte nichts als meine Arbeit?* Oder er war einfach nur hyperfokussiert gewesen, so wie sein Vater. »Manchmal kann ich furchtbar vergesslich sein.«

»Nein, nein, das war nicht Ihre Schuld. Ich habe mich doch für den Großteil der Party davongestohlen. Wir haben kaum Zeit im selben Raum verbracht.« Sie schenkte ihm ein unsicheres Lächeln, und Levi fragte sich, ob sie das tat, damit er sich besser fühlte. »Auf dieser Party habe ich Ihren Vater quasi abgefangen und über das Geschäft ausgefragt. Er lud mich ein, ihn doch einmal im Büro aufzusuchen, und das habe ich dann auch gemacht. Über die Jahre hielten wir Kontakt und wenn ich Fragen zum Masterstudium hatte, bin ich immer zu ihm gekommen. Er war ein wirklich groß-artiger Mensch.«

Levi hatte keinen Schimmer gehabt, dass sein Vater überhaupt jemanden gefördert oder sich als Mentor betrachtet hatte, geschweige denn, dass es sich dabei um Lisas jüngere Schwester gehandelt hatte. Der Gedanke, dass sein Vater etwas so Selbstloses getan hatte – einer jungen Frau zu helfen, die kaum über andere Ressourcen verfügte – machte ihn sprachlos. Es war, als hätte er seinen Vater nie wirklich gekannt.

»Auf alle Fälle ist es mir eine echte Ehre, nun für ein Jahr im Club Tahoe zu arbeiten und bei der Umstellung zu helfen.«

Umstellung. So konnte man es natürlich auch nennen, wenn der Mann, der dieses Unternehmen aufgebaut hatte, starb und seinen Söhnen, die kaum oder gar keine Erfah-rung hatten, die Verantwortung übertrug.

Emily presste die vollen Lippen zusammen, und ein

trauriger Ausdruck huschte über ihr Gesicht. »Ich habe das noch nicht erwähnt, aber ich möchte Ihnen mein Beileid zu Ihrem großen Verlust aussprechen. Ich habe an der Gedenkfeier teilgenommen, wollte aber die Familie nicht stören. Ich habe mich im Hintergrund gehalten.«

Esther zog sich still aus dem Büro zurück, und Levi wollte sie festhalten, damit sie blieb, denn er wollte nicht mit Emily allein sein und an die Vergangenheit erinnert werden. Oder in ihrem Fall, daran erinnert werden, dass er sich nicht an sie erinnerte. Lisa mochte ihm Unrecht getan haben, aber er war schlicht ein vergesslicher Esel. »Danke. Und verzeihen Sie mir, dass ich mich nicht gleich an Sie erinnert habe. Sie sehen nicht wie ...«

»Wie Lisa aus?« Emily lachte leise. »Nein, keine Chance. Niemand ist so attraktiv wie meine Schwester.«

Levi hatte nicht das Gefühl, dass Emily eifersüchtig war; sie schien vielmehr zu glauben, dass ihre Schwester sie schlicht übertraf. Die beiden waren sehr verschieden, aber Emily war doch auch eine Schönheit.

Statt allerdings in dieses Wespennest zu stechen, wechselte er lieber das Thema. »Ich bin froh, Ihre Hilfe zu haben. Meine Brüder und ich haben weiß Gott Hilfe nötig.«

»Ja«, erwiderte Emily. Seine gehobene Augenbraue als Reaktion auf ihre ehrliche Antwort entging ihr, während sie eine große, lederne Schultertasche auf den Konferenztisch hob. »Ich habe mir die Finanzen und den Marketingplan von Club Tahoe angesehen, ebenso wie den allgemeinen Betrieb des Resorts. Ich habe einige Ideen dazu.«

Levi hob eine Hand. »Das wird warten müssen. Ich bezweifle keinesfalls, dass der Laden eine Generalüberholung benötigt, aber noch dringender brauchen wir Kapital. Ganz viel davon und das ganz schnell, wenn wir weiterhin mitmischen wollen. Es kostet erstaunlich viel Geld, ein

Luxus-Resort am Laufen zu halten, und da wir dank Blue Casinos Erfolgen in letzter Zeit Kundschaft verloren haben, rinnen uns die Mittel nur so durch die Finger.«

Emily faltete die Hände. Eine Locke ihrer fülligen Haare fiel ihr über die Wange. »Was schwebt Ihnen vor?«

»Ich nehme an, der Leiter der Finanzabteilung und die Anwälte, mit denen Sie gestern zusammensaßen, haben Sie darüber informiert, dass nächste Woche eine ganz bestimmte Firma in die Stadt kommt?«

»Das koreanische Konglomerat, ja. Die suchen nach einem High End Resort, in dem sie ihre Geschäftspartner von der Westküste bespaßen können.«

»Richtig. Nun, wir müssen sie als Kunden an Land ziehen.«

KAPITEL 3

Tief durchatmen. Levi Cade war doch gar nicht so stattlich, wie Emily ihn in Erinnerung hatte.

Wem wollte sie eigentlich etwas vormachen? Er sah immer noch genauso gut aus wie an jenem Tag vor sieben Jahren, als sie ihm zum ersten Mal begegnet war. Als er mit ihrer Schwester ausging. Er sah sogar besser aus – weil er heute älter war, kultivierter und gleichzeitig markant, mit einer kleinen, roten Narbe über dem Auge, die er damals noch nicht gehabt hatte ... und er war Single.

Früher hatte Emily sich eventuell dem einen oder anderen Tagtraum hingegeben, in dem der gutaussehende Freund ihrer Schwester eine Rolle gespielt hatte. Damals hatte er die Ausbildung zum Feuerwehrmann absolviert und gerade seinen ersten Posten bekommen. Emily war nicht klargewesen, dass er diesen Job nicht mehr machte, bis sein Vater sie vor etwas mehr als einem Jahr besucht hatte, um zu sehen, wie sie sich machte. Zumindest hatte sie damals gedacht, dass Ethan Cade deswegen vorbeigekommen war. Heute war sie sich da nicht mehr so sicher.

Hatte Levis Vater damals schon gewusst, dass er krank war? Wieso sollte er ausgerechnet zu ihr kommen? Sicher, er hatte sie gefördert, aber es musste doch Dutzende gut ausgebildete Menschen vor Ort in Kalifornien geben, die den Posten übernehmen konnten. Ethan hätte auch eine seiner Angestellten zur Chefassistentin befördern können. Aber er hatte stattdessen Emily eingestellt.

Levi schien ehrlich überrascht, als sie ihm gesagt hatte, dass sein Vater ihr Mentor gewesen war. Sie schüttelte den Kopf. Es ergab zwar keinen Sinn und spielte auch gar keine Rolle, wieso sie diesen Job bekommen hatte, denn sie hätte ihn so oder so angenommen ... um Ethans Güte und Unterstützung zu vergelten.

Sie hatte absolut niemanden gehabt, abgesehen von ihrer Adoptivmutter, die ihre Halbschwester großzügigerweise mit ihr geteilt hatte. Ethan hatte langgezogene Mittagessen damit verbracht, ihr nahezubringen, wie wichtig eine Universitätsausbildung war, und ihr zu erklären, wie er sein Unternehmen führte – dieses Rüstzeug sollte sie später dazu nutzen, ihre Träume zu verwirklichen. Daher hatte sie, ohne zu zögern, angenommen, als er aufgetaucht war und sie gebeten hatte, im Club Tahoe den Posten der Assistentin der Geschäftsleitung zu übernehmen. Nur wenige Tage später hätte sie einen zeitlich begrenzten Job in Korea antreten sollen, aber es handelte sich ja nur um eine einjährige Verpflichtung. Das Timing war perfekt gewesen, und ihr blieb eine kurze, einmonatige Pause zwischen dem einen Job und dem nächsten.

Jetzt war sie nicht mehr so sicher, dass dies eine so gute Idee gewesen war.

Einatmen. Ausatmen. Besaßen eigentlich alle Feuerwehrmänner solche Oberarme, bei denen der Bizeps sich unter dem feinen Hemd wölbte? Das stellte eine ernsthafte Ablenkung dar.

Sie wusste lediglich, dass sie in Levi Cades Gegenwart kaum Atem holen oder einen klaren Kopf bewahren konnte, und das versetzte sie unweigerlich in die Zeit zurück, als sie ihm zum ersten Mal begegnet war. In seinem Büro hatte sie wieder genauso dumm herumgedruckst wie die linkische junge Frau von damals. Sie mochte inzwischen zwar Lebenserfahrung und eine sehr gute Ausbildung mitbringen, aber wenn sie vor Levi stand, hatte sich dennoch kaum etwas geändert.

Emily stützte die Ellbogen auf den Schreibtisch, den man ihr bis zu Esthers offiziell letztem Tag in der Firma, dem kommenden Freitag, zugewiesen hatte. Wie sollte sie das nur durchstehen? Selbst wenn Levi nichts als seine neue Assistentin in ihr sah, sie sah ihn definitiv nicht nur als ihren Chef.

Es war Jahre her, dass Emily ihn zuletzt gesehen hatte. Sie hatte seither ihren Master gemacht und auch eine oder zwei Beziehungen gehabt. Die heimliche, schmutzige Schwärmerei für den Freund ihrer Schwester hatte sie hinter sich gelassen.

Bis sie gestern in sein Büro marschiert und ihn wiedergesehen hatte. Die Gefühle, die sie heute übermannt hatten, waren genau die gleichen.

Was für eine Frau war denn bitte scharf auf den Freund ihrer Schwester?

Das war so falsch!

Sie stützte sich mit den Handflächen auf dem Schreibtisch ab und starrte geradeaus ins Leere. »Das wird schon alles.« Der Kerl erinnerte sich doch nicht einmal an sie. Wenn sie erst einmal eine Weile mit ihm gearbeitet hatte, würde ihre Verliebtheit abklingen, wie das bei jugendlicher

Verliebtheit eben so war. Levi war nur eine Fantasie; Emily kannte ihn ja gar nicht wirklich. Sein Aussehen hatte ihr gefallen, das war alles. Aber jetzt war sie älter und weiser. Sie brauchte mehr als ein schönes Gesicht. Und einen heißen Körper.

Und eine starke, männliche Ausstrahlung ... Sie war sowas von geliefert.

Emily schob ein paar Akten zusammen und hob sich die Tasche über die Schulter. Sie würde sich eben einfach auf die Arbeit konzentrieren und woanders hinsehen müssen. Im Resort gab es eine ganze Menge gutaussehender Männer. Genug schöne Jungs, um sich von ihrem Chef abzulenken. Und schließlich stand ihnen in der kommenden Woche der Besuch des Unternehmens aus dem Ausland ins Haus, also sollte sie viel zu beschäftigt mit den Vorbereitungen sein, um Levi mit ihren Blicken zu verfolgen. Und sie wusste auch, wo sie mit der Ablenkung beginnen würde.

Sie würde einen anderen, gutaussehenden Cade aufsuchen – einen, der nicht tabu war.

Herrgott, warum gab es auch so viele von diesen attraktiven Cade-Brüdern!

———

»SIE SIND LISAS SCHWESTER?« Wes – groß, sportlich, mit dunklem Haar und blauen Augen – musterte Emilys Gesicht, bevor sein Blick an ihrem Körper hinabwanderte. Dann wandte er sich wieder seiner Arbeit zu; er stapelte Taschen voller Golfschläger in das dafür bestimmte Regal.

Na gut, sie hatte figurtechnisch nicht so viel zu bieten wie ihre Schwester, die sie sehr liebhatte, aber das tat dennoch weh.

Sie fuhr sich über ihr bauschiges Haar und verfluchte die welligen Locken, die sie von ihrem Vater geerbt hatte. Lisa besaß das seidige, dunkle Haar ihrer Mutter, während Emily sich mit dem blonden Wuschelkopf ihres Vaters begnügen musste. »Wir sehen uns kaum ähnlich.«

»Was Sie nicht sagen.« Er schnippte mit den Fingern, um einen Angestellten auf sich aufmerksam zu machen, der die Golfschuhe im Regal geraderückte. »Schaffen Sie die Eimer im Gang aus dem Weg, bevor noch jemand darüber stolpert und sich den Hals bricht.«

Emily räusperte sich. Sie bezauberte die Cades einen nach dem anderen. Oder auch nicht. »Na, jedenfalls werde ich Esthers Job übernehmen.«

»Das ist ätzend.«

»Entschuldigung?«

Er warf ihr einen weiteren Blick zu. »Nicht Sie. Aber ohne Esther wird dieser Ort nicht mehr derselbe sein.«

Wenn Levi stoisch und kantig rüberkam, dann war Wes schlicht und einfach schroff. »Ich weiß, dass ich da in sehr große Fußstapfen trete. Was mich darauf bringt, dass ich eigentlich hergekommen bin, um mit Ihnen über die Gäste zu sprechen, die nächste Woche hierherkommen werden. Ich dachte, wir könnten einige Aktivitäten planen und sicherstellen, dass der Golfplatz und der Club gut vorbereitet sind.«

Er sah zu ihr herüber, und diesmal blieb sein Blick bei ihr. »Was denken Sie, sollten wir machen? Ich könnte den Platz einen Vormittag freihalten, damit die Koreaner ihn für sich allein haben.«

»Das wäre großartig.« Sie tippte rasch eine Notiz auf ihrem Tablet und sah sich um. »Ich werde ein paar Sachen für die Geschenkkörbe mitnehmen, die wir ihnen aufs Zimmer stellen, und finde heraus, wie viele von ihnen an einer Runde Golf interessiert wären. Haben Sie zusätzliche Schläger zur Verfügung? Zur Ausleihe vielleicht?«

»Wenn es wirklich ernsthafte Golfspieler sind, bringen sie vielleicht sogar ihre eigenen Schläger mit, aber klar, wir haben mehr als genug erstklassiges Material zur Ausleihe, für alle Fälle. Natürlich wäre es eine große Hilfe, im Vorfeld zu wissen, wie viele Spieler ungefähr Schläger benötigen werden.«

Emily machte sich eine weitere Notiz. Sie blickte auf den Platz hinaus. Der sah gut aus. Grün. Welche anderen Kriterien waren wichtig? Sie hatte schon Golf gespielt, war aber keine Expertin. »Die Plätze müssen hinreißend wirken. Sind sie in gutem Zustand?«

Er bedachte sie mit einem ungläubigen Blick. »Erstens haben wir sicher einige der schönsten Greens der gesamten Westküste. Und zweitens, wenn die Plätze nicht in perfektem Zustand wären, würde uns eine Woche auf keinen Fall reichen, daran noch etwas zu ändern.«

Sie schenkte ihm ein demütiges Lächeln. »Guter Punkt. Ich schätze, ich bin keine versierte Golferin. Aber Sie waren das, richtig? Nehmen Sie immer noch an Turnieren teil?«

Wes' Blick verdüsterte sich, und er schnippte nach einem anderen Angestellten in einem roten T-Shirt mit Club-Tahoe-Aufdruck. »Der Yuppie da drüben steht da seit 30 Sekunden und sieht sich um«, wies er den Jüngeren an. »Helfen Sie ihm.«

Der Angestellte eilte davon. Er war sichtlich eingeschüchtert von Wes' Verhalten.

Wes pfefferte eine weitere Golftasche mit neuen Schlägern in das Regal. »Mein Spiel ist Mist. Gut genug, um hier als Profi zu gelten und den Laden zu schmeißen, aber nicht gut genug für die Turniere. Aber das wird nicht auf Dauer so bleiben. Sobald wir dafür gesorgt haben, dass der Club wie am Schnürchen läuft, trainiere ich wieder für den Wettbewerb, ganz egal, was Levi dazu sagt.«

Das war also ein heikles Thema. *Toll gemacht, Emily.* »Ähm, okay, naja, dann hoffe ich, dass das klappt.«

»Wird es.« Er unterbrach sein Werk, seufzte und wandte sich ihr zu. »Ich bin froh, dass Sie hier sind, Emily. Wir brauchen jede Hilfe, die wir kriegen können. Lassen Sie es mich wissen, wenn Sie noch mehr Ideen für nächste Woche haben. Schreiben Sie mir eine E-Mail.«

»Natürlich. Schön, Sie wiederzusehen, Wes.«

Er kratzte sich das glattrasierte Kinn. »Sind wir uns schon einmal begegnet?«

Emily hätte beinahe laut gelacht. »Ja, sind wir, aber das ist schon lange her. Ich habe mich verändert. Mein Haar ist ... fülliger.«

Ihr Haar war wirklich fülliger. Sie trug es nicht mehr so lang wie früher, und das machte es bauschiger. Aber langes Haar machte so viel Arbeit. Sie hatte sich mit dem kleineren Übel abgefunden und trug ihr Haar etwas mehr als schulterlang.

Er starrte sie ausdruckslos an und zuckte dann die Achseln. »In Ordnung, geben Sie mir Bescheid, wenn Sie sonst noch etwas brauchen.«

Kurze Zeit später kehrte Emily zu ihrem Schreibtisch in der Chefetage zurück. Wes sah sehr gut aus, aber bei ihm fühlte sie nicht einen Funken Anziehung. Dass er sich nicht an sie erinnert hatte, tat auch nicht so weh wie die Tatsache, dass Levi ihre Existenz vollkommen vergessen hatte.

Sie lebte eben nicht in einer romantischen Komödie, in der der attraktive Held sich nach der zugeknöpften Streberin verzehrte. Sie mochte sich ja inzwischen weit aus ihrem Schneckenhaus hervorgewagt haben, aber in Levis Gegenwart war sie immer noch das gleiche, linkische

Mädchen wie früher. Nur, dass sie heute Absätze statt Turnschuhe trug. Und Bleistiftröcke statt Jeans.

Tief in ihrem Innern hatte sich gar nichts verändert.

Sie fühlte sich immer noch zu Levi Cade hingezogen.

Und sie hatte immer noch keine Chance bei ihm.

KAPITEL 4

»Und du arbeitest jetzt echt mit Levi?«

Emily ließ sich auf die moderne, weiße Samtcouch ihrer Schwester sinken. Diese bewohnte das Apartment zusammen mit ihrem Freund Jared. »Ja.«

Lisa stellte ihr Glas Merlot auf die Kücheninsel und starrte Emily quer durch den Raum hinweg an. Sie schlug die Beine übereinander, die in einer engen Jeans steckten. Die Absätze ihrer spitz zulaufenden Sandalen staken aus den Hosenbeinen hervor. Sie legte die Stirn in Falten. »Wie geht's ihm?«

»Das weiß ich nicht wirklich. Ich meine, sein Vater ist erst vor ein paar Monaten gestorben, also ...«

»Das habe ich gehört.«

Lisa war wirklich ein netter Mensch, aber manchmal bekam sie überhaupt nicht mit, was außerhalb ihrer eigenen, kleinen Welt vor sich ging. »Hast du?«

»Ich lese schließlich Zeitung – oder zumindest die Nachrichten auf *Yahoo!*. Wie geht es seinen Brüdern? Geht es denen gut?«

Emily schenkte ihrer Schwester ein wissendes Lächeln. »Du meinst Hunter?«

Lisa verzog den Mund, aber ihre Verärgerung war nur gespielt. »Ich meine alle vier.«

»Bisher habe ich nur Wes und Levi zu Gesicht bekommen. Wes kam mir gestresst vor. Diese Kerle ... naja, ich will nicht sagen, die haben sich eine ganze Menge aufgeladen, aber ...«

Lisa leerte das Weinglas mit einem großen Schluck und hob die Hand. »Die leiten das Resort zu viert? Was hat sich Mr. Cade bloß dabei gedacht? Levi ist Feuerwehrmann ...«

»Ex-Feuerwehrmann.«

»... also, was weiß er schon vom Betrieb eines schicken Resorts? Ihr Dad kann doch nicht ganz bei Verstand gewesen sein, als er diese Entscheidung getroffen hat.«

Emily wackelte ungeduldig mit den Zehen und zog ihre Tasche zu sich heran auf ihren Schoß, während sie die Brauen zusammenzog. Aus irgendeinem Grund störte es sie, dass Lisa Zweifel an Levi und seinen Brüdern hegte. »Ethan Cade war ein sehr kluger Geschäftsmann. Er hätte nicht so entschieden, wenn er kein Vertrauen in seine Söhne gehabt hätte. Es sind gute Männer, und sie scheinen sich ins Zeug zu legen.«

Lisa schnaubte, was Emily nur noch mehr irritierte.

Sie stand auf, kam zur Kücheninsel hinüber und goss sich Rotwein in eins von Lisas feinen Kristallgläsern ein. »Unterschätz’ Levi nicht. Er kann das schaffen, und ich werde ihm dabei helfen.«

Lisa beobachtete Emilys Bewegungen und drehte sich nun mit dem Barhocker so, dass sie ihr ins Gesicht sehen konnte. »Nichts für ungut, Schwesterchen, aber ein einjähriges Praktikum in einem internationalen Hotel macht dich noch nicht zur Wundertäterin.«

Emily hieb den Korken mit ihrem Handballen zurück in die Flasche, während sich ihre Augen weiteten. »Na, danke für deinen Vertrauensbeweis.«

Lisa verzog das Gesicht. »Ist doch aber so.«

Emily mochte keine Leitungserfahrung haben, aber sie wusste dennoch, was sie tat. Sie konnte Levi helfen.

»Also ...« Lisa streckte die Hand nach einem Untersetzer aus, ohne aufzusehen. »Hasst er mich?«

Emily nahm einen Schluck Wein und blieb ihrer Schwester eine Antwort schuldig. Sie liebte Lisa, aber was die Gebrüder Cade anging, hatte ihre Schwester gründlich Mist gebaut. Und Emily war sich ziemlich sicher, dass es zur Jobbeschreibung einer Schwester gehörte, der anderen das Leben schwer zu machen. »Welchen Cade meinst du denn jetzt?«

Lisa legte den Kopf schief und spitzte die Lippen. »Levi natürlich.«

»Ich habe ihn nicht gefragt. Aber könntest du es ihm verdenken?«

»Nein«, gab sie beleidigt zu. »Allerdings wollte ich ihn auch nicht verletzen.«

Emily stellte ihr Glas auf der Arbeitsfläche ab. »Hast du dir darüber Gedanken gemacht, bevor du dich mit Hunt eingelassen hast?«

Lisa zuckte zusammen. »Ganz so einfach ist das auch wieder nicht. Mir war nicht klar, dass ich nach einem Ausweg aus der Beziehung mit Levi gesucht habe, bis alles vorbei war.«

Und das war der unvorstellbarste Teil von Lisas Geschichte mit Levi. Sie hatte tatsächlich die Beziehung mit einem der attraktivsten, begehrtesten Männer der Gegend beenden wollen. Das hatte Emily damals schon nicht nachvollziehen können und verstand es auch heute nicht viel mehr.

Mit einem Quietschen ging die Tür auf, und Jared betrat das Apartment. »Meine beiden Lieblingsfrauen.«

Jared arbeitete in der Finanzabteilung eines der Casinos in der Stadt, daher trug er Anzug und sah wie üblich sehr gut aus. Die schicken Schuhe wurde er an der Tür los. »Habt ihr etwa ohne mich mit der Party angefangen?«

»Nur ein Glas Wein, Baby.« Lisa grinste von einem Ohr zum anderen, als Jared auf sie zukam. »Mit den harten Sachen haben wir extra gewartet, bis du nach Hause kommst.«

Was auch immer Emily über die früheren Beziehungen ihrer Schwester dachte, Lisa liebte Jared aufrichtig. Er war der Grund, dass sie sich endlich von dem Drama um Levi und Hunt befreit hatte, das sie jahrelang beschäftigt hatte. Jared war der Kerl, der sie endlich verstand.

Lisa brauchte Aufmerksamkeit. Viel davon. Aber ihre Schönheit lenkte die Kerle häufig ab. Die schleimten sich dann bei ihr ein, um sie ins Bett zu kriegen, aber sie war ein guter Mensch und brauchte einen guten Mann. Einen, dem sie wirklich etwas bedeutete und der ihr die Aufmerksamkeit schenkte, nach der sie sich sehnte.

Hunt Cade hätte dieser Typ sein können. Wenn er nicht Levis Bruder gewesen wäre. Und 18 Jahre alt. Und überhaupt nicht bereit für etwas Ernstes.

Als Jared in ihr Leben getreten war, hatte sich das Blatt gewendet. Seit drei Jahren war sie richtig glücklich, und Emily wäre nicht überrascht, wenn die beiden sich verloben würden.

Aber nur weil Lisa mit Jared ihr Glück gefunden hatte, hieß das noch lange nicht, dass sich ihre Schuldgefühle wegen Levi in Wohlgefallen aufgelöst hatten. Es gab ein paar Dinge, die selbst Lisas übersprudelnde Fröhlichkeit nicht verbergen konnte. Sie hatte ihre Beziehung zu Levi mit Karacho gegen die Wand gefahren, und Emily wusste, dass sich ihre Schwester nach wie vor schuldig fühlte deswegen.

»Hey, Em.« Jared legte einen Arm um Lisas Schulter und küsste sie auf die Wange. »Wie ich höre, hast du einen neuen Job. Wie läuft es denn im Club Tahoe?«

»Ganz gut bisher.« Es war nicht nötig, Jared und ihrer Schwester auf die Nase zu binden, dass Emily immer noch in Levi verschossen war. Oder wie schwer es ihr fallen würde, sich in seiner Gegenwart auf die Arbeit zu konzentrieren. Sie hatte Lisa nie von ihrer heimlichen Schwärmerei erzählt und würde es ganz sicher auch jetzt nicht tun.

Jared sah zu Lisa hinunter. »Was hättest du denn gern? Einen Mango-Martini? Einen Himbeer-Mojito?«

Emily trank den Rest ihres Weins und kehrte zur Couch zurück, wo sie ihre Tasche liegengelassen hatte. »Ich muss gehen. Ich habe heute Abend noch zu arbeiten, wenn ich nächste Woche einen wichtigen Investoren-Push zuwege bringen soll.«

Lisa kippte ebenfalls den letzten Schluck aus ihrem Glas hinunter und hielt das Glas dann abwesend Jared hin, der ihr nachfüllte. »Keinen Schimmer, was ein Investoren-Push ist, aber ich nehme dich einfach mal beim Wort.«

Emily und Lisa waren ohne Frage sehr verschieden. Lisa war herzlich und auffällig, Emily eher reserviert. Lisa liebte Mode, während Emily sich in der Freizeit in Jeans und flachen Schuhen am wohlsten fühlte. Emily mochte Zahlen, die Lisa nur dann interessierten, wenn sie die notwendige Summe ergaben, um die Gucci-Handtasche zu bezahlen, auf die sie es abgesehen hatte. Aber trotz ihrer Unterschiede hatten sie eine enge Bindung. Sie waren häufig unterschiedlicher Meinung, stritten aber niemals über die wesentlichen Dinge.

Emily drückte Lisa einen Kuss auf die Wange, während diese über die Theke hinweg mit Jared flirtete.

Gerade als Emily dachte, dass ihre Schwester gar nicht mehr auf sie achtete, fuhr Lisa herum. »Hey, Em, du solltest wirklich versuchen, Levi dazu zu bringen, die ständige Wachsamkeit auch mal abzulegen und sich ein bisschen zu entspannen.«

Einen Augenblick lang wusste Emily nicht, was Lisa überhaupt meinte. Levi dazu bringen, sich zu entspannen? Sie? Das war doch wohl eher Lisas Aufgabe gewesen, als die beiden noch zusammen waren. »Dafür bin ich ganz sicher nicht die Richtige, Lis.«

Ihre Schwester legte den Kopf schief. »Ich weiß nicht. Ihr beide seid euch ähnlicher, als du denkst.«

Lisa hatte den Verstand verloren. Emily war überhaupt nicht auffällig. Sie hatte nichts mit den Frauen gemeinsam, auf die Levi stand. »Selbst wenn ich sein Typ wäre, was nicht der Fall ist, er ist immer noch dein Ex. Da lasse ich die Finger davon.« *Ich male es mir nur in meiner Fantasie aus.*

Lisa verdrehte die Augen. »So habe ich das doch nicht gemeint. Nicht romantisch, sondern eher so …« Sie wedelte mit der Hand durch die Luft. »Einen Riss in die Granitmauer zu reißen, die ihn umgibt. Levi und ich waren zu verschieden. Aber du … vielleicht bist du genau das, was er braucht, um weicher und nachgiebiger zu werden.«

»Diese Granitmauer, ist das der Schutzwall, den er um sich herum errichtet hat, nachdem du ihn vernichtet hattest?«

Lisa blickte sie finster an.

»Tut mir leid, aber das tut mir gar nicht leid.«

»Ich habe den Mann nicht dazu getrieben, eine Granitmauer um sich herum zu errichten. Die war bereits da, bevor wir zusammengekommen sind.«

»Ist notiert. Ich werde versuchen, die Firma intakt zu halten, und gleichzeitig den Granit von deinem Ex herunterklopfen. Sonst noch was?«

Lisa blickte auf, als würde sie tatsächlich darüber nachdenken. »Nein, das wäre alles für den Moment.«

Emily schwang sich die Tasche über die Schulter und überlegte, ob sie die andere Sache, über die sie mit Lisa hatte reden wollen, jetzt noch erwähnen sollte. Ihre Schwester arbeitete in einer Modeboutique auf der Einkaufsstraße und kannte sich wirklich gut mit Mode aus, im Gegensatz zu Emily, die jeden Tag das gleiche Business-Outfit trug – dunklen Bleistiftrock und zugeknöpftes Oberteil. »Bevor ich gehe, denkst du, du könntest mir dabei helfen, ein paar bessere Klamotten auszusuchen? Club Tahoe ist elegant. Ich weiß nicht ... ich möchte gut aussehen.« Und nicht völlig im Schatten von Levis Schönheit dahinvegetieren. »Du weißt, wie sehr ich es hasse, shoppen zu gehen, und du hast ein stilsicheres Händchen dafür.«

Lisa stellte ihr Glas mit einem Klirren auf der Theke ab. »Oh, Schwester, ja. Da bin ich dabei.«

Emily zuckte zusammen. »Scheiße, übertreib' es bloß nicht. Vergiss nicht, ich bin da viel konservativer als du.«

Ihre Schwester gackerte. »Das ist eine Untertreibung. Aber klar, ich bin brav.«

Das Lächeln ihrer Schwester beruhigte Emily kein bisschen. »Vielleicht sollte ich mich doch selbst darum kümmern.«

Lisa war schneller vom Hocker aufgesprungen und zu ihr herübergerannt, als Emily für möglich gehalten hätte. Sie schob Emily in Richtung Tür. »Nein, nein, ich mach' das.

Du gehst schön arbeiten. Bleib' die ganze Nacht auf, wenn du willst, aber lass mir freie Hand mit den Klamotten.«

»Aber ...«

»Tschüss!« Lisa drängte sie über die Schwelle und schlug ihr die Tür vor der Nase zu.

Alles, was Emily Levi anzubieten hatte, war ihre Hilfe, wenn es darum ging, Club Tahoe zu behalten und wieder profitabel zu machen. Sie war sich nicht einmal sicher, ob er über Lisa hinweg war. Aber sie konnte eine Schippe drauflegen und nicht aussehen wie eine Sekretärin ohne jeden Schick. Alles, was darüber hinausging, wäre schrecklich unprofessionell und absolut nicht im Bereich des Möglichen – ganz gleich, wie intensiv sie auch davon fantasieren mochte.

KAPITEL 5

Am nächsten Tag zupfte Emily am Saum ihres marineblauen, ärmellosen Pullovers, bis dieser faltenfrei um ihren Oberkörper anlag, und klopfte dann an Levis Bürotür. Lisa hatte heute früh angerufen, um anzukündigen, dass sie am Abend ein paar Sachen aus der Boutique vorbeibringen würde, und Emily sah dem ängstlich entgegen. Was hatte sie sich nur dabei gedacht, ihrer Schwester die Aufgabe zu übertragen, ihr neue Bürokleidung auszusuchen?

Das konnte doch nur Unheil bedeuten.

Keine Frage, im Gegensatz zu ihr hatte Lisa ein Händchen für Mode, aber ihr Geschmack ging eher in Richtung sexy. Und Emily war nicht sexy.

»Kommen Sie herein.« Levis tiefe Stimme drang durch die geschlossene Tür.

Emily durchfuhr ein Schauer. Herr im Himmel, seine Stimme war heiß. Diese Anziehung würde sich mit der Zeit verlieren ... Das musste sie einfach.

Sie straffte die Schultern und betrat sein Büro, als wäre es ihres. Oder zumindest, als wäre sie kein bisschen eingeschüchtert. »Ist es ein guter Zeitpunkt für unsere Besprechung?«

Levi stand mit dem Rücken zu ihr am Fenster und schaute hinaus.

Er warf ihr einen kurzen Blick zu. »Ebenso gut wie jeder andere.«

Und in diesem Moment sah Emily erst richtig, was Levi anhatte. Eine dunkle Stoffhose mit perfekter Passform. Weißes Hemd, die Ärmel bis zu den Ellbogen hochgekrempelt. Vielleicht hatte er gestern etwas Ähnliches angehabt, aber seine bloße Gegenwart hatte sie von allem anderen abgelenkt. Und sie hatte ihn nicht von hinten gesehen. Seine Rückseite ... Ihr blieb der Mund offenstehen.

Als Emily jünger gewesen war, hatte Levi im Flanellhemd und mit Arbeitsstiefeln all ihre Fantasien von kantigen, handfesten Kerlen inspiriert. Aber im Businesslook aus Designerhand, in Kleidung, die perfekt saß und seinen muskulösen Körper betonte, sodass er aussah wie ein Werbespot für Anzüge? Das war einfach unfair. Kein Mann sollte so verflixt gut aussehen. Sein Hintern und das V seines Rückens ... Was hatte sie sich nur eingebrockt?

Sie marschierte zu einem Sessel in der Nähe seines Schreibtischs hinüber und ließ sich hineinfallen, starrte auf ihr Tablet – nicht auf die männliche Perfektion, die sie direkt vor sich sah.

»Ich habe eine Liste gemacht«, stammelte sie.

»Eine Liste, hm?« Ein Anflug von Humor in seiner Stimme. Sie spürte – denn sie konnte immer noch nicht hinsehen, ohne ihn anzugaffen –, dass er näherkam und sich an seinen Schreibtisch setzte. »Dann lassen Sie Ihre Liste doch mal hören. Kann ja nur besser sein als das, was mir bisher eingefallen ist.«

Emily tippte auf den Bildschirm, um die Ideen abzurufen, die sie am Vorabend zusammengestellt hatte. »Unsere besonderen Gäste kommen Montagmorgen an, nachdem sie viele Stunden im Flieger verbracht haben. Ich dachte, wir könnten vielleicht einige zusätzliche Masseure oder Masseurinnen anheuern, die sich nach ihrer Ankunft um sie kümmern, und dann ein erstes Treffen zum Kennenlernen für den späten Nachmittag ansetzen.« Sie blickte auf, um seine Reaktion einzuschätzen. Er starrte sie eindringlich an, was ihrer Konzentration nicht gerade zuträglich war. »Wir-wir könnten einen Caterer beauftragen oder eins unserer eigenen Restaurants beauftragen, Häppchen und Getränke vorzubereiten.«

Er nickte bedächtig. »Ich werde mit Bran sprechen. Der soll den Chefkoch anweisen, sich etwas Gutes einfallen zu lassen.«

Sie machte sich eine Notiz. »Es wäre vielleicht auch keine schlechte Idee, die besten Weine aus dem Keller zu holen. Wir könnten eine kleine Weinprobe kalifornischer Winzer mit ins Programm nehmen. Das erste Treffen sollte nicht bis in den späten Abend gehen, damit die Gäste die Möglichkeit haben, sich wirklich auszuruhen. Ich bereite Geschenkkörbe für jedes Zimmer vor, mit Snacks und anderen Kleinigkeiten, falls sie später noch etwas Leichtes zu sich nehmen möchten.«

Er tippte mit einem seiner kräftigen Finger rhythmisch auf dem Schreibtisch, und sie konnte ihm nicht ansehen, was er wohl dachte. »Was noch?«

»Äh.« Sie senkte den Blick erneut auf ihre Liste. »Für den nächsten Tag dachte ich, dass wir ein Frühstücksbüffet anbieten, gefolgt von einer Führung über das Gelände. Der Nachmittag wäre dann für die Treffen mit den amerikanischen Geschäftspartnern reserviert, um die der Konzern ersucht hat. Am Abend dann ein formelles Dinner im Ballsaal.«

»Sie denken also, wir sollen ihnen die volle Breitseite geben, damit sie gar nicht zum Atemholen kommen?«

»Ich ... ja. Ich dachte, es wäre gut, uns gleich von Anfang an von unserer besten Seite zu zeigen. Die Nachmittage sollten wir zur freien Verfügung lassen und ihnen vollständig ausgestattete Konferenzräume zur Verfügung stellen, mit Snacks, Getränken – alles, was die Leute wollen. Nach dem eleganten Dinner des zweiten Abends wären die Mahlzeiten dann legerer und könnten in einem der anderen Restaurants auf dem Gelände des Resorts stattfinden, oder jeder kann unabhängig von der Gruppe zu Abend essen. Ich bin mit Wes im Gespräch, um den Golfplatz an einem Tag für die Gruppe zu reservieren. Und wir könnten auch abends etwas Unterhaltung bieten ...«

»Unterhaltung?«

Emily biss sich auf die Lippe. Gestern war sie nervös gewesen und hatte drauflos geplappert, dass sie einige Änderungsvorschläge für Club Tahoe hatte. Aber die Wahrheit war, dass das Resort durchaus ein bisschen lebendiger sein könnte, um die elegante Fassade aufzulockern. »Wir haben hier drei der besten Restaurants der Stadt, aber keine Live-Unterhaltung, abgesehen von einem Pianisten, der in der Fireside Lounge spielt. Ich dachte, wir könnten eine Band anheuern.«

Er verschränkte die Arme. »Ist das denn notwendig? Wir stecken finanziell schon ein wenig in der Klemme. Ich bin mir nicht sicher, ob die Lösung heißt, Geld auszugeben.«

»Das ist natürlich grundsätzlich richtig, aber manchmal muss man Geld ausgeben, um welches zu verdienen. Es gibt einige lokale Bands, und darüber hinaus sind doch ständig nationale und internationale Talente auf Tour und kommen auch hier vorbei. Wir haben keinen Platz für eine große Bühne oder dergleichen, aber eine kleine Band oder ein Gitarrist würde schon reichen, um neue Kundschaft anzulocken und unsere größeren Gruppen zu unterhalten. Zusätzlich zur Livemusik sollten wir eventuell auch einen Abend in der Woche für einen Comedian reservieren.« Emily hörte auf zu sprechen, weil Levi ebenfalls schwieg. »Sir?«

Er rieb sich das kantige Kinn, das ungeachtet seines formellen Aufzugs die Bartstoppeln von mindestens einem Tag ohne Rasur zierte. »Nur Levi. Nennen Sie mich Levi. Nicht Sir oder Mr. Cade.« Er starrte sie einen Moment lang an, und sie hatte noch immer keinen Schimmer, was er dachte – ob ihm ihre Ideen gefielen oder er sie hasste, auch wenn er den ersten Vorschlägen mit Kennenlerntreffen und Dinner gegenüber aufgeschlossen schien. »Meinem Vater hätte es ganz und gar nicht gefallen, einen Comedian ins Hotel einzuladen. Können Sie die Musiker bis nächste Woche engagieren?«

»Vielleicht.«

Seine Mundwinkel gingen angesichts ihrer vagen Antwort nach unten.

»Ja ... ich denke, das schaffe ich. Geben Sie mir einen oder zwei Tage, um mich umzuhören.«

»Gut. Und den Komiker auch.«

»Aber Sie sagten doch gerade erst, dass Ihr Vater ...«

»Der hätte es gehasst, ja. Aber das heißt ja nicht, dass es keine gute Idee wäre. Arrangieren Sie ein Unterhaltungsprogramm für jeden Abend in der Woche. Ich werde wegen des Caterings für die Partys mit Bran sprechen, aber ich möchte, dass Sie die Ansprechpartnerin sind, bei der alle Fäden zusammenlaufen und die zusätzliches Personal für den Zeitraum einstellt, in dem Shin Electronics und deren

Mitarbeiter in der Stadt sind. Wenn wir die Kunden mit einberechnen, haben wir es mit 75 Gästen zu tun.«

Emily schluckte. »75? Ich habe mit 30 gerechnet.«

»75. Ich habe das erst heute Morgen bestätigt bekommen. Was bedeutet, dass wir alle Hände voll zu tun haben.« Er sah sie mit einer Mischung aus Besorgnis und Entschlossenheit an – was ziemlich genau ihren eigenen Empfindungen entsprach.

———

ER DANKTE GOTT FÜR EMILY. Ihre Ideen waren brillant, und er wäre allein niemals auf all das gekommen. Was wusste er schon darüber, wie man ausländische Geschäftsleute bewirtete und bei Laune hielt? Er löschte Brände und reanimierte Menschen.

Bran hatte in jedem Punkt recht gehabt, was ihre letzte Unterhaltung anging, auch wenn Levi das niemals zugeben hätte. Er war nicht qualifiziert, Club Tahoe zu leiten, aber er konnte sicherstellen, dass seine Angestellten spurten, denn sonst würden Köpfe rollen.

Der Frontsoldat, der sich um die Umsetzung der cleveren Ideen seiner Assistentin kümmerte.

Jemand wie Emily sollte diesen Laden leiten, aber sein Vater hatte nun einmal ihn an die Spitze gesetzt, und nun würde er sein Bestes tun.

»Das wäre alles für den Moment.« Er erhob sich und trat wieder ans Fenster. Als er merkte, dass sie nicht sofort das Büro verließ, blickte er sich um. Und erwischte sie dabei, wie sie auf seinen ... Hintern starrte? »Emily?«

»Oh, äh, ja.« Sie stand hastig auf, balancierte ihren Papierkram und das Tablet in ihren Armen. »Ich melde mich dann am späten Nachmittag nochmal und gebe Ihnen Bescheid, wie ich vorankomme.«

»Gut. Dann reden wir weiter.« Sie verließ den Raum, und er schüttelte den Gedanken an den Blick ab, den er meinte, gesehen zu haben. Sie war bloß abwesend gewesen, sie hatte ihm nicht auf den Arsch gestarrt. Emily war Lisas Schwester ... *Lisa.*

Levi hatte nicht mehr so oft an Lisa denken müssen, seit sie ihn mit Hunt betrogen hatte. Er hatte seither keine andere Frau geliebt. Die eine, kurze Beziehung, die er danach noch gehabt hatte, endete in einer anderen Art von Katastrophe, aber ebenfalls mies. Also ließ er sich auf keine weitere Beziehung mehr ein. Er hielt die Dinge lieber locker und so würde das in absehbarer Zukunft auch bleiben müssen. Er trug schlicht zu viel Verantwortung.

KAPITEL 6

Levi hatte gesagt, dass er lange arbeiten würde, aber Emily suchte in der Chefetage nach ihm und konnte ihn nirgends finden.

Die Angestellten im Club Tahoe arbeiteten hart; das konnte Emily gut nachvollziehen. So lange sie in Bewegung blieb und ihre Karriere vorantrieb, fühlte sie sich nicht so allein. Bis spät in den Abend hinein zu arbeiten, war in dieser Branche normal, aber es schien, als würden die meisten leitenden Angestellten im Club Tahoe um fünf oder halb sechs Feierabend machen.

Wie gut für ihre Gesundheit.

Die Sonne war schon vor Stunden untergegangen, und Esther war die einzige, die immer noch hier war. Sie schlang sich ihre Coach-Handtasche über die Schulter und schob den Schreibtischstuhl zurecht, machte sich zum Gehen bereit.

»Haben Sie Mr. Cade gesehen?«, fragte Emily.

Er hatte gesagt, sie solle ihn Levi nennen, aber Emily brachte das nicht fertig, nicht vor anderen Leuten. Noch nicht. Sie hätte ihn auch lieber weiterhin mit Mr. Cade angesprochen, um zu vermeiden, dass ihr Verhältnis zu persönlich wurde. Er hatte doch keinen Schimmer von den Gedanken, die ihr durch den Kopf gingen, wenn sie in seiner Nähe war.

»Ach, meine Liebe«, erwiderte Esther mit einem Seufzen. »Er ist wahrscheinlich unten am Bootssteg. Da geht er immer hin, wenn ... Nun, Sie werden schon darauf kommen. Ich bin nicht sicher, ob er Ihnen dort unten von großem Nutzen sein wird, aber Sie können es ja versuchen.«

Emily hatte Levi versprochen, dass sie ihn auf dem Laufenden halten würde. Er wollte wissen, was sie bereits hatte arrangieren können. Sie würde also kurz am Kai vorbeischauen und dann nach Hause fahren. »Danke, Esther. Ihnen einen schönen Abend.«

Emily kehrte in ihr eigenes Büro zurück und packte ihre Sachen für den Abend zusammen. Sie verließ das Gebäude durch die Eingangshalle, die ihr jedes Mal aufs Neue den Atem raubte. Samtsofas, die mit seidenen Zierkissen geschmückt waren, und abgewetzte Lederhocker waren strategisch platziert und gaben dem fast 500 Quadratmeter großen, offenen Bereich mit Foyer und Lounge ein Gesicht. Club Tahoe bot seinen Gästen einen Rückzugsort im Stil einer Luxus-Lodge, mit dunklem Holz voller Astlöcher und steinernen Akzenten an den Wänden, Kronleuchtern aus Kristall und Schmiedeeisen an den Decken.

Am hinteren Ende der Lobby ging Emily durch den breiten Steinbogen hindurch und überquerte die Brücke, die über den träge dahinfließenden Fluss im Gebäude führte, auf dem sich tagsüber die Gäste treiben ließen. Abends versammelten sie sich, um auf der Insel in seiner Mitte in den Kuhlen, die an Lagerfeuer erinnerten, ihre S'Mores zu rösten. Zur Linken des Flusses befanden sich teure Geschäfte und Spitzenrestaurants, die sich entlang dieser Seite durch das Erdgeschoss des Hotelgebäudes zogen, während rechts das fantastische Timber Casino lockte.

Emily ging am Poolbereich vorbei, hielt auf den Strand zu und stapfte durch den Sand. Ihre Absätze sanken bei jedem Schritt ein. Sie erreichte den Kai, der sich an einem der exklusivsten Strände am Südufer des Lake Tahoe befand.

Heute Abend war hier allerdings nicht sehr viel los.

Es war dunkel, der Nachthimmel voller milchiger Sterne, und die Luft war ein wenig frisch. Ein paar Gäste hielten sich noch am Strand auf, aber die meisten saßen um diese Zeit in einem der Restaurants beim Essen, steckten fleißig Münzen in die einarmigen Banditen oder warfen Chips auf die Spieltische.

Emily ließ den Blick über die Menschen hier draußen schweifen, aber keiner von ihnen besaß Levis beeindruckende Statur oder Körpergröße.

Sie warf einen Blick auf das Display ihres Telefons. Es war schon fast acht. Sie konnte sich nicht vorstellen, was er um diese Zeit hier draußen machte, aber Esther hatte gesagt, dass sie ihn hier finden würde.

Emily wollte ihm gerade eine SMS schicken, als sie aus dem Augenwinkel auf einen breiten Rücken in einem leuchtend weißen Hemd aufmerksam wurde.

Das Ende des Stegs war kaum zu erkennen, aber das feine, weiße Hemd, das Levi heute trug, strahlte aus dem Schatten hervor. Er stand mit dem Rücken zu ihr, genau wie heute Mittag, als er aus dem Fenster seines Büros gestarrt hatte. Seine Ellbogen ragten seitlich hinaus, die Hände hatte er in die schmalen Hüften gestemmt. Es schien, als befehlige er den See. Vielleicht tat er das ja wirklich.

Levi Cade vermochte alles: Männer anführen, Brände bezwingen ... Herzen brechen.

Einen Moment lang dachte Emily darüber nach, sich umzudrehen und wieder zurückzugehen. Er war allein hier unten, und es schien, als wolle er das auch so haben. Aber dann kam ihr ein anderer Gedanke. Vielleicht kam er hierher, weil er sich einsam fühlte.

Wenn Emily sich früher einsam gefühlt hatte, wenn sie ihre Mutter und den kaum gekannten Vater vermisst oder sich von ihren Altersgenossinnen ausgeschlossen und unsicher gefühlt hatte, war sie zum See hinausgegangen und hatte sich auf einen Steg gesetzt. Der Blick über das Wasser hatte ihr ein Gefühl der Verbundenheit gegeben – mit dem Leben selbst, das irgendwie Teil von allem und jedem war. Sie hatte sich vorgestellt, dass auch andere ihre Hoffnungen und Träume schweigend dem See mitteilten, so wie sie das tat.

War es das, was Levi hier machte?

Ihre Füße bewegten sich bereits, bevor sie ihnen den Auftrag gab. Sie atmete tief ein, als sie näherkam, und spürte eine Veränderung in seiner Haltung. Ihre Absätze waren nicht gerade leise auf den Holzplanken des Stegs.

»Levi?« Niemand sonst war in der Nähe, und er hatte ja gesagt, sie solle ihm beim Vornamen nennen.

Er drehte sich um, sein Gesichtsausdruck eine glatte Maske. Kein Schmerz, keine Einsamkeit, kein Zorn in seinen Zügen. Nichts, das ihr verraten hätte, was er empfand. War das diese Mauer, die ihre Schwester erwähnt hatte?

Emily wünschte, Lisa hätte nicht von irgendeiner Mauer gesprochen, die Levi um sich herum errichtet hatte, denn nun hatte sie dieses Bild ständig im Kopf. Ebenso wie den Grund dafür.

Sie griff nach ihrem Tablet und öffnete ihre Notizen. »Ich habe heute Nachmittag gute Fortschritte gemacht. Da wir nur recht wenig Zeit haben, dachte ich, es wäre das Beste, Sie auf dem Laufenden zu halten.«

Er wandte sich wieder dem Wasser zu und ließ die Schultern sinken, als läge auf ihnen das Gewicht oder der Druck unsichtbarer Hände. »Schießen Sie los.«

Sie blinzelte. Für einen Mann, der eins der angesehensten Resorts in der Gegend leitete, wirkte er ganz schön ... resigniert. »Ich habe die höhere Anzahl der Gäste weitergegeben und das Bewirtungsteam informiert. Die Zahl der Geschenkkörbe wird entsprechend erhöht, und es steht zusätzliches Personal für den Wellnessbereich bereit. Ich habe außerdem mit Shin Electronics abgeklärt, dass sie tatsächlich gern den Golfplatz einen Vormittag nutzen würden. Wes arbeitet gemeinsam mit dem Platzwart daran, dass die Grünflächen in perfektem Zustand sind und dass ausreichend Caddys verfügbar sind, sodass jeder Golfer einen bekommt.« Levi hatte sich bisher nicht gerührt oder sonst irgendeine Reaktion auf ihre Ausführungen gezeigt. Aus irgendeinem Grund wollte sie ihm unbedingt das Leben und seinen Job erleichtern. »Was noch ... oh, und ich habe auch mit Bran wegen des Caterings gesprochen. Er meinte, Sie hätten sich bereits mit ihm abgestimmt, aber er klang ein bisschen ...«

Levi sah sich zu ihr um, und ein Mundwinkel ging nach oben, aber sein halbes Grinsen war nicht humorvoll. »Er ist völlig gestresst.«

»Äh, ja.« Emily unterdrückte ein Lächeln und starrte auf ihr Gerät. »Genau. Also ...«

Levi seufzte. »Engagieren Sie jemanden für den ersten Abend, für die Cocktails und das Kennenlernen. Das beste Catering, das Sie finden können. Wir stellen den Alkohol, wir machen die Weinprobe, die Sie vorgeschlagen haben. Und für den Rest der Woche wird Bran sich um die Verpflegung kümmern müssen.«

Emily trat näher heran, sodass sie nicht mehr direkt hinter ihm stand, sondern sein Profil sehen konnte. »Er plant, morgens die Sonntagskarte mit Brunch anzubieten.« Levi nickte.

»Was den Rest der Mahlzeiten angeht, arbeiten er und ich noch daran, aber ich bin zuversichtlich, dass wir etwas zusammenstellen werden, womit wir sie beeindrucken.«

»Gut.«

Levi blickte sehnsuchtsvoll auf den See hinaus.

Da war es wieder. Das Gefühl, dass er in diesem Moment lieber überall sonst sein wollte, nur nicht hier. Emily wurde es schwer ums Herz. Er hatte kein Interesse, auch nur mit ihr zu reden.

Nur weil sie geradezu besessen von ihrer Arbeit war, hieß das noch lange nicht, dass auch alle anderen bis spät in die Nacht wach blieben und sich ähnlich obsessive Gedanken darüber machten. Seine Distanz heute Abend musste doch gar nichts mit ihr zu tun haben – aber Emily wusste es besser. Sie war noch nie in der Lage gewesen, Levi Cades Aufmerksamkeit auf sich zu ziehen. »Der Rest kann bis morgen warten.« Sie steckte das Tablet wieder in ihre Tasche und wandte sich ab.

»Emily.«

Sie blickte zurück.

»Danke.« Seine Stimme klang tief und aufrichtig.

Die knappe Anerkennung reichte aus, dass sie sich nicht mehr ganz so bedrückt fühlte. »Gern geschehen.« Er nickte.

Emily lächelte in sich hinein, während sie weiter den Steg hinaufging. Sie konnte das. Sie konnte für Levi da sein.

Ihm bei etwas helfen, das ihm nicht leichtfiel. Was nicht bedeutete, dass es ihm auf Dauer schwerfallen musste. Wenn ein Mann diesen Ort zu leiten vermochte, dann war das Levi. Er besaß Stärke und Intelligenz. Und wenn das für ihn keine Herzensangelegenheit war, konnte ihm Emily vielleicht auch dabei helfen. Sie mochte weder über Schönheit noch über funkelndes Charisma verfügen, aber sie hatte genug Leidenschaft fürs Geschäft, dass es für zwei reichte.

Ihre Schuhe klackerten über die Holzplanken, als sie die letzten Schritte auf dem Steg zurücklegte und in den Sand trat. Und dann hörte sie ein lautes Platschen.

Emily fuhr herum, aber Levi stand nicht mehr am Rand des Docks.

Einen Augenblick lang raste ihr Herz. War er in Schwierigkeiten?

Was waren denn das für Gedanken? Er war früher Feuerwehrmann gewesen. Levi Cade rettete Leben. Und dann erspähte sie sein weißes Hemd auf der Bank, nahe der Stelle, wo sie eben noch gestanden hatten, seine Schuhe daneben. Sie blickte aufs Wasser hinaus und erhaschte einen Blick auf lange, muskulöse Arme, die durch die obsidianschwarze Oberfläche pflügten.

An heißen Tagen war Lake Tahoe angenehm und wunderbar, aber das Wasser war alles andere als warm. Das hielt Levi nicht davon ab, zügig weiter hinaus zu schwimmen. Die Mitte des Sees mochte zehn Meilen weit entfernt liegen, bis zum anderen Ufer waren es 20 Meilen. Aber kaum, dass sie sich fragte, wie weit er denn noch schwimmen wollte, hielt er inne und ließ sich auf dem Rücken treiben, das Gesicht dem Himmel zugewandt.

Emily drehte sich langsam um und ging weiter.

Levi Cade war ein komplizierter Mann. Und er wollte

allein sein. Sie würde ihm helfen und dann anderswo weitermachen.

Lisa irrte sich, wenn sie glaubte, Emily könnte Levis Mauern einreißen. Er spielte in einer anderen Liga. Eine attraktivere Frau mit mehr Charme würde den Schlüssel zu seinem Herzen finden. Nicht, dass Lisa irgendetwas davon gesagt hatte, dass es um sein Herz ginge, aber das tat es letztendlich doch, oder nicht? Er war nicht der Typ Mann, der sich einfach irgendwem gegenüber öffnete. Und er hatte vier Brüder, einen weiteren ›Freund‹ brauchte er also auch nicht.

Mit hocherhobenem Kopf marschierte Emily aus der Lobby und an den Leuten vorbei, die gerade das Hotel betraten. Sie ging zu einem der weiter entfernt liegenden Parkplätze und schloss ihren Wagen auf, einen kleinen Hybrid. Dann warf sie ihre Tasche hinein und sank auf den Fahrersitz.

Sie packte das Lenkrad, als ein Schauer sie durchfuhr. Dann noch einer. Selbst, wenn sie nicht die Frau war, die Levis Mauern einreißen und ihn dazu bringen konnte, sich in sie zu verlieben, hatte sich doch in den vier Jahren, in denen sie fortgewesen war, überhaupt nichts geändert.

Denn sie wollte immer noch diese Frau sein.

KAPITEL 7

Emily hatte dafür gesorgt, dass Esthers Abschiedsparty ebenso stilvoll wie die Frau war, zu deren Ehren sie stattfand. In der letzten Woche hatte sie genug wunderbare Dinge über Ethan Cades langjährige Assistentin gehört, um zu wissen, dass die Frau das Herz von Club Tahoe gewesen war.

Und wie konnte Emily in diese Fußstapfen treten? Das konnte sie natürlich gar nicht. Esther hatte Levi und seinen Brüdern ein Stück Familie gegeben, das sie gebraucht hatten. Emily konnte ihnen allerhöchstens dabei helfen, Club Tahoe bestmöglich zu leiten.

Sie schob einen Blumenschmuck aus lavendelfarbenen Rosen und Mohnblumen auf einem der Tische ein Stückchen weiter nach rechts. »Steht der Dom Pérignon hinter der Bar kalt?«, fragte sie eine junge Kellnerin, die an ihr vorbeihuschte.

Das Mädchen blieb stehen und schaute sie an. »Ja, Ma'am. Und die Vorspeisen stehen auch bereit. Sie werden serviert, sobald unsere Gäste eintreffen.«

Emily glich die Zeit ab. Die Leute sollten jeden Moment Feierabend haben und sich zu ihnen gesellen.

Sie hatten die Party auf den Freitagabend angesetzt, sodass die Angestellten teilnehmen konnten und keinen Druck hatten. Emily trug sogar eins der knielangen Kleider, die ihre Schwester vorbeigebracht hatte. Der Rücken des smaragdgrünen Kleides war bis knapp über ihren Hintern ausgeschnitten, aber Lisa hatte ihr versichert, es wäre elegant genug für eine Party auf der Arbeit. Emily musste sich auf Lisas Wort verlassen, spürte aber deutlich den ungewohnten Luftzug.

Mit den Fingern berührte sie die dunkle, dehnbare Spitze des vorderen Einsatzes, der dieselbe Farbe hatte wie der Rest des Kleides, von der Taille bis hinauf zum Schlüsselbein ging und ihre Schultern und Arme freiließ. Immerhin war das Ganze vorne hochgeschlossen, auch wenn Arme und Rücken unbedeckt blieben. Sie trug das goldene Armband, das ihre Schwester ausgesucht hatte; von den großen Creolen für ihre Ohren hatte sie allerdings nichts wissen wollen. Sie hatte genug damit zu kämpfen, auf den hohen Riemchensandalen das Gleichgewicht zu halten, da brauchte sie kein weiteres, unbequemes Accessoire.

Emily blickte erneut auf die Zeitanzeige ihres Tablets. Die Leute sollten nun aber wirklich hier sein. Wo blieben sie denn alle?

Sie überlegte schon, ob sie die Angestellten von ihren Schreibtischen wegholen sollte, als sich eine warme, männliche Hand auf ihren unteren Rücken legte.

»Das können Sie jetzt aber mal wegpacken«, schlug Levi vor.

Er trug ein marineblaues Sakko und eine legere Hose, dazu ein weißes Hemd, dessen obere Knöpfe offenstanden und glatte, leicht gebräunte Haut enthüllten. Sein Haar, das er anscheinend ein bisschen wachsen ließ, war schick zerzaust. Oder vielleicht war er auch nur mit der Hand darübergefahren, denn er war nicht der Typ, der viel Zeit für seine Frisur aufwandte.

Auf alle Fälle waren es nicht seine Haare, die dafür sorgten, dass der Puls an ihrem Hals verrücktspielte und dass ihre Hände zitterten, als sie das Gerät zurück in die Tasche steckte.

Levi hob ihr die Bürotasche von der Schulter und reichte sie einem vorbeigehenden Kellner, der ein Tablett voller Champagnergläser trug. »Verwahren Sie die bitte hinter der Bar.« Er schnappte sich eins der Gläser vom Tablett, bevor er den Mann gehen ließ, und reichte es ihr. Dann sah er sich um. »Sie haben das sehr schön vorbereitet. Esther wird sich freuen.«

Sie nickte, konnte aber nicht antworten. Ihre Zunge klebte an ihrem Gaumen, denn *seine Hand* lag immer noch auf ihrem Rücken, und die Reaktion ihres Körpers bestand darin, ihr die Hitze durch die Glieder schießen zu lassen.

Das war wirklich mitleiderregend. Es war doch nur ein Rücken. Keine Brust. Kein Oberschenkel. Und als sie ihre Fassung endlich wiedergefunden hatte, war Levis Handfläche bereits fort. Er hatte sich abgewandt, um den Finanzleiter zu begrüßen. Als Nächstes begrüßte er Ed, den Platzwart. Beiden Männern schenkte er dieselbe Aufmerksamkeit und behandelte sie mit demselben Respekt.

Das war eine der Eigenschaften, die sie an Levi liebte. Er hielt sich nie für etwas Besseres. Der Kerl war in einer Villa aufgewachsen, aber das merkte man ihm überhaupt nicht an. Er war total bodenständig. Was Emily natürlich nicht davon abhielt, in seiner Nähe nervös zu werden. Aber das lag daran, dass er schlicht der attraktivste, aufregendste Mann war, dem sie je begegnet war. Und ihre Hormone spielten völlig verrückt, wenn er vor ihr stand.

Sie kippte das Glas Champagner herunter und kniff die Augen zu, als die Kohlensäure ihr die Kehle hinabkitzelte. Sie winkte nach einem weiteren Glas. Sie war jedes Detail drei- bis viermal durchgegangen, daher wusste sie, dass die Party gut organisiert ihren Gang gehen würde, auch wenn sie nicht komplett nüchtern blieb. Heute Abend, in diesem Kleid, während Levi in seinem legeren Anzug verwegen aussah, brauchte sie einfach etwas, um ihre wilde Fantasie zu dämpfen.

LEVI MACHTE die Runde auf Esthers Party und schenkte dem Ehrengast ein warmes Lächeln. Er würde Esther schmerzlich vermissen, und das nicht nur, weil sie den Laden am Laufen hielt. Sie machte Club Tahoe erträglich.

Aber nun dachte Levi zum ersten Mal, seit er seinen Posten als Manager des Ganzen aufgebürdet bekommen hatte, dass er vielleicht noch einen weiteren Grund hatte, den alten Kasten zu ertragen.

Seit seinem vierzehnten Lebensjahr hatte Levi Cade so ziemlich jeden Körperteil einer Frau bemerkt und bewundert, aber offenbar war ihm ein Aspekt entgangen, der ebenfalls unglaublich sexy sein konnte. Seit wann zog denn ein einfacher Rücken die Aufmerksamkeit so auf sich? Verflucht, der Anblick Emilys in diesem Kleid hatte dafür gesorgt, dass er wie angewurzelt stehenblieb, nachdem er den Raum betreten hatte.

Normalerweise trug Emily enganliegende Röcke, was er sehr zu schätzen wusste. Seine Assistentin hatte einen hübschen Hintern, und das war etwas, worauf sich ein Mann jeden Tag aufs Neue freute, auch wenn er lediglich hinschaute.

Aber heute Abend hatte sie ihn überrascht und präsentierte ihm ihren Oberkörper, den sie sonst unter kastigen Blusen und Strickjacken verbarg.

Der elegante Stoff ihres Kleides bedeckte zwar den Großteil ihres Körpers, aber der Hersteller hatte der Männerwelt den Gefallen getan, die Rücken tief auszuschneiden. Sie war groß, besaß eine schlanke Taille, und da sie nun ihren Oberkörper nicht unter einem unförmigen Oberteil versteckte, konnte er auch die kleinen, wohlgeformten Brüste ausmachen, auch wenn sie bedeckt waren. Ihr Rücken dagegen – sahnige, straffe Haut, unter der sich ganz zart die Knochen abzeichneten, bis der Blick hinunter zu der schönen, herzförmigen Rundung wanderte, die sich ihm unterhalb des Rückgrats entgegenwölbte.

Der heutige Abend war zum Feiern gedacht. Es war völlig in Ordnung, wenn ein Mann seiner Assistentin da mal auf den Arsch glotzte, oder? Theoretisch gesehen hatte er ja Feierabend und verletzte keine Regel über den Umgang zwischen Chefs und ihren Angestellten.

Er nahm sich vor, sicherheitshalber nochmal auf den Formularen der Personalabteilung nachzusehen. Nicht etwa, weil er vorhatte, sich Emily zu nähern. Auch wenn er eben ihre nackte Haut berührt hatte – aber nur, weil er sie auf sich aufmerksam machen wollte. Es hatte absolut nichts damit zu tun, dass ihre Schönheit ihn anzog wie eine Motte, als wäre sie das Neonlicht, das den Tod bedeutete.

Nein, Levi hatte keineswegs vor, sich Lisas kleiner Schwester zu nähern. Emily war eine Wright. Wright-Frauen waren schön, aber man konnte ihnen nicht trauen. Schon der verflixte Name lockte die Männer an und wiegte sie in trügerischer Sicherheit. *Wright,* das klang rundum solide, so als würde schon alles gut werden. Aber wenn man ihr dann zu nahe kam ... *zack,* wie eine elektrische Insektenfalle. Sie würde sich dein Herz krallen und es in ihren weichen Händen zerquetschen, bevor sie mit ihren spitzen Absätzen darauf herumtrampelte, um ganz sicher zu gehen.

Das hatte er alles schon durchgemacht. Er würde es ganz sicher nicht noch einmal durchmachen wollen. Er hob das Kinn und nickte seinem Bruder Hunt zu. Auch der erinnerte ihn an das, was geschehen war und welchen Frauen man besser aus dem Weg ging. Aber Hunt sah gar nicht zu Levi hinüber. Hunts Blick ruhte auf Emily.

»Verdammt nochmal.«

»Verzeihung?« Einer der Chefköche warf ihm einen Blick zu.

Er räusperte sich. »*Adam Lochner.* Wie ich sehe, ist Herr Lochner gerade gekommen.« Er machte eine vage Geste. »Ich sollte ihn begrüßen. Entschuldigen Sie mich.«

Das sah Hunt ähnlich, dass er sich zielsicher auf die schönste Frau im Raum einschoss. Und überhaupt, wann hatte sich Emily denn in die schönste Frau hier verwandelt? Sonst war sie nie geschminkt und trug formlose Oberteile, versteckte sich hinter dem Tablet in ihrer Hand. Das war Levi viel lieber, weil sie dann keine ungewollte Aufmerksamkeit auf sich zog. Vor allem nicht Hunts Aufmerksamkeit.

»Bruder.« Levi schlug Hunt zur Begrüßung auf die Schulter, vielleicht etwas kräftiger als nötig.

Hunt zuckte zusammen. »Was ist denn jetzt schon wieder?«

»Och.« Levi blickte sich wie beiläufig um. »Gar nichts.« Er erwischte Hunt dabei, wie dieser schon wieder zu Emily hinübersah. »Solange du deine Augen und Finger von meinen Angestellten lässt.«

Ja, na schön, das war glasklare Doppelmoral. Levi hatte sich gerade erst selbst eingeredet, es wäre in Ordnung, Emily in ihrem sexy Kleid anzustarren, aber bei Hunt war das etwas völlig anderes. Er machte seinem Namen alle Ehre und war eine tödliche Gefahr für die Frauenwelt. Levi wollte nicht mitansehen, wie seine unschuldige, jung wirkende – und noch dazu sexy – Assistentin in die Fänge seines Bruders geriet.

Hunt verdrehte die Augen. »Seit wann ist denn das bloße Schauen ein Problem? Und du willst mich doch eh verarschen, oder? Wann waren die Frauen im Club Tahoe denn je tabu? Ich glaube, wir haben alle irgendwann unsere Jungfräulichkeit an eine reiche Ehefrau oder Tochter verloren, die als Hotelgast hier war. Und ich kann mindestens drei Kellnerinnen aufzählen, mit denen du in der Highschool geschlafen hast.«

»Damals haben wir auch noch nicht hier gearbeitet. Und das bloße Schauen ist verboten, wenn es um dich geht, weil du dich niemals mit Schauen zufriedengibst.«

Hunt grinste anzüglich. »Das ist wahr.«

Levi verzog verärgert die Lippen. »Wie schon gesagt, schau woandershin.«

»Klar, sicher.« Hunt schnappte sich ein zweites Glas Champagner. »Ich seh' dich später.« Er steuerte geradewegs auf Emily zu.

Levi lockerte den Nacken und blieb ganze zwei Sekunden stehen, bevor er seinem Bruder folgte. Würde es irgendjemandem auffallen, wenn er Hunt im Waschraum ein bisschen würgte?

Wahrscheinlich schon. Esther würde das nicht gefallen.

Verdammt.

Er seufzte. Na schön. Dann musste er sich eben etwas anderes einfallen lassen, um Emily vor Hunt zu beschützen.

Sie hielt ein Glas Champagner in der Hand und unterhielt sich gerade mit dem Chefkoch des hoteleigenen Steakhauses. Der war jung und sah ebenfalls gut aus, wenn man auf so etwas stand. Sein Bart war etwas zu akkurat gestutzt und gepflegt. Levi traute keinem Kerl, der seine Augenbrauen zupfte.

Hunt näherte sich den beiden, und Emily schenkte ihm ein herzliches Lächeln. Sie hatte ja keine Ahnung, wie schlimm sein jüngerer Bruder sein konnte. Oder vielleicht doch. Sie war schließlich Lisas Schwester.

»Emily, würden Sie gern eins der Geheimnisse von Club Tahoe sehen?«, fragte Hunt.

»Ein Geheimnis?« Ihr Blick huschte zu Levi, der neben Hunt trat. Zwischen ihren Brauen bildete sich eine Falte, was wahrscheinlich daran lag, dass er seinen Kiefer anspannte und seinen Bruder mit einem Blick fixierte, als wolle er ihn in der Luft zerreißen.

Levi streckte die Hand aus und legte sie wie zuvor auf ihren unteren Rücken, an seinem Bruder vorbei. »Du mischst dich unter die Gäste, Hunt. Ich werde Emily den geheimen Platz zeigen. Wir haben noch einiges zu besprechen, was die Arbeit für nächste Woche angeht.« Hunts Kopf fuhr herum, und er warf Levi einen wütenden Blick zu.

Ganz richtig, Brüderchen. Ich behalte dich im Blick.

Levi hatte sich eben noch ermahnt, Emily nicht mehr anzufassen, aber das hier geschah nur aus Sicherheitsgründen. Sein Bruder musste einsehen, dass sie tabu war. Auch für Levi, aber das war nochmal ein anderes Thema.

Hunt sah keine Frau als verboten an. Keine Freundin,

keine Ehefrau. Seine Philosophie hieß: Wenn sie willig ist, kann ich sie mir schnappen.

Levi war nicht ernsthaft an Emily interessiert, aber das hieß ja nicht, dass er dieser Schlange von einem Bruder erlauben würde, sich ihr zu nähern. Emily mochte eine Wright sein, aber er hatte das Gefühl, dass sie ein braves Mädchen war.

Nur über seine Leiche würde Hunt sie anfassen.

KAPITEL 8

Levi blickte starr geradeaus, als er Emily von der Party wegführte. Und was jetzt?

Er hatte sie dazu überredet, mit ihm zu verschwinden, um sie von Hunt wegzubringen, und nun musste er ihr einen geheimen Ort zeigen, von dessen Existenz er überhaupt keine Ahnung hatte. Seit wann kannten seine Brüder einen Platz im Club Tahoe, von dem Levi nichts wusste? Naja, es war Hunt gewesen, der davon angefangen hatte; wahrscheinlich hatte er das Ganze bloß erfunden. Und jetzt war es an Levi, sich auszudenken, was er mit Emily machen sollte, nachdem er sie für sich allein hatte.

Nicht, dass es schlimm wäre, allein mit einer blonden Schönheit in einem Wahnsinnskleid zu sein, die ihn dazu brachte, sich allerlei hochinteressante Szenarios vorzustellen. In jedem einzelnen davon zog er ihr das Kleid aus.

Er atmete aus. Es war schon lange her, dass er eine Frau irgendwohin begleitet oder ausgeführt hatte – zum Abendessen, in sein Bett. Zehn, elf Monate? *Himmel.* Das letzte Mal war vor seinem Unfall gewesen. Und sie war nicht irgendeine blonde Schönheit, sie war Lisas Schwester. Er konnte definitiv nichts mit ihr anfangen. Was ihn ... ganz schön in die Zwickmühle brachte.

Emily blickte sich um und schwankte dabei ein wenig. Wie viel Champagner hatte sie getrunken? »Sind Sie sicher, dass es in Ordnung ist, die Party zu verlassen?«, fragte sie. »Ich will sichergehen, dass Esther glücklich ist und Spaß hat.«

Er trug ihre Tasche, die er geistesgegenwärtig hinter der Bar hervorgeholt hatte, bevor sie gegangen waren, und führte sie nun den Korridor entlang zum Foyer. »Machen Sie sich keine Gedanken um Esther. Der Großteil der Belegschaft scharwenzelt gerade um sie herum und verabredet sich für die nächste Zeit mit ihr zum Mittagessen. Mit der Pension, die mein Vater für sie vorgesehen hat, wird sie ihr Rentnerinnenleben eine ganze Weile sehr genießen können.«

Emily blickte erneut zurück. »Na gut. Wenn Sie denken, dass es okay ist.«

Er lächelte zu ihr hinab. Sie war ein liebes Kind. *Eine Frau.* Eine erwachsene Frau, rief er sich ins Gedächtnis.

Er ließ den Blick schweifen und hielt nach etwas Ausschau, was er ihr zeigen konnte. Irgendetwas, das annähernd bedeutungsvoll wäre – er verfluchte Hunt für seinen Vorschlag –, und dann sah er den verlorenen Sohn.

Wenn Adam sie nicht im Regen stehengelassen hätte, um im Blue Casino zu arbeiten, würde Levi jetzt nicht in dieser Klemme stecken, den Laden leiten und hübsche, verletzliche Frauen außer Reichweite von Hunt bringen zu müssen. »Adam.« Sein Tonfall mochte eine Spur bedrohlich klingen.

Sein Bruder stolzierte mit seiner Verlobten auf sie beide zu. »Tut mir leid, dass wir spät dran sind. Wir ...«

Levi musterte Hayden kurz, deren Haare ein bisschen

daneben aussahen. Nicht, dass Levi auf sowas achtete. Aber ihre Frisur saß irgendwie schief, weil sich das eingedrehte Dutt-Ding – oder wie immer man das nannte – nicht mittig auf ihrem Kopf befand. Und die losen Strähnen, die nicht absichtlich lose schienen, sprachen dieselbe Sprache.

Levi seufzte. Er wusste genau, was sein nichtsnutziger Bruder mit seiner wunderschönen Verlobten getan hatte.

Der Bastard hatte Glück.

»Nun, jetzt bist du ja hier«, stellte Levi fest. »Geh auf die Party und versöhn' dich mit Esther. Und behalte Hunt im Auge, okay? Du weißt doch, wie er ist.«

Adam musterte Emily. »Und wo geht ihr beide hin?«

Levi hätte Adam am liebsten einen Fausthieb ins Gesicht verpasst. Was sollte das, dass all seine Brüder seine Assistentin abcheckten? »Das ist Emily Wright, *meine Assistentin*. Und Lisas Schwester.«

»Ihre Schwester?«

»Ihre *Schwester*.«

»Hi, Emily.« Hayden schüttelte Emily die Hand, während Adam bloß mit schockiertem Gesicht dastand. »Ich bin Hayden Tate, Adams Verlobte. Schön, Sie kennenzulernen.«

»Ganz meinerseits.« Emily lächelte, aber Levi sah, wie sie zur Seite schwankte.

Er ließ einen Arm um ihre Taille gleiten, um sie zu stützen. »Wir machen nur einen Spaziergang.«

»Einen Spaziergang, hm?« Adam grinste ebenso anzüglich wie Hunt zuvor. Er verfluchte seine Brüder. Selbst Hayden betrachtete sie mit einem wissenden Lächeln.

»Alle Achtung, Levi«, kommentierte sie, als Adam ihre Hand nahm und sie mit sich in Richtung der Party zerrte. »Habt Spaß, ihr zwei.«

Levi nahm den Arm von Emilys Taille, sobald die

beiden außer Sicht waren. Das war doch alles lächerlich. Er hatte keine Zeit, den Babysitter zu spielen. Seinen jüngsten Bruder, der ständig auf der Jagd war, konnte er kaum von der Party ausschließen – Hunt war schließlich Miteigner von Club Tahoe und kannte Esther beinahe ebenso lange wie Levi. Aber Emily musste nicht hier sein. Und Levi brauchte auch keinen guten Grund, um sie nach Hause zu schicken. Er war der Boss. Er konnte tun, was immer er wollte. Nur nicht anfassen. Anfassen durfte er sie nicht. Und das lag seiner nächsten Entscheidung zugrunde. »Sie sollten gehen.«

Sie wirkte enttäuscht. »Stimmt etwas nicht?«

»Sie haben zu viel getrunken. Ich rufe Ihnen ein Taxi.«

Emily öffnete den Mund und wurde knallrot. »Ich ... ich, ja. Na klar.«

»Hier.« Er reichte ihr ihre Tasche und zog sein Handy aus der Tasche. »Welchen Taxidienst bevorzugen Sie?«

»Nein.« Sie schüttelte den Kopf. »Ich meine, machen Sie sich keine Mühe. Ich mache das schon. Auf Wiedersehen, Mr. Cade«, sagte sie und hastete mit gesenktem Kopf auf den Eingang zu.

Levi sah ihr nach und hätte sich am liebsten selbst in den Hintern getreten. Er hatte sich gerade wie ein Trottel verhalten. Er hatte das mit den geschmeidigen Worten nicht drauf, die dem reuelosen Hunt so leicht über die Lippen kamen. Selbst wenn Levi eine Frau beschützen wollte, versemmelte er es.

Er rieb sich über den Kopf und stieß einen harschen Seufzer aus. »Das ist doch scheiße.« Er verließ die Lobby und lief am Pool vorbei, auf den einen Ort zu, der all diesen Mist beiseite wischte.

Wieder ging er den Steg entlang und zog langsam Schuhe, Socken, Gürtel aus. Dann folgten Sakko und

Hemd, die auf der hölzernen Bank landeten. Als er das Ende des Stegs erreicht hatte, drehte er sich um und überließ es der Schwerkraft, ihn nach hinten und ins Wasser hineinzuziehen.

Seine Haut kribbelte heftig, und sein Gesicht sank in das 15 Grad kalte Wasser hinab. Platschend kam er wieder hoch und warf den Kopf zurück. Dann wischte er sich die Tropfen aus dem Gesicht und starrte in die Ferne, wo der dunkle Himmel mit dem See verschmolz. Dies war der Ort, am dem Levi die besten Erinnerungen hochkamen. Es versetzte ihn zurück in seine Kindheit, als seine Mutter noch dagewesen war und die Welt sicher und im Gleichgewicht. Sie gingen oft tagsüber an den Steg und spielten hier stundenlang. Hier war Frieden gewesen, bis der Verlust seiner Mutter ihm und seinen Brüdern Ungewissheit und Chaos beschert hatte, das bis heute bestand.

Levi hatte versucht, die Dinge wieder in Ordnung zu bringen. Einen Anschein von Sicherheit, Verlässlichkeit in das Leben seiner Brüder zu bringen, indem er ihr Umfeld kontrollierte, indem er eine Art Vaterfigur wurde und eine Zukunft plante, in der nichts schiefgehen konnte. Lisa war Teil dieses Stabilitätsplans gewesen. Schön und liebevoll. Aber Levi hatte sich in Lisa geirrt und seither strampelte er sich ab und versuchte, die Dinge wieder in Ordnung zu bringen.

Das Bootsdock und das Wasser erinnerten ihn daran, wie sich Geborgenheit und Glück anfühlten, und halfen ihm, sich zu entspannen, den Druck zu mindern. Er hatte noch weitere Lieblingsplätze, aber seit er angefangen hatte, im Club Tahoe zu arbeiten, konnte er nicht mehr hinfahren und dort etwas Zeit für sich verbringen. Der See würde vorerst reichen müssen.

Er würde nicht zulassen, dass Club Tahoe den Bach

runterging. Das Resort war das letzte Stück Sicherheit, das seiner Familie geblieben war.

———

OH MEIN GOTT. »Sie haben zu viel getrunken?« Wie konnte er es wagen! Emily kannte ihre Grenzen. Und na gut, sie hatte ein bisschen zu viel Champagner gehabt; genug, um zu wissen, dass sie nicht mehr selbst fahren sollte, aber sie war nicht betrunken!

Sie zog ihr Handy aus der Tasche. »Siri, ruf mir einen Uber.«

Emily ging vor dem Eingang auf und ab. Und auf und ab, denn ihr Zorn wuchs mit jedem Schritt. Warum hatte sie ihm auch erlaubt, sie wie ein Kind zu behandeln?

Sie blickte sich rasch um und erwartete halb, dass er ein Auge auf sie hatte, so als müsse er ihr zeigen, wie man die Schnürsenkel band, aber es war nicht Levi, der ganz in der Nähe herumstand.

»Wollen Sie schon gehen?« Hunter kam auf sie zu und blieb neben ihr stehen.

Hunter Cade war der Bad Boy unter den Brüdern und spielte seine Rolle überdeutlich, wann immer er die Gelegenheit dazu hatte. Aber Emily fragte sich, wie viel davon tatsächlich wahr war und wie viel nur dem Versuch geschuldet, sich inmitten einer Gruppe von Alphatieren die Aufmerksamkeit anderer Leute zu sichern.

»Ich hatte einen langen Tag.« Das war stark untertrieben. Sie hatte sich den Arsch abgerackert, um Esthers Party zu etwas Besonderem zu machen, und gleichzeitig versucht, ein Wunder zu fabrizieren, indem sie den genauen Zeitplan für die koreanischen Gäste vor nächster Woche wasserdicht und fertig geplant hatte.

Hunter zog die Brauen zusammen. »Wo ist Levi?«

»Weiß ich nicht.«

Er verzog wütend den Mund. »Hat er Sie nach Hause geschickt?«

Levi hatte heute Abend eine Grenze überschritten, indem er ihr sagte, was sie zu tun hatte. Wahrscheinlich hatte dazu auch beigetragen, dass sie tatsächlich ein bisschen zu viel getrunken hatte und nicht gewohnt war, in hochhackigen Schuhen zu laufen. Sie hätte nie auf Lisa hören sollen. Aber auch wenn Levi sehr herrisch war – er war schließlich ihr Boss. Und sie sah auch ein, dass er versucht hatte, sich bei dieser Taxi-Geschichte wie ein Gentleman zu verhalten. »Er steht sehr unter Druck.«

Hunter schüttelte scharf den Kopf und wandte den Blick ab. »Lassen Sie sich von meinem Bruder nicht vorschreiben, was Sie zu tun haben. Er glaubt, er hat über uns alle das Sagen. Bleiben Sie, solange Sie wollen. Sie sind hier willkommen.«

Sie schenkte ihm ein schnelles Lächeln. »Ist schon in Ordnung. Ich sollte wirklich nach Hause gehen und mich ausschlafen. Die nächste Woche wird vollgepackt sein.«

Hunter trat einen Schritt näher. »Hören Sie, Emily. Ich weiß, dass Sie über meine Vergangenheit mit Ihrer Schwester Bescheid wissen. Die Sache ist die ...« Er schob sein Jackett zurück, stemmte die Hände in die Hüften. »Sie hat mir etwas bedeutet. Ich wollte nicht, dass ihr wehgetan wird.«

Sie war sich nicht sicher, ob sie Hunter vertrauen konnte. Ob ihm überhaupt eine Frau trauen sollte. »Okay«, antwortete sie vorsichtig.

»Ich will nicht, dass Levi Ihnen wehtut, so wie er Lisa wehgetan hat. Er ist wie ein Fels, und Lisa schlug immer wieder gegen diesen Felsen, bis sie es nicht mehr länger ausgehalten hat. Lassen Sie nicht zu, dass es Ihnen ebenso ergeht.«

Zwischen Levi und Hunter gab es offenbar tiefsitzende Probleme, von denen Emily sich erst langsam ein Bild machen musste. Aber eins wusste sie ganz genau, nämlich dass Levi nicht verdient hatte, was Hunter und Lisa ihm angetan hatten. Lisa hatte selbst Schuldgefühle wegen dem, was er ihretwegen durchgemacht hatte. »Was Sie getan haben, war falsch.«

Er hob das Kinn. »Ich bin auch nicht stolz darauf. Aber ich habe für meine Sünden bezahlt. Ich bezahle Tag für Tag dafür, aber darum geht es gerade gar nicht. Seien Sie vorsichtig, das ist alles. Ich möchte nicht mitansehen müssen, wie Ihnen das Herz gebrochen wird.«

Emily konnte sich nicht erinnern, dass Lisa ein gebrochenes Herz gehabt hätte – eher ein schuldbewusstes. »Zwischen mir und Levi läuft gar nichts. Er ist mein Boss und wie Sie selbst sagten, er kann überfürsorglich sein.« Eine graue Limousine hielt vor dem Eingang. »Mein Uber ist da. Ich muss gehen.«

Er nickte und schob die Hände in die Hosentaschen, sah ihr zu, als sie einstieg. Der Wagen fuhr an, und Emily sah ihn sich umdrehen und zur Party zurückgehen. Seine Schritte schienen gelassen, aber sie konnte die Anspannung an seiner Haltung, seinen Schultern ablesen.

Levi und Hunter trugen eine Menge Ballast mit sich herum, und Emily hatte nicht vor, zwischen die Fronten zu geraten.

KAPITEL 9

Am nächsten Morgen kroch Emily aus dem Bett und zog sich ihren flauschigen Bademantel über, um die Tür zu öffnen.

Davor stand Lisa, die eine Hand zum Gruß hob und den Kopf zurücknahm. »Nanu? Was ist denn mit dir passiert?«

Emily rieb sich gähnend die Augen und zog die Tür ganz auf. »Was meinst du denn?«

Ihre Schwester winkte mit einer Hand seitlich in Richtung von Emilys Kopf, während sie in der anderen Handtasche und einen Kaffeebecher balancierte. »Du hast da ein echtes Vogelnest in deinen Haaren.« Sie wedelte vor Emilys Gesicht herum. »Und beeindruckende Knautschfalten vom Schlafen quer über der Wange.«

Emily ging voraus ins Wohnzimmer und setzte sich auf die Couch, zog die Knie hoch und schlang die Arme darum. »Ich habe nicht sehr gut geschlafen.«

Lisa schloss die Tür und kam herein. Sie setzte sich Emily gegenüber und sah viel zu hübsch und hellwach aus, wenn man bedachte, dass es gerade mal acht Uhr morgens war. Lisa war nicht gerade als Frühaufsteherin bekannt.

Emily hatte den gestrigen Abend verpatzt, aber vor allem war sie gedemütigt worden. Ob von Levi oder sich selbst, da war sie sich nicht ganz sicher. Aber sie wusste, dass sie ungefähr so aussehen musste, wie sie sich fühlte.

»Warum hast du denn schlecht geschlafen? Du sahst doch großartig aus, als ich dich gestern Abend ausstaffiert habe. Das Outfit, das ich dir besorgt habe, war erste Sahne, also kann das Kleid eigentlich nicht das Problem gewesen sein.«

Emily ließ den Kopf auf die angezogenen Knie sinken. »Man kann nicht jedes Problem mit schicker Mode lösen.« Sie spähte zu ihrer Schwester hinüber.

Lisa starrte sie in gespieltem Horror an. »Aber natürlich kann man das.«

Emily stöhnte. »Du vielleicht, ja. Aber wenn ich ein sexy Kleid trage, dann schicken mich die heißen Typen nach Hause, als wäre ich bloß eine Nervensäge.«

»Was? Aber das kann doch gar nicht sein.«

»Vielleicht hatte ich zu viel Champagner. Und die Schuhe, die du mir aufgeschwatzt hast ...«

»Die sahen verdammt nochmal fantastisch aus.«

»Die haben mich praktisch lahmgelegt.«

Lisa nippte an ihrem Kaffeegetränk. »An deiner Balance arbeiten wir noch. Trotzdem, wieso sollte ein heißer Typ eine beschwipste, schwankende Frau denn nach Hause schicken? Das widerspricht doch jeder Aufreißer-Regel. Du warst ein leichtes Ziel, also hätte er um dich herumschwarwenzeln müssen.«

»Iih.«

Lisa öffnete mit unschuldigem Blick den Mund. »Ich meine ja nur, wer dieser Kerl auch war, er hätte versuchen müssen, *mit dir* nach Hause zu gehen.«

Diese Unterhaltung machte Emilys Kopfschmerzen, die

von der schlaflosen Nacht herrührten, nur noch schlimmer. »Nun, anscheinend laufen die Dinge bei mir nicht so.«

Lisa setzte den Becher ab und zog ihr Handy hervor. »Das reicht. Ich schreibe Jared eine SMS. Es ist viel zu lange her, dass du einen Freund hattest.«

»Aber deinen will ich nicht!« Kaum, dass Emily die Worte ausgesprochen hatte, wurde ihr klar, wie bescheuert sie klangen. Selbst wenn Lisa von Emilys Schwärmerei für Levi wüsste, würde sie wohl kaum annehmen, dass sie sich auch für Jared interessierte.

Lisa rümpfte die Nase. »Du bist echt übermüdet. Ich rede doch nicht von Jared; der gehört mir. Ich habe jemand anderen für dich im Kopf. Deswegen bin ich heute auch hergekommen.«

Emily zog sich die Sofadecke über den Kopf und legte sich hin. »Es ist noch zu früh, um mich mit Blind Dates zu erschrecken.«

Und dann kam ihr ein Gedanke. Sie schlug die Decke zurück und starrte ihre Schwester sicher fünf Sekunden lang an. War es möglich, dass ihre Mutter nicht gewusst hatte, wer Emilys Vater war, und dass sie und Lisa gar nicht miteinander verwandt waren? Denn das würde so vieles erklären.

Ja, sie griff gerade nach Strohhalmen, aber Emily war momentan ein bisschen dem Wahnsinn verfallen und sehr verzweifelt. Lisa hatte alle Eigenschaften, die Emily fehlten: Sie war temperamentvoll, kurvenreich und selbstsicher, auch was ihre Sexualität anging. Wenn sie nicht mitein-ander verwandt wären, wäre das einleuchtend. Und es würde die Tatsache, dass Emily Levi begehrte, weniger gruselig machen.

Aber nein, das konnte nicht stimmen. Emily sah ihrem

Vater weit ähnlicher als Lisa, und Lisas Mom war mit ihrem Vater verheiratet gewesen, als Lisa gezeugt wurde. Verflixt. »Wieso bist du überhaupt wach und gehst mir auf den Geist? Es ist Samstag und es ist noch nicht mal neun, Herrgott nochmal. Du bist doch nie so früh wach, nicht einmal wochentags. Und die Boutique macht auch nicht vor zehn auf.«

Lisa rutschte auf dem Sessel nach vorn. »Jared hat mich dazu gebracht, Sport zu machen.«

Emily war zwar schlank, aber das Universum war etwas zu geizig mit ihren Brüsten gewesen. Lisa dagegen hatte einen lächerlich guten Stoffwechsel und dazu noch große Brüste. Das war doch alles nicht fair! »Bitte sag' mir nicht, dass Jared findet, du solltest Sport treiben. Dann muss ich ihn nämlich wohl doch umbringen.«

Sie grinste. »Vielen Dank, Schwesterchen. Aber es geht dabei gar nicht um mich. Jared wollte nur jemanden dabeihaben, wenn er Sport macht. Er läuft nicht gern allein und sagt, dass es nachmittags zu heiß ist. Er läuft also morgens, und ich fahre mit dem Rad nebenher.« Sie zuckte die Achseln. »Ist gar nicht so schlecht, denn danach macht er mir ein fettes Frühstück.«

Er macht ihr Frühstück? »Jared ist ziemlich großartig.«

»Ganz genau, also warum hältst du dich mit Kerlen auf, die dich nach Hause schicken?«

»Oh, das war niemand, mit dem ich ausgehe.«

Die Augen ihrer Schwester verengten sich. »Emily, mit wem genau warst du gestern unterwegs?«

Emily erstarrte wie das sprichwörtliche Reh im Scheinwerferlicht, nur dass es kein Auto war, das auf sie zukam, sondern eine gigantische, LKW-große Lisa.

»Em?«

Emily schürzte die Lippen und blickte zur Seite. »Mit

Levi«, murmelte sie, aber ihre Schwester hatte natürlich in diesem Moment ein sehr feines Gehör.

Lisa warf sich in dem bequemen, aber hässlichen roten Sessel nach hinten. Er passte zu Emilys ebenso hässlicher Couch, denn beides hatte sie zusammen von Lisa geerbt. »Das ist doch ... Ich habe dir doch gesagt, du sollst dich nicht herumschubsen lassen von ihm.«

»Das tue ich doch gar nicht! Aber Herrgott, Lis. Er ist mein Boss. Ich muss ja schließlich irgendwie auf ihn hören.« Obwohl Emily nicht wirklich überzeugt davon war, dass sie gestern Abend auf ihn hören müssen hätte.

»Na und?«

Emily stand zu schnell auf, und in ihrem Kopf drehte sich alles. Nach nur drei Stunden Schlaf hatte sie nun wirklich genug. Es war nicht nötig, dass ihre Schwester sie auf das Offensichtliche hinwies: Levi sah sie immer noch als Lisas kleine Schwester, und es spielte überhaupt keine Rolle, dass sie inzwischen ein paar Jahre älter war, Universitätsabschlüsse besaß und gestern Abend dieses sexy Kleid getragen hatte.

Sie schleppte sich in die Küche und holte den Orangensaft heraus, trank ihn direkt aus der Packung. »Bist du aus einem bestimmten Grund hergekommen?«

Ihre Schwester starrte mit angewidertem Gesicht über den Rücken des roten Sessels zu ihr herüber. »Erstens, das war total eklig. Erinnere mich daran, dass ich nie irgendwas trinke, was aus deinem Kühlschrank kommt. Und zweitens habe ich dir doch schon gesagt, dass ich vorbeigekommen bin, um dich zu einem gemeinsamen Date einzuladen. Der Zeitpunkt könnte ja wohl kaum besser sein. Ich sage Jared gleich Bescheid. Wenn du zu viel Zeit in Levis Gegenwart verbringst, ruiniert das bloß dein Selbstwertgefühl.«

Emily knirschte mit den Zähnen. »Mit Levi ist alles in

Ordnung. Er ist ein toller Kerl.« Wenn er sie nicht gerade wütend machte.

»Sicher, na klar.«

»Ich komme mit zu diesem Date«, bot Emily an, »wenn du aufhörst, meinen Chef niederzumachen.«

»Passt Dienstagabend für dich? Jared schreibt, dass Zander sich schon darauf freut, dich kennenzulernen.«

LEVI HÖRTE sich die eingehenden Anrufe des Polizei-Scanners an und hatte sich gerade eine Tasse Kaffee eingeschenkt, als es an seine Tür klopfte.

Er schaltete den Scanner leiser und ging mit der Tasse in der Hand hinüber. Grace rannte gegen seine Beine, weil sie schneller an der Tür sein wollte als er. Levi machte auf, und draußen stand Adam. »Was machst du denn so früh am Samstagmorgen schon hier?« Adam, dessen Hände in den Hosentaschen seiner gebügelten Hose steckten, war zwar schick angezogen, aber sein Haar war zerzaust und signalisierte Wochenende.

Grace leckte über Adams Schuhe, bevor sie wieder zu ihrem Schlafplatz zurückkehrte. Ihr Nickerchen machte sie an der Stelle, wo die Morgensonne durch das Esszimmerfenster hereinfiel.

»Wie jetzt, Gracie, das war's schon?«, beschwerte Adam sich. »Nur einmal lecken?«

An den Wochenenden konnte sich Levi darauf verlassen, dass Adam seine Armani-Krawatte auch mal lockerte. Sein Bruder war stets gelassen und gefasst und makellos gekleidet. Außer an den Wochenenden. Und Adam wirkte sehr viel ruhiger, seit Hayden im Spiel war. Adams Verlobte hatte einen guten Einfluss auf seinen kleinen Bruder, womit

Levi niemals gerechnet hätte, da Adam ein sturer Hund war.

Der warf jetzt einen bedeutungsvollen Blick auf den Becher in Levis Hand. »Hast du noch so einen?«

»Klar, komm herein.« Levi durchquerte den Raum und ging in die Küche seiner Blockhütte, während Adam auf der dunkelbraunen Couch Platz nahm, auf der jeder seiner Brüder in den vergangenen Jahren schon mindestens einmal eingeschlafen war.

Levi war aus dem Haus seines Vaters ausgezogen, sobald er konnte. Er wollte einen sicheren Zufluchtsort für seine Brüder schaffen – einen Ort, an den sie sich zurückziehen konnten, wenn es ihnen zu viel wurde, unter dem Dach ihres Vaters zu wohnen. Bevor sie ebenfalls von Zuhause ausgezogen waren, schlief ständig einer von ihnen auf seiner Couch.

Grace kam herüber und setzte sich zu Adams Füßen. Um gestreichelt zu werden, gab sie ihren Lieblingsplatz in der Sonne auf.

Adam streckte die Hand nach den weichen, braunen Ohren des Mischlings aus und kraulte sie an den richtigen Stellen. Grace schloss verzückt die Augen. »Ja, das ist mein Mädchen. Wer hat den Onkel lieb?«

Während Grace sich in seiner Aufmerksamkeit sonnte, goss Levi Adam eine Tasse Kaffee ein und sah sich in der Hütte um. Er hatte das Häuschen zunächst gemietet und dann dem Besitzer abgekauft, als er bei der Feuerwache angestellt wurde und es sich leisten konnte. Natürlich hatte sein Vater für jeden von ihnen einen Treuhandfonds eingerichtet, aber Adam war bisher der einzige gewesen, der dieses Geld angefasst hatte. Levi und der Rest seiner Brüder hatten sich vom Reichtum der Cades und von allem, was dieser darstellte, weitestgehend ferngehalten. Für Levi stand das Geld für den Verlust seiner Familie – zuerst seine Mutter und dann seinen Vater.

Warum also sollte er an Club Tahoe festhalten, wenn das Resort doch der Grund für die Abwesenheit seines Vaters war?

Levi hatte keine Antwort auf diese Frage. Er wusste nur eins: Als die Anwälte ihm das Testament eröffnet hatten, das besagte, dass Levi Club Tahoe leiten sollte, hatte er das nicht ablehnen können. Er hatte die Zukunft seiner Brüder vor Augen gehabt. Die Familien, die sie eines Tages haben würden ... ihre Kinder, die Geld fürs College brauchen würden. Sie hatten immer noch ihre unangetasteten Treuhandfonds, sicher, aber wie lange würden die reichen? Und was würde aus den Angestellten des Resorts werden, wenn das Geschäft den Bach hinunterging?

Wenn Levi die Möglichkeit hatte, seinen Brüdern und ihren zukünftigen Familien eine sichere Grundlage zu verschaffen, dann würde er das tun. Alles, was er dafür tun musste, war Club Tahoe zu leiten und sicherzustellen, dass der Laden überlebte und weiterhin Profit machte.

Keine leichte Aufgabe.

Er arbeitete jetzt seit ein paar Monaten im Club Tahoe und verdiente mehr als je zuvor, aber in seiner Blockhütte hatte sich nichts geändert. Die große, braune Couch war Levis erste Anschaffung gewesen. Adams Kumpel Jaeg hatte ihm den Esstisch und den Couchtisch zum Materialpreis gebaut, als Jaeg sein Geschäft für Holzgestaltung gerade erst aufbaute, und es waren nach wie vor die elegantesten Möbelstücke, die Levi besaß. Das Beste an seinem Häuschen war aber sowieso nicht die Innenausstattung. Es war offensichtlich, dass Levi keinen Blick für Einrichtung und Deko hatte. Nein, das Beste an seiner Hütte war ihr Standort.

Levi gehörte nicht nur das Haus, sondern auch das Grundstück, das eine Meile nördlich von Club Tahoe lag. Das Grundstück war von einheimischem Baumbestand und Sträuchern umgeben und besaß eine private Zufahrt sowie einen Blick auf den See in der Ferne. Die Aussicht, die Bäume, das waren die Dinge, die diese Hütte zu einem Heim machten, zu einem seiner liebsten Zufluchtsorte, der ihm half, den Druck von den Schultern zu nehmen. Wenn er nicht allzu lange arbeitete und nicht mehr als eine rasche Runde im See möglich war, dann gönnte er sich einen Spaziergang über sein Anwesen und betrachtete die Sterne von der Feuerstelle aus, die er ein Stückchen die Zufahrt hinauf gebaut hatte.

»Also«, begann Adam, während er ein Bein auf das andere Knie hob, »was läuft denn da zwischen dir und Lisas hübscher, kleiner Schwester?«

Levi stellte die Kanne sachte wieder in die Kaffeemaschine zurück und trug den Becher zu seinem Bruder hinüber. Er ließ sich mit einer Antwort Zeit, setzte sich in den Fernsehsessel gegenüber der Couch und wartete auf Grace, die zu ihm kam, den Kopf zwischen ihre Pfoten legte und ihr Hinterteil auf den Boden sinken ließ. »Emily arbeitet für mich. Das hat Dad so gewollt. Abgesehen davon läuft da gar nichts.«

Adam lachte leise. »Das glaube ich dir nicht. Gib' es zu, Mann. Da läuft doch irgendwas.«

Levi lehnte sich vor und stützte die Ellbogen auf den Knien ab. Er war ein gutes Stück größer als Adam und auch zehn Kilo schwerer, was den straff organisierten Besuchen im Fitnessstudio zu verdanken war, die er auch nach seinem Ausscheiden aus dem Feuerwehrdienst nicht aufgegeben hatte. »Du glaubst mir nicht?«

»Versuch' bloß nicht, mich mit deinen Hulk-Muskeln

einzuschüchtern. Wir wissen beide, dass ich recht habe, und je eher du es zugibst, desto eher können wir darüber sprechen, wie abgedreht es ist, dass du auf die kleine Schwester deiner Ex stehst.«

Levi stellte seinen Becher auf dem Couchtisch ab und war auf dem besten Weg, seinem Bruder ganz handfest den Weg zur Tür zu weisen, als Adam seufzend die Hand hob.

»Mach dich locker, mein Großer. Seit wann sind wir denn nicht vollkommen ehrlich zueinander?«

»Waren wir immer. Und deswegen kann ich dir auch ganz ehrlich sagen, dass zwischen mir und Emily rein gar nichts läuft.«

»Aber du hättest gern, dass etwas zwischen euch läuft?«

Der Muskel in Levis Kiefer zuckte. »Nein. Sind wir jetzt fertig?«

Adam trommelte mit den Fingern auf der Armlehne der Couch herum. »Sie ist hübsch. Nicht unbedingt dein Typ. Du magst es ja lieber ...« Er formte mit seinen Händen große Brüste in der Luft.

»Du gehst mir wirklich auf den Sack, Adam. Nach eine Woche langer Arbeitstage im Club habe ich nicht mehr viel Geduld übrig.«

»Na schön, wenn du meinst. Aber zu deiner Information, es war Hayden, die mich zu dir geschickt hat. Sie beharrte darauf, dass zwischen euch etwas läuft. Und als ich darüber nachgedacht habe, musste ich ihr zustimmen. Es lag an der Art, wie du den Arm um Emily gelegt hast.«

Levi streckte seinen Hals und ließ die Wirbel knacken. Grace hob den Kopf bei dem Geräusch. »Emily hat geschwankt. Sie hatte zu viel getrunken.«

»Mir schien sie völlig klar zu sein.«

Levi funkelte ihn warnend an.

»Jedenfalls gefällt mir der Gedanke inzwischen ganz gut,

denn das wäre doch gar nicht schlecht. Es ist ein bisschen merkwürdig, etwas mit der kleinen Schwester deiner Ex anzufangen, aber du bist mit niemandem mehr ausgegangen, seit ...« Er schnippte mit den Fingern. »Wie hieß sie noch gleich? Die, die du ein paar Monate nach Lisa in einer Disco getroffen hast. Ist sie nicht auf Reisen gegangen und war dann plötzlich verheiratet?«

»Sie hat einen Trip mit ihrer besten Freundin quer durch Amerika gemacht und spontan irgendeinen Wichser aus Nord-Dakota geheiratet.«

Adam lachte.

Blödmann.

»Ja, das war echtes Pech. Aber du hast dir auch immer Freundinnen ausgesucht, die gerettet werden wollten. Wenn ich mich recht erinnere, war Lisa irre hilfsbedürftig. Na jedenfalls, seither hast du doch eine ganze Menge anderer Weiber abgeschleppt. Wieso probierst du es nicht mal mit Emily?«

»Abgeschleppt. Das war nichts Ernstes.« Levi konnte sich überhaupt nicht vorstellen, Emily *abzuschleppen*. »Und ich werde es ganz sicher nicht versuchen, weil ich meine verdammte Lektion gelernt habe.«

»Was denn für eine Lektion? Dass Beziehungen nicht immer funktionieren? So ist das Leben. Das passiert uns allen mal.«

»Du willst mir doch nicht erzählen, dass die Sache mit Lisa normal wäre.«

Der Schwachkopf lachte schon wieder. »Nein, aber das muss ja nicht heißen, dass es mit Emily genauso ausgehen würde. Sie ist eine nette Frau.«

Levi blickte finster drein. »Das waren die anderen auch. Außerdem, wenn ich eins nicht brauchen kann, dann ist das eine Anklage wegen sexueller Belästigung am Arbeitsplatz.

Ich muss als gutes Beispiel vorangehen. Ich werde nicht mit Emily ausgehen. Selbst wenn ich mir keine Gedanken wegen sexueller Belästigung machen würde, du hast es doch selbst gesagt, ich suche mir immer die Falschen aus. Das würde nicht funktionieren.«

»Eben genau darum könnte es ja funktionieren. Emily ist nicht dein üblicher Typ. Sie ist nicht so hilfe- und aufmerksamkeitsbedürftig wie die anderen. Ich kenne sie nicht persönlich, aber Esther sagt, sie sei klug und talentiert.«

Levi schüttelte den Kopf. »Hör auf, sie mir anpreisen zu wollen. Emily ist eine tolle Frau, aber ich will keine Beziehung. Und schon gar nicht mit einer weiteren Wright-Schwester, auf keinen Fall. Ich muss mich auf den Club konzentrieren. Sie ist die einzige weibliche Person, die ich gerade in meiner Nähe ertrage.«

Adam atmete aus. »Ich werde Hayden nicht verraten, dass du das gesagt hast. Sie ist sich ziemlich sicher, dass du etwas mit Emily hast. Aber ich habe meine Pflicht gegenüber meiner Verlobten erfüllt und mir den Exklusivbericht über euch beide gesichert.« Er stand auf. »Steht denn unser Date zum Golfen am Freitag noch?«

»Vielleicht. Nächste Woche kommt eine Firmendelegation, um sich den Laden anzuschauen. Wir stehen finanziell ein wenig unter Druck und könnten den Großkunden sehr gut gebrauchen. Ich muss gut vorbereitet sein.«

Adam nickte. »Du bekommst langsam ein Gefühl für den Laden, hm? Macht es dir endlich auch ein bisschen Spaß?«

»Nein. Sonst noch was, worüber du mich aushorchen willst?«

Adam nahm einen tiefen Schluck aus dem Kaffeebecher und stellte ihn dann auf den Tisch. »Nee. Ich lasse Hayden wissen, dass sie recht hatte.« Er zwinkerte, und Levi dachte darüber nach, seinen Bruder mit einem Tritt hinauszubefördern.

»Wir sehen uns Freitag.«

»Ich habe nicht zugesagt, dass ich das schaffe.«

Adam blieb auf der Schwelle stehen. »Das wirst du. Bis dahin brauchst du die Pause«, sagte er über seine Schulter, bevor er sich abwandte und verschwand.

War Levis Interesse an Emily wirklich so offensichtlich? Wenn das der Fall war, dann musste er sich die Anziehung schleunigst aus dem Kopf schlagen. Er konnte sich keine Beziehung leisten, erst recht keine mit seiner erstklassigen Assistentin, die außerdem die kleine Schwester seiner Ex war. Diese Kombination tat ganz sicher keinem Mann gut.

KAPITEL 10

Die Männer von Shin Electronics, sowie einige wenige weibliche Angestellte, waren gestern am späten Vormittag wohlbehalten angekommen. Emily hatte dafür gesorgt, dass die Limousinen pünktlich am kleinen Flughafen von South Lake Tahoe bereitstanden, und als alle im Club versammelt waren, wurden die Gäste eingeladen, das Wellnessangebot zu nutzen, das sie zusammengestellt hatte. Als dann das erste Kennenlerntreffen am frühen Abend stattfand, waren die Vertreter von Shin entspannt und gutgelaunt. Der gesamte Tag war sehr gut verlaufen.

Heute Morgen dagegen sah die Sache ganz anders aus.

Emily rannte den Flur hinunter in Richtung von Levis Büro. Sie trug ihren üblichen, dunklen Bleistiftrock, aber mit einem der Oberteile kombiniert, die ihre Schwester vor einigen Tagen vorbeigebracht hatte. Und nein, sie trug keine der Todesfallen-Schuhe, die ihre Schwester ihr ebenfalls hatte aufschwatzen wollen, indem sie ihr weismachte, dass sie der letzte Schrei waren. Emily blieb bei ihren verlässlichen 7,5-Zentimeter-Absätzen, die dazu noch ein wenig mehr Grundfläche aufwiesen. Keine Pfennigabsätze. Mit anderen Worten, sie konnte anständig damit laufen. Was sie gerade tat. In Eile. Mit großen Schritten ihrer langen Beine sprintete sie beinahe den Korridor hinab.

Esther war offiziell in Rente, und Emily hätte ihre Sachen eigentlich auf den Schreibtisch der älteren Frau packen sollen, der in Levis Vorzimmer stand. Aber irgendwie fühlte es sich nicht richtig an, den Platz ihrer Vorgängerin einzunehmen. Außerdem gefiel es Emily ganz gut, ihr eigenes Büro zu haben, auch wenn es nur ein kleiner Raum war. Also rannte sie nun immer zwischen ihrem Büro am Ende des Ganges und Levis Büro hier vorn hin und her, wenn sie mit ihm sprechen musste. So wie jetzt, weil der kommende Abend zu einem Desaster zu werden drohte.

»Levi.« Emily platzte in sein Büro, ohne anzuklopfen. Sie hätte anklopfen sollen, aber das hätte eine weitere halbe Sekunde gedauert, und sie wollte keine Zeit vergeuden.

Er stand mitten im Zimmer und starrte die Krawatte in seiner Hand an, die er bei ihrem Eintreten prompt sinken ließ. Sein Gesichtsausdruck wandelt sich von leichter Verärgerung zu Wachsamkeit. »Was ist los?«

»Der Koch des Steakhauses ist krank, unsere Verstärkung hat soeben gekündigt, und Bran steht kurz davor, die Nerven zu verlieren. Moment – warum sind Sie noch nicht fertig? Sie müssen die Männer in fünf Minuten treffen!«

»Ich werde da sein. Ich muss nur ganz kurz nochmal runter zu Peak Attire.«

Er sprach von dem vornehmen, lächerlich überteuerten Bekleidungsgeschäft im Club Tahoe.

Sie ließ ihren Blick an ihm hinabgleiten. Der Anzug saß, und er sah darin aus wie ein muskulöses Laufstegmodel. Das einzige Detail, das nicht perfekt saß, war seine Krawatte, denn die hielt er immer noch in der Hand. »Dazu haben Sie keine Zeit mehr. Sie kommen sonst zu spät, und jeder Eindruck zählt.«

Er hielt ihr den Seidenstrang entgegen. Die Krawatte war gestreift und hatte wahrscheinlich 200 Dollar gekostet. Er blickte sie verdrießlich an. »Ich habe nie gelernt, wie man die richtig bindet.«

Emily schritt auf ihn zu, nahm ihm die Krawatte aus der Hand und schlang sie um seinen Hals. Ihre Hände waren flink beim Binden des Knotens, während sie gleichzeitig redete. »Was machen wir denn jetzt wegen des Steakhauses? Ist das je zuvor passiert? Und ausgerechnet heute?«

Er sah zu, wie sie sich rasch und effizient um seine Krawatte kümmerte. »Wer hat Ihnen das beigebracht?«

Sie blinzelte und betrachtete ihr Werk. Der Knoten saß gerade und ordentlich. »Mein Ex war Börsenmakler. Er mochte außerdem Hemden mit Umschlagmanschetten und Fliegen.«

Levi strich mit der Hand über den Seidenstoff. »Danke sehr.« Er lächelte.

Und Emily vergaß augenblicklich, warum sie hergekommen war.

Gott, er sah aber auch gut aus. Jede anwesende Frau würde anfangen zu sabbern, wenn sie ihn heute Abend so sah. Wenn Emily häufiger von der Arbeit aufsehen würde, dann wüsste sie wahrscheinlich exakt, wie viele Frauen hier in ihren neuen, jungen Geschäftsführer verknallt waren. Andererseits musste sie gar nicht genauer hinsehen; sie konnte auch einfach raten. Alle. Jede einzelne. Und wahrscheinlich auch ein paar Männer.

»Emily? Alles okay?«

Sie schüttelte den Kopf. Sie war hier wegen … wegen des Restaurants. »Tut mir leid, ich … ich mache mir Sorgen. Was sollen wir denn jetzt machen?« Geschmeidiger Übergang.

Er marschierte in Richtung Tür und zog sein Handy aus der Hosentasche. Emily ging langsam hinter ihm her.

Sie war hierher gerannt, außer sich vor Sorge wegen der Essenssituation, aber als sie ihm zusah, wie er in seinem formellen Abendanzug vor ihr her schritt, schien alles andere unwichtig, weil *oh du meine Güte.*

Levi war groß – 1,90 oder 1,95? Mit ihren 1,70 war Emily für eine Frau ja auch nicht klein, dazu die Absätze, mit denen sie die meiste Zeit näher an die 1,80 heranreichte. Dennoch hatte Levi vor ihr aufgeragt, als sie ihm die Krawatte gebunden hatte, und dafür gesorgt, dass sie sich klein vorkam. Wenn ein Mann körperlich stark und mächtig wirkte, machte sie das extrem an. Sie konnte nicht aufhören zu starren, denn der Anblick von hinten war beinahe ebenso gut wie der von vorn.

»Macon, wo zur Hölle bist du?«, bellte Levi ins Telefon. Macon war der Koch, mit dem sie sich bei Esthers Abschiedsparty kurz unterhalten hatte. Er legte ganz offensichtlich großen Wert auf seine Bartpflege. Niedlich, aber nicht ihr Typ.

»Du bist also krank, hm? Was hast du denn?« Eine ganze Weile lang hörte Levi nur zu, während er weiter den Flur entlangschritt, die Büroetage verließ und die Lobby durchquerte. Er hielt auf die Fireside Lounge zu, wo Shin Electronics und ihre Geschäftspartner sich vor dem Abendessen zum Aperitif trafen. Er betrat die Bar und winkte ab, als eine Kellnerin auf ihn zueilen wollte. »Wo bist du letzte Nacht gewesen?«

Ein verärgerter Ausdruck machte sich auf seinem Gesicht breit. »Macon, entweder schickst du meiner Assistentin ein Attest von deinem Arzt und treibst einen fähigen Ersatz für heute Abend auf, oder du bist gefeuert.« Er steckte das Handy wieder in die Hosentasche.

Emily keuchte auf. »Wir sind geliefert. Sowas von geliefert. Sie können ihn nicht feuern. Wir haben zwar gut ausgebildetes Personal, aber wir brauchen doch trotzdem einen Chefkoch ...«

Levi nickte dem Kopf von Shin Electronics quer durch den Raum zur Begrüßung zu. »Macon wird in einer Viertelstunde hier sein.«

Sie packte seinen Arm, bevor der vermaledeite Kerl ihr davonlief. »Woher wissen Sie das?«

Er starrte auf sie herab. »Macon hat einen Kater. Das hat er zwar so nicht gesagt, aber er war gestern Abend lange aus. Der Mann arbeitet seit sieben Jahren hier. Er meldet sich jedes Mal krank, wenn er es am Vorabend übertrieben hat. Normalerweise haben wir einen Ersatzkoch, aber heute Abend ist er dran.«

Emily ließ ihre Hand sinken. Erst jetzt merkte sie, dass sie ihn festgehalten hatte. Nicht mit Gewalt – er hätte sich ganz leicht losmachen können. Aber das hatte er nicht. Er hatte gewartet, bis sie ihn losließ.

Sie stieß den Atem aus. Vielleicht hatte sie übertrieben reagiert, aber was erwartete er denn auch? Sie war neu hier; mit Macons Gewohnheiten kannte sie sich nicht aus. Glücklicherweise tat Levi das.

Er stolzierte auf die Gäste zu, schüttelte Hände und begrüßte jeden einzeln. Emily sah ihm zu und ihr wurde eines klar.

Levi hatte das Führen im Blut. Er wusste es bloß noch nicht.

———

Es war fast Mitternacht, als Emily sich zum Angestellteneingang schleppte. Sie war fix und alle.

Während Levi mit den Gästen geplaudert hatte, hatte sie sichergestellt, dass alles für den morgigen Wellnesstag bereit war. Der war erst in letzter Minute hinzugekommen, aber der Konzernchef beharrte darauf, nachdem er die Massage am Ankunftstag so sehr genossen hatte. Wie konnte Emily da protestieren? Er hatte um eine weitere Massage am Morgen gebeten, dann um einen Saunagang für sich und seinen Stab, bevor sie nachmittags weitere Besprechungen abhalten wollten.

»Emily«, rief eine tiefe Stimme.

Sie drehte sich um und sah Levi über den Parkplatz auf sie zukommen. Er hatte die Krawatte gelockert, und die Hosenbeine seiner Anzughose waren voller Falten an den Oberschenkeln: ein Tribut an den langen Abend, den er sitzend, essend und plaudernd verbracht hatte. »Wie ist es gelaufen?«

»Den Umständen entsprechend hätte es nicht besser laufen können.«

»Wie ich höre, ist Macon aufgetaucht.«

Levi schnaubte. »Dieser Idiot. Aber er ist ein talentierter Idiot. Den kann ich nicht gehenlassen.« Er blickte auf sie herab. »Sie waren ganz schön lange hier.«

»Noch eine Änderung in letzter Minute. Das Team möchte den Vormittag mit Wellness verbringen.«

Levi schüttelte den Kopf. »Da bin ich raus.«

»Oh nein. Wenn ich gedrängt werde, dabei zu sein, dann müssen Sie auch kommen. Die Übersetzerin, die sie mitgebracht haben, fliegt mit einem der Mitarbeiter zu einer Besprechung nach L.A. und steht daher nicht zur Verfügung.«

»Dann heuern Sie eine andere Übersetzerin an.«

»Wieso? Ich bin doch hier und ich besitze einen Badeanzug.« Sie zog ihren Autoschlüssel aus der Tasche und drückte auf die Taste für die Türentriegelung. »Obwohl ich bezweifle, dass wir Badesachen brauchen. In anderen Ländern geht man nackt in die Sauna.« Sie grinste, da sie offenbar den Verstand verloren hatte. Die langen Arbeitstage führten schon dazu, dass sie mitternachts ihren Chef veralberte.

Er legte ihr eine Hand auf die Schulter und hielt sie so davon ab, in den Wagen zu steigen. »Auf gar keinen Fall. Es wird keinen Saunagang ohne Bekleidung mit einem Haufen notgeiler Geschäftsmänner geben.«

Sie lachte. »Ich habe doch nur einen Witz gemacht. Wahrscheinlich tragen die alle Badehosen. Naja, vielleicht. Und wenn nicht, dann bezweifle ich, dass Nacktheit so ein großes Thema für diese Leute ist. Wir Amerikaner sind die einzigen, die so davon besessen sind.«

Levi wandte sich ab und entfernte sich in die entgegengesetzte Richtung, vermutlich zu seinem eigenen Wagen. »Ich werde da sein. Und ziehen Sie verflixt nochmal einen Badeanzug an«, rief er im Gehen zurück.

KAPITEL 11

Emily hatte heute zwar einen Haufen Anrufe zu machen, aber einen Badeanzug anziehen und sich einen Saunagang gönnen, dazu ein bisschen übersetzen? Keine schlechte Art, den Vormittag zu verbringen. Irgendwann demnächst würde sie auch einmal die Zeit finden, den gesamten Fünf-Sterne-Wellnessbereich von Club Tahoe zu nutzen.

Als sie sich umgezogen hatte und die runde Steinsauna betrat, die Platz für zwei Dutzend Gäste bot, hatten es sich bereits einige Männer und Frauen auf den Bänken bequem gemacht, und Dampfschwaden hingen im Raum.

»*An-nyeong-ha-seyo*«, begrüßte sie lächelnd die Gruppe.

Gedämpfte Grußworte kamen als Antwort zurück.

Zunächst blieben die Leute still, nahmen sich wahrscheinlich einen Moment Zeit, sich zu entspannen, aber als der Hauptkunde die Sauna betrat – irgendein steinreicher Typ aus dem Silicon Valley –, ging die Plauderei los. Die meisten Angestellten von Shin Electronics konnten sich sehr gut auf Englisch verständigen. Ein paar Mal baten sie Emily um eine Übersetzung, aber ansonsten konnte auch sie sich entspannen, während die Gäste ihre Geschäfte abwickelten.

Als die vorgesehene Zeit etwa zur Hälfte herum war, hielt auch Levi sein Versprechen und betrat den Raum. In ein Handtuch gewickelt. Mit nacktem Oberkörper.

Heilige Maria.

Emilys Kopf war wie leergefegt. Sie rutschte nervös herum, bis sie realisierte, dass der Firmenchef eines der amerikanischen Unternehmen wollte, dass sie ›kumulierte Abschreibung‹ ins Koreanische übersetzte.

Sie ratterte die Übersetzung herunter und sah dann wieder zu Levi hinüber. Es gab nackte Männerbrust und dann gab es Levis nackte Brust. Er trainierte seinen Körper ganz offensichtlich, und das nicht zu knapp. Aber der Mann war auch einfach gut gebaut, alles in den richtigen Proportionen. Und er besaß diese Muskeln, die eine Linie an der Hüfte begannen, einen Bogen machten und unter dem Handtuch verschwanden, was ihre Fantasie in heilloses Chaos stürzte.

Es war die reine Folter. Sie musste hier raus, bevor sie irgendetwas Peinliches tat. Ihm das Handtuch entriss oder seine Brust kraulte. Was hatte sie sich bloß dabei gedacht, ihn einzubestellen?

Emily blickte von seiner Brust auf und begegnete seinem Blick. Er starrte sie ebenfalls an.

Sie erstarrte.

Levis Blick wanderte nach unten, über ihre Schultern, ihre Brüste, dann hinab zu ihrer Taille und dem weißen Handtuch, das sie über dem Schoß ausgebreitet hatte. Ungeachtet ihrer Neckerei hatte sie nicht wirklich vorgehabt, nackt in der Sauna zu sitzen. Sie trug einen schlichten, schwarzen Badeanzug. Aber sein Blick fühlte sich an, als würde er sie berühren. Haut an Haut. Er lächelte. Nicht lange, aber lange genug.

Sie erschauerte und versuchte, den Geschäftsmännern zuzuhören, aber im Grunde galt ihre gesamte Aufmerksamkeit dem Mann ihr gegenüber, der gerade weit weniger wie ein Firmenchef aussah als vielmehr wie ein schroffer, ehemaliger Feuerwehrmann, der sich unglückselige Jungfrauen einfach über die breite Schulter warf.

Erst als Levi sich einige Minuten später entschuldigte, kam Emily wieder zu Atem.

Sie blieb in der Sauna, bis die Geschäftsleute gingen, um ihre Besprechungen für den Nachmittag vorzubereiten. Dann duschte sie und zog sich wieder an. Aber ihr Puls ging immer noch schneller, wenn sie an den Augenblick dachte, in dem sich etwas zwischen ihnen abgespielt hatte.

Seit sie im Club Tahoe zu arbeiten angefangen hatte, begehrte sie Levi schamlos, aber vorhin hatte sie zum ersten Mal gesehen, dass auch er nach *ihr* gierte.

War er nur vorbeigekommen, um nachzusehen, ob mit ihr alles in Ordnung war? Sie hatte ihn letzte Nacht mit dem Saunabesuch und dem Gerede über Nacktheit geneckt, aber nicht wirklich damit gerechnet, dass er auftauchen würde. Es war ja nicht notwendig. Wenn er also nicht dort sein musste, wieso war er dann gekommen?

Das war ein gefährlicher Gedankengang.

Auf dem Rückweg in die Büroetage war sie so dermaßen abgelenkt von diesen ›Was wäre, wenn‹-Szenarien, dass sie Hunter, der vom Pool her auf sie zukam, gar nicht bemerkte, bis er schon fast vor ihr stand.

»Warten Sie, Emily.« Hunter war für den Strand und das Bootsdock zuständig, fuhr mit den Gästen auf den See, zu Trinkgelagen auf dem Boot oder anderen Touren.

Momentan trug er eine Jeans und ein T-Shirt mit dem Logo des Clubs.

»Ist alles klar für die morgige Bootstour zur Emerald Bay?«

Er lachte und schüttelte den Kopf. »Denken Sie je an was anderes als die Arbeit?« Er schenkte ihr sein charmantes Lächeln, mit dem er sicher schon viele Mädchen und Frauen herumgekriegt hatte.

»Manchmal tue ich das, ja.« Wenn er wüsste, was für schmutzige Gedanken über seinen älteren Bruder in ihrem Kopf herumspukten. »Aber nicht oft. Zu viel zu tun.«

»Sie klingen wie eine schwungvollere Version von Levi.«

Sie schluckte und schob ihre Lust und ihre Schuldgefühle deswegen beiseite. »Ich nehme das mal als Kompliment. Brauchen Sie noch irgendetwas? Sie haben die Liste der Leute, die sich dafür eingetragen haben, bekommen?«

»Habe ich, ja. Das Boot ist in Schuss und bereit.« Dann ließ er seine großspurig-überhebliche Fassade fallen und verlagerte das Gewicht von einem Bein auf das andere. »Ich wollte mit Ihnen über etwas anderes reden ... Denken Sie, Sie könnten Levi einen Vorschlag machen? Ohne ihm zu sagen, dass er von mir kommt?«

Emily verstand, wo die Spannungen zwischen Levi und seinem Bruder herkamen. Aber das bedeutete nicht, dass sie sich zwischen den Stühlen wiederfinden wollte. »Ich werde nicht für Sie lügen.«

»Nicht lügen«, widersprach er und blickte zur Seite, als müsse er überlegen. »Sie sollen bloß nicht erwähnen, dass die Idee von mir stammt.« Emily erwiderte zunächst nichts darauf, und Hunter kratzte sich am Kinn, schien sich zunehmend unwohl zu fühlen. »Es ist auch gar nichts Schlimmes. Ich würde gern mehr Aktivitäten für die Kinder und Jugendlichen anbieten, die den Club besuchen. Die meisten unserer Aktivitäten richten sich an Erwachsene: Spielen, Wellness, Golf. Wir haben einen Pool und Paddelboards, aber ich sehe jeden Tag die gleichen Kinder am Strand und würde gern eine Art Programm für sie aufsetzen. Wir haben direkt hinter dem Hotel das klarste Wasser im See. Wir könnten Schnorchelkurse anbieten oder die Yogalehrerin dazuholen, damit sie eine Kinderstunde am Strand gibt. Wes könnte auch sowas wie Junior-Golf unterrichten ... Ich weiß nicht.« Er rieb sich den Nacken. »Ist nur so ein Gedanke.«

Sie versuchte, ihn nicht mehr ganz so streng anzusehen. »Das ist ... eine gute Idee, Hunter. Eine wirklich gute Idee.«

»Hunt. Nennen Sie mich einfach Hunt. Nur mein Vater hat mich Hunter genannt.«

»Warum wollen Sie das Levi denn nicht selbst vorschlagen?«

Sein Gesicht verfinsterte sich. »Nichts, was von mir kommt, kommt bei Levi gut an. Glauben Sie mir Und das ist eine Sache, die mir ... am Herzen liegt. Ich weiß noch, wie ich den Sommer hier draußen verbracht habe, während die Erwachsenen drinnen waren und sich um ihren Kram gekümmert haben. Ich möchte den Kindern mehr bieten.«

Emily lächelte ihn an. »Ich werde es ihm vorschlagen«, sagte sie. »Mehr Aktivitäten für jüngere Gäste mit einer Art Wochenplan wären eine sinnvolle Ergänzung. Und Sie haben recht, die Anzahl der Gäste unter 18 ist gestiegen. Sichere, planbare Aktivitäten können für das Hotel und die Gäste nur von Vorteil sein. Danke für den Vorschlag.«

Er nickte und marschierte davon, bevor sie ein weiteres Wort sagen konnte.

Emily beobachtete, wie Hunt in Richtung Strand ging. Er war ganz anders, als sie ihn sich vorgestellt hatte, nachdem sie von seinem Ruf erfahren hatte. Natürlich gab es diese verwegene Seite an ihm, den Aufreißer, aber da war auch noch mehr ...

»Bewundern Sie gerade Hunts Hintern?«

Die Stimme kam von hinten, und Emily erkannte sie auf Anhieb. Nur der Tonfall war anders. Levi sprach sonst nie in einem so scharfen Ton mit ihr.

Sie drehte sich mit einem Lächeln um und ignorierte seinen Blick, der Missbilligung auszudrücken schien. Wenn sie Hunts Vorschlag jetzt direkt erwähnte, würde Levi ahnen, dass er von seinem Bruder stammte, da sie gerade erst mit ihm gesprochen hatte. Und Hunts Idee eines Kinderprogramms war etwas, das sie sich gern näher ansehen würde. Also hielt sie vorerst den Mund, denn Hunt hatte recht. Es käme wahrscheinlich nicht gut an, wenn Levi wüsste, dass die Idee von seinem jüngsten Bruder stammte. »Ich habe nur im Vorübergehen hallo gesagt. Ein wunderschöner Tag, nicht wahr?«

Levi sah sie an, als misstraue er ihr. »Haben Sie denn gar nichts zu tun?«

Sie zog die Brauen zusammen. »Ich habe immer etwas zu tun. Das heißt aber nicht, dass ich mir nicht auch mal eine Sekunde Zeit nehmen kann, um den Himmel über Lake Tahoe zu bewundern.«

Er schloss die Augen und atmete aus. »Ich muss um Entschuldigung bitten. Ich bin diese Woche nicht ich selbst. Bitte«, und damit wies er auf die Aussicht, »genießen Sie den Blick. Wir reden später.« Und weg war er.

Wie ein Schleudertrauma. So fühlte sich die Arbeit im Club Tahoe an. In einem Moment behandelte Levi sie, als wäre sie ein minderjähriger Teenager, der zu viel getrunken hatte, und im nächsten Augenblick betrachtete er sie abschätzend in ihrem hässlichen, einfachen Badeanzug.

Und vielleicht war gar nicht mehr dahinter, Männer glotzten doch ständig. Das bedeutete gar nichts.

Er war ein wohlhabender, schroffer Mann vom Typ ›echter Kerl‹, der mit Frauen ausging, die aussahen wie Playboy-Models. Sie war nicht sein Typ.

Emily stürmte in ihr Büro und ließ sich schwer auf ihren Bürostuhl fallen. Sie erledigte die Anrufe, die sie am Morgen aufgeschoben hatte. Sie musste sich darauf konzentrieren. Ihre Arbeit erledigen. Levi war eine Jugendschwärmerei gewesen. Nun war er ein Mann mit Fehlern, Ecken und Kanten ... und Mauern. Mauern, die ihr weiches Herz ganz sicher nicht einreißen konnte. Sie war auch nicht sexy genug, um sie dahinschmelzen zu lassen, weswegen sie sich tagtäglich an seiner harten Fassade stieß.

Sie musste sich ein dickeres Fell zulegen, denn sie würde ganz sicher nicht kündigen und das Versprechen brechen, das sie Levis Vater gegeben hatte.

KAPITEL 12

»Nein, nein, nein.« Emily würde das auf keinen Fall machen. »Das soll wohl ein Witz sein.«

Levi lehnte sich gegen den Türrahmen ihres Büros. »Wir brauchen Sie. Wo liegt denn das Problem?«

Sie kam um ihren Schreibtisch herum, lehnte sich mit der Hüfte gegen die Kante und verschränkte die Arme vor der Brust.

Sein Blick wanderte hinunter zu ihrer Taille, dann langsam wieder nach oben.

Sie blinzelte und sah zur Seite. Sie musste aufhören, ständig zu denken, dass er sie auf *diese* Weise ansah. »Das Problem ist«, erwiderte sie mit Nachdruck, »dass ich eine echte Niete im Golfen bin. Ich werde mich blamieren. Ich werde *Sie* blamieren. Glauben Sie mir, Sie wollen mich nicht mit irgendwelchen Bällen spielen sehen.«

Der fragende Ausdruck verschwand, und dann umspielte ein träges Lächeln seine Mundwinkel.

Sie legte eine Hand über ihre Stirn. »Vergessen Sie, dass ich das gesagt habe.« Sie blickte wieder auf. »Sie wissen doch, was ich gemeint habe.«

»Weiß ich. Aber Sie müssen doch gar nicht gut darin sein. Wenn Sie einen Schlag verschießen, nehmen sie einfach den nächsten Ball und machen weiter.«

»Sie meinen, nachdem ich mehrere hundert Bälle im Gestrüpp verloren habe?«

Er zuckte die Achseln.

»Sie stehen drauf, mich zu demütigen, was?«

Er wandte sich ab, ohne zu antworten, aber sie konnte sehen, dass er lächelte, als er davonstolzierte.

»Scheiße«, murmelte sie.

»Vergessen Sie nicht, sich im Laden Golfkleidung auszusuchen«, rief er ihr vom Ende des Korridors zu. »Die geht aufs Haus.«

DIE SACHE MIT DEM BÖRSENMAKLER, der gern Fliegen trug, war die: Er spielte auch gern Golf, also wusste Emily, wie das ging. Zumindest theoretisch.

Sie steckte das enganliegende, weiße Poloshirt aus dem Hotelladen in die neue, marineblaue Golfshorts. Der Stoff lag glatt über ihrem Bauch, und die Shorts passten gut, betonten ihre Oberschenkel. Sie mochte keine Riesenmöpse besitzen, aber sie hatte einen flachen Bauch, und ihr Hintern war auch nicht schlecht. Aber für jemandem mit einer sportlichen Figur hatte sie eine totale Mattscheibe, wenn es ums Golfen ging. Jedenfalls hatte das ihr Ex-Freund behauptet. Mit einem genervten Blick, wie üblich für ihn. Zusätzlich hatte er auch noch die Augen verdreht.

Himmel, der Kerl war wirklich ein Arsch gewesen.

Ab jetzt würde sie sich auf keinen Arsch mehr einlassen. Der nächste Kerl, mit dem sie ausging, würde ihr niemals vorschreiben, was sie zu tun hatte, und er würde auch nicht auf sie herabschauen. Sie hatte schließlich eine ganze Menge erreicht, verflixt nochmal.

Und gerade hatte sie sich selbst das beste Argument geliefert, wieso es unmöglich war, etwas mit Levi anzufangen, selbst wenn er nicht mit ihrer Schwester zusammen gewesen wäre. Und wenn er nicht ihr Boss wäre.

Levi sagte Emily Tag für Tag, was sie zu tun hatte. Er hatte ihr sogar gesagt, was sie zu tun hatte, als sie mal einen Abend lang nicht wirklich im Dienst gewesen war. Er hatte sie rausgeschmissen und in ein Taxi gesteckt.

Sie atmete tief ein, hielt den Kopf stolz erhoben und stolzierte durch den Mitarbeiterausgang und auf den ersten Abschlag zu, der ganz in der Nähe des Golfzubehör-Shops lag. Levi hatte gesagt, dass sie sie auf dem Golfplatz brauchten, weil die gesamte Gruppe von Shin Electronics beschlossen hatte, heute Vormittag zu spielen. Wes hatte wie versprochen den Platz für einige Stunden reserviert, damit die Konzernleute unter sich waren, und Levi wollte sie und ihre Übersetzungskünste vor Ort haben.

»Ich schaffe das«, ermutigte sie sich selbst, als sie Levi, seine Brüder und die Gäste erblickte. Aber ihre Hände fingen augenblicklich zu zittern an.

Levi drehte sich um, musterte sie – und sein Blick verharrte länger als nötig auf ihren Beinen.

Er war ein Kerl; natürlich schaute er einer Frau auf die Beine. Daran war nichts Ungewöhnliches. Es hatte nichts zu bedeuten. Hunt schaute ebenfalls hin. Das war schlicht normales Männerverhalten.

Sie blieb neben Levi stehen. »Ich habe keine Schläger.«

Er hob das Kinn, und Wes verschwand bereits im Golfshop.

Er kehrte Sekunden später mit einer kompletten Ausstattung zurück, die er einem dabeistehenden Caddy reichte, bevor er einen Putter und einen Driver herauszog. »Testen Sie die mal. Für eine Frau sind Sie recht groß, aber die sollten gehen.«

Na toll. Erwarteten die wirklich, dass sie vor Publikum ausholte?

Emily stützte den Putter auf den Boden und ging ein wenig in die Knie. »Das passt, ja.«

»Was ist mit dem Driver?«, wollte Levi wissen.

Sie blickte ihn finster an, und seine Augen funkelten, als würde ihm das alles Spaß machen.

Sie reichte dem Caddy den Putter und ging wieder leicht in die Knie, ging mit dem Driver in Position. Ihre Haltung war nicht das Problem, die war gar nicht so schlecht, aber sie konnte schlicht keinen Ball geradeaus schlagen, und hinge ihr Leben davon ab.

Sie holte nur leicht aus und richtete sich wieder auf. »Alles bestens.«

»Sehr gut«, sagte Wes und sah sich dann um. »Sind alle da?«

Levi ließ den Blick über die große Gruppe schweifen und nickte. »Wir sollten besser loslegen, wenn wir den Platz nutzen wollen, solange er leer ist.«

Wes rief die Gruppen auf und platzierte Emily und Levi in der ersten Gruppe, die mit dem Abschlag beginnen würde. Der Konzernchef und ein weiterer Mitarbeiter von Shin Electronics waren mit von der Partie.

Sie trat auf den Firmenboss zu und lächelte. *»Tee-shot har Joonbee Dae-syeoss-seub-nee-ka?"*

Der Mann nickte und ging auf die erste Abschlagstelle zu. Er holte ein paar Mal aus und schwang, um sich warmzumachen.

Levi trat hinter sie und beugte sich hinunter, sodass sein

Mund sich ganz nah an ihrem Ohr befand. »Wie haben Sie denn gelernt, so gut Koreanisch zu sprechen?«

»Ein Jahr in Korea, schon vergessen?« Er starrte sie an, und sie wackelte leicht mit dem Kopf. »Und ich habe auf der Uni ein paar Kurse gemacht. Ich dachte, das wäre vielleicht ganz nützlich, wenn ich im Gastgewerbe arbeiten würde.«

»Planen Sie immer alles so gründlich voraus?«

»Ja.«

Er beobachtete den anderen Mitarbeiter von Shin beim Abschlagen. »Interessant.«

»Ist es das? Man sollte doch meinen, dass meine planerischen Fähigkeiten Ihnen sehr gelegen kommen.«

»Vielleicht will ich gar nicht, dass alles durchgeplant ist.«

Sie starrte sein Profil an. »Das habe ich aber anders in Erinnerung. Mit meiner Schwester haben Sie damals Ihre gesamte Zukunft durchgeplant.«

Er warf ihr einen merkwürdigen Blick zu. »Und Sie sehen ja, wie gut das funktioniert hat.«

Wollte er damit ausdrücken, dass er einen Fehler gemacht hatte?

Während Emily versuchte, seine kryptische Antwort zu dekodieren, trat Levi zum Abschlag und holte einmal weit aus. Seine Haltung war exzellent. Sehr sportlich. Das waren alle Cade-Brüder.

Er setzte seinen Driver hinter dem Ball an, zog den Schläger in einer geraden Linie zurück, bis der horizontal über seiner rechten Schulter schwebte. Er schwang ihn herab und traf den Ball mit einem lauten Knall. Der Ball flog davon, immer weiter, so weit, dass Emily ihn nicht mehr sehen konnte. Aber Levi hatte ihn nach wie vor im Blick, ebenso wie die Geschäftsleute, die alle beeindruckt schienen.

Und dann war Emily an der Reihe.

Perfekt. Sie kam nach dem Typen dran, der kerzengerade und mit solcher Wucht abschlug, dass der Ball bis nach Timbuktu flog.

Sie musste sich jetzt konzentrieren und durfte sich nicht zum Affen machen. Emily nahm ihre Haare im Nacken zu einem Pferdeschwanz zusammen. Den Haargummi hatte sie in der Hosentasche ihrer Shorts verwahrt.

Sie schnappte sich den Driver, den ihr der Caddy hinhielt, und trat an den Abschlag für Damen heran. Nach einem raschen Probeschwung fixierte sie den Ball. Und das war der Moment, an dem das Kartenhaus zusammenfiel.

Sie schwang den Schläger wie alle anderen, mit der richtigen Haltung, dem richtigen Griff. Aber im letzten Moment zog sie den linken Arm zu heftig zurück – oder zog sie den Schläger nach rechts weg? Auf alle Fälle traf dieser den Ball mit der linken Ecke, sodass der scharf nach rechts flog und von einer Kiefer abprallte. Die anderen Spieler zogen instinktiv die Köpfe ein. Das wäre ja schon peinlich genug, aber der Ball war noch nicht fertig. Er schoss auf die gegenüberliegende Seite des Fairways hinüber, parallel zu ihnen, und landete mehr als einen halben Meter davon entfernt im Rough.

Emily seufzte und gab dem Caddy blind ihren Schläger zurück, damit sie nicht noch mehr Schaden anrichten konnte. Niemand sagte etwas, aber sie traute sich auch nicht aufzusehen.

Emily, Levi und die beiden Gäste verließen den ersten Abschlag, während sich die nächste Gruppe hinter ihnen bereitmachte.

Sie zog einen neuen Ball hervor – es war nicht nötig, im Rough zu wühlen, um den ersten zu suchen – und ließ ihn ungefähr an der Stelle auf das Fairway fallen, von wo aus der vorherige sich ins Niemandsland abgesetzt hatte. Levi marschierte an ihr vorbei, weit das Fairway hinunter zu der Stelle, wo sein Ball gelandet war. Er hatte allen anderen sicher 100 Meter voraus. Und etwa so verlief die gesamte erste Hälfte der Runde.

Am neunten Loch beschloss Emily, dass sie nun etwas sagen musste. Nicht wegen ihres unterirdisch schlechten Spiels, sondern wegen seiner Performance.

Sie zog einen Ball aus der Golftasche und steckte ihn sich in die Hosentasche ihrer Shorts. Der, mit dem sie hier abgeschlagen hatte, war ebenfalls aus dem Spiel. Sie näherte sich Levi und merkte beiläufig an: »Sie sollten sich mit Ihren Kraftschwüngen vielleicht ein wenig zurücknehmen, Kollege.«

Er warf ihr einen selbstbewussten Blick zu. »Kraftschwünge, ja?«

»Selbst Wes gibt nicht alles.«

Levi lachte leise. »Wes ist ein Scratchspieler, ein echter Profi. Er würde auf keinen Fall alles geben. Hat seiner Gruppe wahrscheinlich gesagt, er hätte einen schlechten Tag. Aber selbst an schlechten Tagen ist er immer noch stärker als jeder andere Spieler. Er muss ihnen ja auch zeigen, dass er etwas draufhat, damit sich die Privatstunden lohnen.«

»Richtig. Genau.« Sie sah ihn demonstrativ an. »Also schalten Sie mal einen Gang zurück, okay? Wenn Wes sein Ego außen vorlassen kann, dann können Sie das doch auch. Sie mögen nicht verstehen, was unsere Gäste sagen, aber Sie machen sie nervös – oder verärgern sie sogar. Manchmal ist das nicht so einfach zu übersetzen. So oder so bezweifle ich aber, dass diese Gefühle den Interessen von Club Tahoe dienlich sind.«

Er zog die Brauen zusammen. »Ich verstehe, was Sie meinen.«

Levi war als Nächstes dran, aber statt sich zurückzunehmen, hieb er den Ball mit großem Schwung vorwärts, sodass der beinahe auf dem Green landete.

Er ging an ihr vorbei, und sie stieß ihn mit dem Ellbogen an. »Nennen Sie das Zurückhalten?«

Sie wurde langsam angriffslustig. Schluss damit, dass ihr weiches, schwärmerisches Herz sich an diesem breiten, sexy Felsbrocken stieß. Wenn sie ihren Job gut machen sollte, musste sie mehr Rückgrat zeigen.

Er hob eine Braue. »Ich habe mich zurückgehalten.«

»Haben Sie nicht.«

»Mein kurzes Spiel ist nicht so gut. Was kann ich dafür, wenn ich einen langen Drive habe?« Er schenkte ihr ein schiefes Grinsen.

Sie öffnete den Mund. Einen langen Drive? Sollte das irgendwie zweideutig klingen?

Sie würde ihm zeigen, wer den längeren Atem hatte.

Bei seinem nächsten Abschlag wartete sie, bis er mitten im Schwung war, und senkte ihre Stimme, sodass nur er sie hören konnte: »Ich halte zwei schöne Bälle in meiner Hand.«

Levis Arm ging ein wenig herunter, und seine Zielgenauigkeit litt darunter. Na gut, er verschoss dennoch nicht so heftig wie sie *jedes einzelne Mal*, aber es reichte aus, dass sein Schuss zu kurz ging und der Ball knapp außerhalb des Fairways im Rough landete.

So ging das.

Er sah sich nach ihr um, und sie lächelte. »Für den Fall, dass ich einen für den nächsten Schlag brauche.«

Sie schmunzelte und marschierte an ihm vorbei, um sich am Damenabschlag in Position zu stellen. Wenn sie seine Konzentration stören musste, um ihn dazu zu bringen, nicht mehr mit seinen Kraftschwüngen anzugeben, dann würde sie das eben tun.

Schließlich erreichten sie das Green, und Levi machte sich für einen Putt aus kurzer Distanz bereit.

Emily trat von hinten an ihn heran und hielt zwei Golfbälle in der Hand. »Junge, diese Bälle wollen mir ständig aus der Hand flutschen.«

Levis Stoß ging weit daneben, und er knurrte. Dann drehte er sich mit einem wirklich furchterregenden Blick zu ihr um.

Granitmauer, darf ich Ihnen Eisblock vorstellen? »Was denn?« Sie versuchte sich an einem unschuldigen Lächeln, aber sie war eine miserable Lügnerin. Es gehörte sich nicht, zu reden, während sich jemand auf einen Schlag vorbereitete. Das Gerede über Bälle schien Levi abzulenken. War es ihre Schuld, wenn er ganz offensichtlich schmutzige Gedanken hatte?

Er hob den Ball auf und machte sich auf den Weg zum nächsten Loch.

Levi mochten ihre Ablenkungen nicht gefallen, aber das hatte er sich ganz allein selbst zuzuschreiben. Es war schließlich seine Schuld, dass sie überhaupt hier war.

Emilys Spiel wurde auch auf dem letzten Drittel nicht mehr besser, und ihre Übersetzungskünste wurden kaum benötigt, aber immerhin war es ihr gelungen, einen schwelenden Brand zu löschen. Die Laune der Kunden besserte sich bis zum Ende der Runde, und Levi brachte sie sogar zum Lachen, als er eine Geschichte über einen ehemaligen Präsidenten erzählte, der seine Ehefrau und seine Geliebte mit ins Resort gebracht hatte – und zwar gleichzeitig.

Als sie sich dem Clubhaus näherte, gab sie ihren Putter dem Caddy und klatschte erfreut in die Hände. Sie war zufrieden, wie sie dieses kleine Problem gelöst hatte. Ihr Spiel mochte unterirdisch schlecht sein, aber sie hatte Levi vor einem Desaster mit seiner Kundschaft bewahrt, und nur das zählte am Ende des Tages. Sie wandte ihre Gedanken bereits wieder dem Büro zu. Es gab noch so viel zu erledigen ...

Levi packte sie am Arm. Einer seiner langen Finger strich dabei sachte über die empfindliche Unterseite. »Ablenkungsmanöver mit zweideutigen Bemerkungen?«

Sie blickte ihn süffisant an. »Ist es meine Schuld, dass Sie an etwas anderes denken, wenn ich von Golfbällen rede?«

Sein Blick wanderte zu ihren Lippen. »Wenn aus ihrem Mund das Wort ›Bälle‹ kommt, dann denke ich dabei nicht an Golf. Sie haben mich überrumpelt, und das wissen Sie auch.«

Wenn Emily es nicht besser wüsste, würde sie annehmen, dass er mit ihr flirtete. Nicht wegen der Blicke, denn die hatten alle Männer drauf. Das hier war etwas anderes. Aber Männer konnten auch einfach ihren Charme spielen lassen; das musste noch lange nicht heißen, dass sie an mehr als Flirten interessiert waren.

Als sie heute Morgen in ihrem Büro versehentlich etwas Zweideutiges über Bälle gesagt hatte, hatte Levi geschmunzelt. Wieder in dieselbe Kerbe zu hauen, war das erste gewesen, was ihr einfiel, um ihn abzulenken. Sie hatte aber nicht bedacht, worauf das hinauslief.

Es signalisierte, dass auch sie mit ihm flirtete.

»Ich habe nur versucht, Ihr Spiel ein wenig aus dem Gleichgewicht zu bringen, damit Sie aufhören, Ihre Kunden einzuschüchtern.«

Er ging an ihr vorbei und berührte dabei leicht ihre Schulter. »Das hat funktioniert.«

KAPITEL 13

Am letzten Abend, bevor Shin Electronics ihre Tour durch Amerika anderswo fortsetzen würden, betrachtete Emily sich im Spiegel und sah dann ihre Schwester an, die hinter ihr stand. »Und? Was meinst du?«

Shin Electronics hatte noch weitere Optionen für Resorts an der Westküste im Blick. Club Tahoe war nur eine Station auf ihrer Liste. Darum musste der heutige Abend auch perfekt laufen.

Lisa nickte. »Heiß.«

Ursprünglich hatte Emily geplant, den Ball schon früher im Laufe der Woche stattfinden zu lassen, aber als sie darüber nachgedacht hatte, fand sie es sinnvoller, ihn am letzten Abend auszurichten, um den Aufenthalt der Konzernmitarbeiter mit einem Höhepunkt zu beenden.

»Heiß, aber sehe ich auch stilvoll aus?«, wollte Emily wissen. »Ich möchte nicht die falsche Art von Aufmerksamkeit wecken.«

Lisa stöhnte. »Hör mir zu, ich habe mich die ganze Woche schon zurückgehalten, was die Kleider anging. Sehr zurückgehalten. Ich versuche ja, es schlicht zu halten, aber du musst wenigstens dieses eine Zugeständnis machen. Dieses Kleid ist eine Kopie echter Haute Couture. Es sieht total geil aus, und du musst es einfach tragen.«

Emily strich über das hellgraue, enganliegende Kleid, das ihre Augen betonte. Spaghettiträger hielten den zurückhaltenden Ausschnitt, wo er sein sollte, und der Rest ihrer weiblichen Attribute war bedeckt. Man sollte annehmen, dass es sich um ein züchtiges Kleid handelte, aber es war sehr figurbetont, schimmerte leicht und fiel bis auf den Boden. »Du hast recht. Ich hätte ein einfaches, schwarzes Kleid angezogen, das wahrscheinlich nicht so gut gesessen hätte. Das hier passt ...«

»Wie angegossen«, beendete ihre Schwester ihren Satz mit einem verruchten Lächeln.

Emily verzog den Mund und biss sich auf die Unterlippe. »Ich bin echt sehr dankbar für deine Hilfe, aber versprichst du mir, dass es nicht zu dick aufgetragen ist?«

Lisa gab ihr einen Klaps auf den Hintern. »Ist es nicht, und jetzt raus mit dir und hau sie alle um.«

»Was ist mit meinem Makeup?« Emily griff nach einem Kosmetiktuch, um den Lippenstift abzutupfen.

Lisa nahm ihr das Tuch aus der Hand und schob Emily zur Tür, reichte ihr dann gleichzeitig ihren Schlüssel und eine Stola. »Sieht perfekt aus. Und tschüss.«

Emily fuhr herum, konnte aber nur noch zusehen, wie ihr die Tür vor der Nase zugeschlagen wurde. Sie verfluchte ihre Schwester.

Aber Lisa hatte ja recht. Wenn Emily erneut in den Spiegel geschaut hätte, dann hätte sie sich womöglich dagegen entschieden. Und inzwischen war sie sowieso schon fast spät dran.

Sie eilte zu ihrem Wagen und fuhr zum Club Tahoe, vor dessen Eingang sie anhielt. Diesmal trug sie keine Pfennigabsätze – dagegen hatte sie sich erfolgreich gewehrt –, aber sie würde dennoch ganz sicher im Abendkleid keine 400 Meter vom dunklen Parkplatz hierherlaufen.

Sie gab dem jungen Mann vom Parkdienst ihren Schlüssel, und der huschte um den Wagen herum zur Fahrerseite. Er fuhr schneller in ihrem kleinen Hybridauto davon, als sie es sich je getraut hätte.

Als sie sich dem Eingang und dem riesigen Kronleuchter aus Glas und Schmiedeeisen zuwandte, fühlte sich Emily wie ein glamouröser Gast, nicht bloß eine Angestellte. Sie ließ den Moment auf sich wirken.

Ihr Job war irgendwie toll, aber auf Dauer war das nichts. Sie hatte Ambitionen, und ihre Vorstellung von der Zukunft bestand nicht darin, ihr Leben lang als Assistentin zu arbeiten. Dazu kam, dass sie nicht für immer unter Levis Fuchtel stehen wollte. Er würde sie nie respektieren. Und aus irgendeinem Grund war ihr das wichtig.

Emily eilte in die Büroetage. Dieser Teil des Gebäudes war menschenleer. Die Angestellten waren entweder nach Hause gegangen oder trugen ihre besten Outfits, um Shin Electronics und ihre Kunden zu bewirten.

Sie legte ihre Stola über den Schreibtischstuhl. Und dann erstarrte sie.

Emily drehte sich hastig um sich selbst, blickte sich gehetzt um, klopfte Bauch und Hüften ab. »Wo ist meine Tasche?« Ihr Herz raste. »Shit!«

»Gibt es ein Problem?«

Sie fuhr herum. Levi stand im Türrahmen. Wann hatte der sich denn angeschlichen? »Ja. Ich habe meine Aktentasche bei Lisa zu Hause vergessen.« Sie fasste sich mit den Fingern an die Stirn und verfluchte sich innerlich, weil sie so mit dem Kleid beschäftigt gewesen war.

Levi blickte kurz auf sein Handydisplay, um nach der

Uhrzeit zu sehen. »Ist schon spät. Sie können sie doch morgen holen. Heute Abend brauchen Sie sie doch nicht mehr.«

»Da ist mein Ausweis drin, mein Telefon und mein Tablet. Mein Leben und das von Club Tahoe steckt in diesen beiden Geräten.« Es war komisch, aber ohne Ausweis unterwegs zu sein, machte ihr weit weniger aus als ohne Handy.

»Wir werden einen Abend lang ohne all das überleben.«

»Aber ich ...«

»Hier.« Er hielt ihr ein kleines, schwarzes Stück Seidenband hin. »Die hier sollte Sie für eine Minute auf andere Gedanken bringen. Sie sagten doch, Sie können auch Fliegen binden?«

Erst nach dieser Ansage gelang es Emily, die momentane Panik herunterzufahren und Levi wirklich anzusehen und wahrzunehmen. Heute Abend trug er keine der Stoffhosen und feinen Hemden, die sich um seinen Bizeps spannten, der zu breit war für den durchschnittlichen Geschäftsmann, und die sich auch sonst an seinen Körper schmiegten. Er trug auch keinen der sexy Anzüge, die sie fast zum Sabbern brachten. Nein, heute trug Levi Smoking, und Emily fragte sich, ob ihr Herz das aushalten würde.

Das Rauschen in ihren Ohren übertönte alles andere, ihr Gesicht rötete sich so sehr, dass es brannte, und ihre Hände wurden ganz klamm. Kurz gesagt, ihr Adrenalinspiegel spielte völlig verrückt. »Wer hat Sie eingekleidet?« *Du Idiotin!* Was redete sie denn da?

Levi lachte leise. »Ich kann mich schon allein anziehen. Aber bei der hier könnte ich eine helfende Hand wirklich gebrauchen.« Er wedelte mit der Fliege in seiner Hand.

Sie atmete bedächtig aus, und ihre Lippen fühlten sich ganz heiß an. »Lassen Sie mich kurz ...« Sie ging kurz den

Tritthocker holen, den sie benutzte, um Bücher auf das oberste Regalbrett zu stellen.

Sie platzierte den Hocker vor Levi, stieg hinauf und war beinahe auf Augenhöhe mit ihm. Was ihren Adrenalin-Cocktail nur weiter in Aufruhr versetzte. Sie wich seinem Blick aus. »So ist es besser. Fliegen sind etwas kniffliger.«

Levi hob die Hände und hielt ihre Hüften fest, damit sie nicht ins Schwanken kam.

Ihre Hände verharrten reglos. Ihr Atem stockte.

Atme. »Danke.« Sie räusperte sich und schlang ihm die Fliege um den Hals, zog sie unter den Kragen seines weißen Smokinghemds. Die Aufschläge seiner Smokingjacke waren schmal und raffiniert, die Schultern eckig, was zu seiner etwas breiteren Statur passte. »Sie riechen sogar gut«, murmelte sie frustriert.

Das war doch nicht richtig. Die Anziehung, die sie spürte, sollte doch weniger werden, nachdem sie mehr Zeit miteinander verbracht hatten, nicht immer stärker.

»Danke sehr. Denke ich.« Seine Stimme war leiser als sonst, etwas rau. »Ich schätze, ich sollte die Wahrheit sagen, was den Pinguin-Anzug hier betrifft. Adam hat ihn für mich besorgt. Er hat einen Italiener vorbeigeschickt, der meine Maße genommen hat. Mein Bruder kennt mich einfach zu gut, denn ich hätte einen Frack gemietet.«

»Adam ist der Bruder, den ich vor ein paar Tagen mit seiner Verlobten getroffen habe?«

»Das ist er.« Sein Blick schien zu wandern, nicht nur ihre Hände zu betrachten, die sich an der Fliege zu schaffen machten, sondern auch ihr Kleid. »Wissen Sie ... Sie sehen heute Abend bezaubernd aus. Und Sie riechen immer gut.«

Sie sah auf, und der Blick seiner blauen Augen ruhte auf ihrem Gesicht – auf ihren Lippen.

Ihre Augen waren grau. Weder blau noch grün. Aber

Levi besaß hellblaue Augen, in denen auch Grüntöne schimmerten. Sie schluckte.

»Sie riechen an mir?«

Das hatte sie nicht wirklich gesagt. Denn wenn sie das laut ausgesprochen hatte ...

Seine warmen Hände auf ihren Hüften zogen sie näher zu ihm heran, und dann beugte er sich vor, presste dadurch die Hände, die seine Fliege banden, gegen seine harte Brust. Er verharrte nur wenige Millimeter von ihrem Mund entfernt. »Ich nutze jede Gelegenheit dazu.«

Und dann küsste er sie.

Ohne seine Zunge einzusetzen, und der Kuss dauerte auch kaum lange genug, um als mehr als eine flüchtige Berührung ihrer Lippen zu gelten, aber sein Mund war gleichzeitig fest und ganz weich, und seine Arme hielten sie immer noch an ihn gedrückt.

Sie blinzelte und starrte dann in diese blauen Augen, die mit einem Mal viel dunkler aussahen. »Du hast mich geküsst.«

»Ja.« Er zog die Brauen zusammen, wandte den Blick aber nicht ab.

»Ich bin Lisas kleine Schwester.«

Er versteifte sich. »Das musst du mir nicht sagen, aber ... spielt das eine Rolle?«

»Spielt es denn für dich eine Rolle?«

Er antwortete nicht sofort. Dann wanderte sein Blick erneut zu ihrem Mund, und seine Hände glitten ihren Rücken hinauf, lösten eine Vielzahl heißer, elektrisierender Empfindungen aus, die ihr das Rückgrat hinunterzuckten.

Ihr Adrenalinpegel war bereits viel zu hoch. Das hier machte sie verrückt. Kampf oder Flucht? Der Drang, sich auf ihn zu stürzen und ihn mit all dem angestauten Begehren zu küssen, das sie unterdrückt hatte, seit sie im

Club zu arbeiten angefangen hatte, war überwältigend. Gleichzeitig wollte sie vom Hocker springen und davonrennen. Beides konnte passieren.

Sie schloss kurz die Augen. »Wenn du mich berührst, kann ich nicht atmen.«

Sein Blick glitt hinab zu ihrem Oberkörper. »Deine Brust scheint sich aber ganz eifrig zu heben und zu senken.« Seine Konzentration auf ihren Busen brachte sie noch mehr aus dem Gleichgewicht.

»Und jetzt hämmert auch mein Herz wie verrückt.« Die Fliege entglitt ihren Händen und fiel halb gebunden gegen seinen Smoking, während sie nach diesen schmalen, raffinierten Aufschlägen seiner Jacke griff, um sich irgendwo festzuhalten.

Sie würde also nicht davonlaufen. Wenn er nicht aufpasste, würde ein Angriff der hormonellen Art erfolgen. »Du solltest jemand anderen finden, der deine Fliege bindet. Ich bin zu zitterig dafür.«

Er ließ die Hand weiter ihren Rücken hinaufgleiten und vergrub sie in ihrem langen Haar. »Wie kann ich dich beruhigen? Ich bin ein Meister darin, musst du wissen.« Er tupfte zarte Küsse auf ihren Kiefer. »Leute in Krisensituationen beruhigen. Das habe ich in meinem alten Job gelernt.«

Leute in Krisensituationen beruhigen? Oh Gott. Da fiele ihr schon etwas ein. Sogar sehr viel. Und es endete alles mit einem Höhepunkt, der die ultimative Ruhe bringen würde.

Ihr Gesichtsausdruck musste ihm ihre Gedanken verraten haben, denn er beugte sich vor und küsste sie erneut. Dieses Mal hielt er mit einer Hand ihr Kinn und öffnete seinen Mund.

Emily schlang die Arme um seine Schultern und zog

seine harte Brust an ihre. Die Hitze, die er abstrahlte, ließ sie erschauern. Levi Cade küsste sie. *Sie.* Emily Wright.

»Du denkst zu viel nach«, murmelte er an ihren Lippen, bevor er seine an ihrem Hals hinabgleiten ließ und damit eine Schockwelle der Lust in ihrem Schoß auslöste.

»Weil du mich küsst.«

Er blickte hoch, ein teuflisches Grinsen. »Und es gefällt mir.«

Klopf, klopf, klopf.

Bei dem Geräusch an der Tür zuckte Emily heftig zurück, vergaß dabei aber, dass sie noch auf dem Hocker stand. Sie verlor das Gleichgewicht und kippte nach hinten –

Levi hatte seine Arme immer noch locker um sie geschlungen, also hielt er sie fester, fing sie auf. Dann hob er sie vom Hocker und auf den Boden zurück.

Ihre Brust hob und senkte sich hektisch. *»Shit.«*

»Wer ist da?«, rief er. Ein leichtes Lächeln umspielte seinen Mund, als er sie betrachtete. Er schien entspannter, als angebracht war. Sie waren in ihrem Büro und knutschten am Arbeitsplatz. Wieso geriet er nicht in Panik?

»Levi? Bist du das?«

Sein Kopf schwenkte zur Seite, und sein ganzer Körper versteifte sich. Emily hatte die Stimme vom Gang ebenfalls erkannt.

Sie sah ihn wieder an, aber sein Ausdruck hatte sich schon wieder geglättet, hatte die momentane Lähmung durch etwas ersetzt, das wie Gelassenheit wirkte. Aber sie hatte es gesehen. Den beschämten oder schmerzlichen Blick – sie war nicht ganz sicher. Und das verführerische Lächeln, mit dem er sie eben noch angesehen hatte, war völlig verschwunden.

Emily ging zur Tür und öffnete sie.

»Hey.« Lisa blickte an Emily vorbei und fixierte Levi. »Ich wusste nicht ... Hier.« Sie drückte Emily ihre schwarze Tasche in die Hände. »Die hast du bei mir vergessen. Ich dachte, du brauchst sie vielleicht. Ich habe dich doch noch nie ohne dein Telefon gesehen.«

»Danke.« Emily hielt die Tasche mit steifen Fingern und fühlte, wie das Unbehagen sie übermannte.

Sie sah zu Levi hinüber. Der starrte ihre Schwester an.

Und mit einem Mal war Emily außen vor. Unsichtbar.

Das war Lisas Freund. Nicht Emilys. Niemals. Was hatte sie sich nur dabei gedacht, ihn zu küssen?

Sie spürte, wie sich ihr Magen zusammenzog und ihr übel wurde. »Na dann freundet euch mal wieder an.«

Emily rauschte aus der Tür und rannte beinahe den Flur entlang, weil sie nur noch von hier fortwollte.

KAPITEL 14

Sie hatte keine Zeit, über den Schmerz nachzudenken, der ihr das Herz eng werden ließ, nachdem Levi sie zuerst geküsst und dann die Stimme ihrer Schwester gehört hatte und plötzlich rapide abkühlte. Die Realität machte sich augenblicklich breit. Levi hing immer noch an Lisa und jene Verbindung, die zwischen ihm und Emily bestehen mochte, war absolut bedeutungslos.

Sie fühlte sich taub, als sie den Ballsaal und die Party für Shin Electronics betrat. Und dann brach auch alles andere um sie herum zusammen.

Bran kam ihr mit großen Schritten quer durch den Saal entgegen. Sein sonst eher zerzaustes, blondes Haar war fesch zur Seite und nach hinten gekämmt, aber sein Blick wirkte panisch, und seine Augen glänzten zu sehr. »Ich habe gerade von der Bewirtungsmannschaft erfahren, dass jemand eine Lebensmittelvergiftung hat. Derjenige behauptet, eins unserer Restaurants sei daran schuld.« Er fuhr sich mit der Hand durch das glatte Haar und brachte es durcheinander. »Wir müssen irgendwas unternehmen. Können Sie das wieder in Ordnung bringen?«

Zum ersten Mal machte sich Emily die Situation klar, in der sie sich befand. Club Tahoes finanzieller Engpass, Ethan Cades Söhne als Manager des gesamten Ladens und ihre Position neben ihnen. Wieso hatte sie je geglaubt, dieser Job könnte ein Sprungbrett für ihre Zukunft sein?

Ethan hatte sie um einen Gefallen gebeten, und sie hatte nicht nein sagen können. Ganz gleich was geschehen würde, sie schuldete dem Mann etwas. Er war die Vaterfigur gewesen, die sie nie gehabt hatte. Aber sie befand sich auf einem sinkenden Schiff.

Die Cade-Söhne hatten Aufgaben übernommen, für die sie weder ausgebildet noch qualifiziert waren. Emily glaubte zwar, dass Levi das dank seiner Führungsqualitäten und seiner Intelligenz schaffen konnte, aber selbst er würde sich mehr ins Zeug legen müssen, und zwar schnell, wenn er dieses Resort retten wollte.

Bevor sie Club Tahoe übernommen hatten, war Wes Golflehrer gewesen, Bran hatte als Kellner gejobbt und Hunt – nun, auch Hunts Job kam einer Beförderung gleich. Er hatte schon immer ein Boot besessen und damit Sauftouren auf dem See angeboten. Jetzt war er für das gesamte Programm am Außenstrand und alle Bootstouren verantwortlich. Keiner der Männer war qualifiziert, ein solches Unternehmen zu leiten, und zum ersten Mal, seit sie im Club Tahoe angefangen hatte, bezweifelte Emily, dass sie die nötigen Fähigkeiten besaß, um ihnen dabei zu helfen.

Sie presste ihre Finger gegen die Stirn und atmete tief durch. »Sie wollen, dass ich abwiegele ... nach einem Fall von Lebensmittelvergiftung?«

»Ich bin fast hundertprozentig sicher, dass wir den nicht verursacht haben.«

»Aber der Gast glaubt das?«

Bran nickte angespannt.

Ihre Hände zitterten. Sie hatte eine Aufgabe zu erledigen. Es spielte keine Rolle, dass ihr Liebesleben für den Arsch war. Das war schon der Fall gewesen, bevor sie hier angefangen hatte. Würde man sie dafür verantwortlich machen, wenn Club Tahoe pleiteging? Unwahrscheinlich, aber Levi würde man verantwortlich machen. Ungeachtet der Gefühle, die Levi immer noch für Lisa hegen mochte, und ebenso ungeachtet ihrer eigenen Gefühle für ihn – das beschissenste Dreiecksdilemma, das sie sich vorstellen konnte – konnte sie das nicht kampflos zulassen. Sie wollte es nicht nur um ihrer selbst willen oder wegen des Versprechens an Ethan Cade schaffen. Sie kämpfte auch für Levi.

Auch wenn sie sich bei dem Gedanken daran, dass er sie geküsst hatte, während er immer noch Gefühle für ihre Schwester hatte, am liebsten übergeben hätte, war er doch im Grunde ein guter Mensch. Sie würde nicht aufhören, ihr Bestes zu geben, nur weil er sie nicht liebte ... *Herrgott*, seit wann ging es denn hier um Liebe? Sie war verknallt in den Kerl. Kein Grund, auf verrückte Gedanken zu kommen, wenn sie doch einen klaren Kopf jetzt am meisten brauchte.

Levi hatte jedes Recht auf seine Gefühle. Er hatte Lisa jahrelang geliebt. Und Lisa hatte ihn zumindest sehr gemocht.

Emily hatte keinerlei Anspruch auf ihn.

Sie ließ die Hände sinken und straffte die Schultern. »Sind Sie sicher, dass das Essen nicht aus einem unserer Restaurants kam?«

»Nein. Aber ich bezweifle, dass die Vergiftung hier ihren Ursprung hat. Wir haben seit über einem Jahrzehnt keinen einzigen Vorfall gehabt, und auch damals war es eine Kontamination mit E. coli, die eine ganze Reihe von Restaurants in der Umgebung betraf. Ich bin der Sache nachgegangen, und keiner meiner Mitarbeiter hat etwas von einem weiteren Fall gehört, ebenso die Rezeption. Keine weiteren Krankheitsfälle, die etwas mit den Mahlzeiten zu tun haben. Wenn die Lebensmittelvergiftung von hier ausginge, dann hätte sie doch aller Wahrscheinlichkeit nach mehr als eine Person betroffen.«

»Aber der Gast gibt uns die Schuld?«

Er zuckte die Achseln. »Er wohnt hier. Also nimmt er an, dass wir der Verursacher sind.«

Emily ließ sich den Namen des kranken Gastes geben und zog ihr Handy aus der Tasche. Zum Glück war ihre Schwester so umsichtig gewesen, es ihr zu bringen. Sie schrieb dem Hospitality Manager und bat ihn, persönlich weitere Handtücher sowie eine Auswahl von Getränken und eine Suppe aufs Haus hinaufzubringen.

Darüber hinaus gab es nicht viel, was sie tun konnte, außer die Situation im Blick zu behalten. »Haben Ihre Leute alle Lebensmittel überprüft, was das Haltbarkeitsdatum angeht? Und nach möglichen Rückrufen geschaut?«

»Mein Assistent kümmert sich um Rückrufmeldungen, und ich habe ihn bereits darauf angesetzt, jedes einzelne Stück durchzugehen, aber bisher ist nichts Verdächtiges aufgetaucht.« Bran hob den Blick und machte ein finsteres Gesicht, als er in Richtung des Eingangs schaute.

Adam betrat den Ballsaal in einem dunklen Anzug und sah ebenso schick aus wie an dem Abend von Esthers Abschiedsparty, als er ihr das erste Mal begegnet war. Er schlug Bran zur Begrüßung auf die Schulter und sah sich aufmerksam um. »Der Laden sieht gut aus.«

»Du hast also beschlossen, aufzutauchen?«, stellte Bran fest. »Du solltest uns dabei helfen, den Laden zu schmeißen. Du bist der einzige, der weiß, was er tut. Die Scheiße steht uns hier bis zum Hals, während du drüben im Blue Casino mit deiner Verlobten den Manager spielst.«

Adams Lächeln erstarb. »Erstens lässt du bitte Hayden aus dem Spiel. Zweitens habe ich doch gesagt, dass ich heute Abend komme. Und nur fürs Protokoll, ich habe meinen Dienst im Club Tahoe längst absolviert. Ihr vier Trottel hattet das ja nicht nötig. Außerdem solltest du doch wissen, dass im Gastgewerbe ständig irgendwas schiefläuft; das gehört dazu. Wo ist Levi? Ich wollte mich nur vergewissern, dass er den Smoking auch wirklich trägt, den ich ihm geschickt habe.«

»Er trägt ihn.« Emilys Stimme klang gepresst. Sie räusperte sich, aber es war bereits zu spät.

Adams Kopf fuhr zu ihr herum. »Meine Brüder machen Ihnen doch nicht auch das Leben schwer, oder?«

Ihr das Leben schwermachen? Rechnete er einen Kuss und das anschließende Stehenlassen dazu? Theoretisch war sie zwar diejenige gewesen, die ihn stehengelassen hatte, aber doch nur, weil sie sich extrem überflüssig vorgekommen war, als Levi und Lisa einander angestarrt hatten.

Emily setzte ein Lächeln auf. »Alles super, danke.«

Hunt kam als nächster hinzu, und Emily verdrehte die Augen. Mussten sie alle zugleich auf sie einstürmen? Diese gutaussehenden Cades waren echt eine Plage.

»Was habe ich gehört; Levi trägt Frack?«, wollte Hunt wissen.

Emily schrieb eine SMS an einen der Verantwortlichen für die Party, er solle mehr Champagner raufbringen. Die Vorräte im Saal gingen zur Neige. Gleichzeitig sagte sie: »Er spricht gerade mit Lisa.«

Hunt glotzte sie an. »Lisa ist hier?«

Immerhin ein Cade, der nicht gleich erstarrte, wenn Emily ihre Schwester erwähnte.

»Ist sie«, bestätigte sie und sah die beiden an. »Kann ich

sonst noch etwas für die Herren tun? Ich muss mich ansonsten um den Ball kümmern.«

Hunt zuckte zusammen. »Leider ja. Ich habe da eine betrunkene Frau auf dem Steg, die mir andauernd in den Schritt greifen will. Nicht, dass mich das unbedingt stören würde, aber sie ist nicht wirklich in der Verfassung, im Ballsaal aufzutauchen. Und mein Befehl vom großen Bruder lautet, am Dock zu bleiben.«

Emily seufzte und richtete den Blick zur Decke. Hatte sie sich nicht zu Beginn des Abends noch eingeredet, wie großartig es war, hier zu arbeiten? »Sie kann nicht zu Shin gehören, denn sonst wäre sie hier auf der Party. Rufen Sie der Frau ein Taxi und schicken Sie sie nach Hause.«

Hunt wirkte enttäuscht. »Ich dachte mir schon, dass Sie das sagen würden. Na schön, ich werde mich heute Abend benehmen.« Er wandte sich ab.

»So wie jeden Abend von jetzt an«, rief sie ihm nach.

Er hob eine Hand, ohne sich umzudrehen. Aber irgendwie glaubte sie nicht, dass er sie ernst genug nahm.

»Oh-oh.« Bran spähte über ihren Kopf hinweg. Je mehr Zeit sie mit den Brüdern verbracht, desto kleiner kam sie sich vor.

Emilys Telefon vibrierte in ihrer Hand, und die SMS-Nachricht ließ sie in sich hineinknurren. *Kein Schampus mehr da?* Was zum Teufel! »Bitte sagen Sie mir, dass es sich bei Ihrem ›oh-oh‹ um eine Kleinigkeit handelt.«

Bran rieb sich das Kinn. »Das hängt davon ab, was Sie als Kleinigkeit bezeichnen würden. Wes unterhält sich mit einer Angestellten von Shin.«

Sie warf einen Blick über die Schulter. Wes plauderte tatsächlich mit einem der weiblichen Gäste. »Und?«

Adam sah ebenfalls hinüber. »Ah, stimmt, das könnte ein Problem werden.«

Bran warf Adam einen wissenden Blick zu. »Ganz genau.«

Emily fuhr sich mit der Hand über die Kehle. »Ihr Cades steht mir langsam bis hierhin. Einer von euch sagt mir jetzt, was genau da vor sich geht, oder ich *raste aus*.«

Sie starrten sie beide bloß an.

»Gereizt«, stellte Adam fest. Als sie die Augen aufriss und ihm einen mörderischen Blick schenkte, sagte er: »Okay, okay, der Grund, weshalb Bran darauf hinweist, dass Wes sich an die Dame von Shin heranmacht, ist, dass Wes sich in letzter Zeit wie ein Hund verhält, wenn es um Frauen geht.«

»Wieso ist das ein Problem?« Sie blickte finster auf den Bildschirm ihres Handys. »Sie sind beide erwachsen und können tun, was sie wollen. Wenn sie mit einem Lächeln von hier weggeht, wird sie vielleicht noch geneigter zu sein, noch einmal wiederzukommen.«

Brian rieb sich den Nacken. »Sehen Sie, das ist es ja. Wes geht es nicht besonders gut.«

Adam legte den Kopf zurück. »Dem geht es schon wie lange nicht besonders? Seit drei, vier Jahren?«

»Das kommt hin.« Bran nickte. »Und wegen seiner Dauerkrise ist es ein ganz schöner ...«

Emily warf die Hände in die Luft. »Raus mit der Sprache.«

»Ein Arsch. Er ist ein Arsch, was Frauen angeht«, brachte Bran endlich hervor.

»Ein Riesenarsch«, bestätigte Adam.

Emily hob die Hände und rieb sich die Schläfen. »Wie halten wir ihn davon ab, sich ihr gegenüber wie ein Arsch zu verhalten?«

Sie blickte auf, als keiner der beiden antwortete.

Bran zuckte die Achseln. »Ich habe noch nie versucht, einem meiner Brüder die Tour zu vermasseln.«

»Ich erinnere mich an das eine Mal ...«, begann Adam.

Emily funkelte sie wütend an. »Vergesst es. Ich werde mich darum kümmern. Und Bran, es ist mir egal, wie du das anstellst, aber du musst mehr Champagner besorgen. Fahr' von mir aus zu einem Schnapsladen, wenn es nicht anders geht.« Sie hielt ihm ihr Handy mit der eben erhaltenen SMS unter die Nase. »Er ist uns gerade ausgegangen.«

Adam sah kurz auf die Uhr. Seine Armbanduhr mit dem fetten Diamanten auf der Zwölf. Dieser Cade versagte sich offenbar keinen Luxus. »Hayden hat jetzt Feierabend. Ich muss los.« Er sah sich noch einmal im Saal um. »Schade, dass ich Levi verpasst habe. Richten Sie ihm viel Glück aus von mir.« Adam schmunzelte.

»Oh, das ist aber nett«, ätzte Emily. »Erst weist er uns auf die Probleme hin und dann lässt er uns stehen.«

»Kein Champagner mehr?« Bran kratzte sich am Kopf. »Ich hätte schwören können, dass ich erst vor ein paar Tagen eine Ladung von dem guten Zeug geordert habe. Ich werde mich darum kümmern.« Er ließ den Blick durch den Saal schweifen. »Die Häppchen werden herumgereicht. Ich lasse noch mehr davon raufschicken.«

Bevor sie sich versah, waren es drei Cade-Brüder weniger, eine wuschige Dame auf dem Steg, ein unberechenbarer Wes auf der Pirsch und kein Levi weit und breit. Sie nahm an, dass er mit ihrer Schwester Versäumtes nachholte.

Dieser Abend lief scheiße.

Sie stürmte durch den Raum und auf Wes zu. »Kann ich dich mal einen Moment sprechen? Wir haben da eine kleine ... Golfkrise.« Sie lächelte die Frau, mit der er geplaudert hatte, entschuldigend an. Sie war hübsch, hatte lange, schwarze Haare und einen schlanken Körper. Wenn Emilys

Kleid eine Haute-Couture-Kopie war, dann trug diese Frau ganz sicher ein echtes Designerstück.

Die Mitarbeiterinnen von Shin machten keine halben Sachen, was ihr modisches Auftreten anging. Ein weiterer guter Grund, dass sie Lisa gebeten hatte, ihr für diese Woche die passende Garderobe zusammenzustellen.

Wes folgte ihr mit ein paar Schritten Abstand. Sein Haar war ordentlich gekämmt, aber er trug es am längsten von allen Cade-Brüdern, und eine dunkle Locke fiel ihm immer wieder verführerisch in die Stirn. Er schob sie zurück, was ihn aussehen ließ wie ein Calvin-Klein-Model, das für Fotos posierte. »Was ist denn los? Ich nehme mal an, ›Golfkrise‹ ist ein Codewort für irgendetwas anderes. Sie wissen schon – weil wir ja noch nie eine echte Golfkrise hatten.« Wes hatte sich für eine silberfarbene Fliege zu seinem schwarzen Smoking entschieden, und die Farbe ließ seine dunkelblauen Augen nur noch mehr hervorstechen.

»Sag niemals nie«, konterte sie trocken. »Aber Sie haben recht, das ist nicht der Grund, weshalb ich Sie von Ihrem Posten abgezogen habe. Ihre Brüder haben sich nicht getraut, mit Ihnen zu sprechen.«

»Was ist denn los?«

»Hören Sie auf, mit den Gästen zu flirten.«

»Pardon?«

»Sie haben mich sehr gut verstanden. Es wird nicht mehr geflirtet. Oder besser noch, Sie können zwar flirten, aber die Gäste werden weder angefasst noch geküsst, und schlafen dürfen Sie auch nicht mit ihnen. Mit anderen Worten, diese Frau, mit der Sie sich gerade unterhalten, ist für Sie tabu.«

Er lachte. »Wow, Emily, Sie sind ja wirklich eine Sklaventreiberin im Seidenkleid. Weiter so.«

Hatte sie denn eine andere Wahl? Sie fühlte sich

beschissen, Levi hatte sich immer noch nicht blicken lassen, und der heutige Abend war ganz sicher nicht der perfekte Abschied, den sie sich für die Firma vorgestellt hatte, die sie beeindrucken wollten. Noch war nichts wirklich drastisch in die Hose gegangen, aber das Dinner stand ja auch erst noch bevor.

Wie sich herausstellte, mussten sie nicht bis zum Dinner warten.

»Ich werde nicht nach Hause gehen!«

Das Gekeife kam vom anderen Ende des Ballsaals. Emily und Wes drehten sich nach dem Lärm um.

Eine Frau in einem fließenden Kleid stand weiter vorne im Raum und streckte gerade die Hand nach einem Weinglas vom Tablett eines vorbeigehenden Kellners aus. Hunt stand neben ihr und versuchte, auf sie einzureden.

Zugegeben keine leichte Aufgabe. Sie war keine schläfrige Betrunkene, sie war laut und ließ sich von seinen sanften Aufforderungen, zu gehen, kaum beeindrucken.

»Shit.« Emily marschierte auf die Frau zu, die sich lächelnd an den Armen verschiedener Gäste festhielt – Männern wie Frauen –, um auf ihren hohen Absätzen das Gleichgewicht zu halten. So unsicher, wie sie auf den Beinen war, schienen die Pumps zwei Nummern zu groß zu sein.

War das gerade ein Busenblitzer?

»Hey«, stieß Wes hervor, als er Emily einholte. Sie hatte gar nicht bemerkt, dass er ihr gefolgt war. »Ich glaube, ich habe gerade ihren Nippel gesehen.« *Verdammte Scheiße.*

»Nimm deine Pfoten von mir!«, kreischte die Frau jetzt. Diesmal wurde es nicht bloß leiser im Raum, der Lärm verstummte völlig.

Hunt hatte die Frau am Arm gepackt und versuchte, sie zurück in die Richtung zu zerren, aus der sie gekommen waren, während sie mit aller Macht in die entgegengesetzte Richtung zog. Ihre eine Brust hüpfte dabei nach oben und winkte allen im Saal zu.

»Ma'am.« Emily zog den Träger am Kleid der Frau hoch, der von ihrer Schulter gerutscht war und die Brust entblößt hatte. Sie nahm die Hand der Frau in ihre. »Ich habe etwas ganz Besonderes für Sie. Wenn Sie bitte mit mir kommen würden?«

»Warum sollte ich denn mit Ihnen gehen?« Die Frau schielte fast, als sie versuchte, Emily zu fixieren und sich gleichzeitig loszumachen. Sie war hübsch angezogen, aber ihr Atem roch wie eine Gin-Destillerie, sodass Emilys Augen davon brannten.

»Leider haben wir hier heute Abend eine geschlossene Gesellschaft«, erklärte Emily. »Aber ich würde Ihnen gern etwas Gutes tun und Ihnen eine neunzigminütige Massage in Club Tahoes weltberühmtem Spa-Bereich schenken. Wie hört sich das an?«

Die Frau sah sich um und realisierte, dass die Leute sie anstarrten. Sie rollte eine Schulter, wie ein unbeholfenes Achselzucken. »Naja gut. Hier drin ist es sowieso ein bisschen zu spießig für mich.«

»Genau.« Emily führte sie zur Tür, Hunt und Wes blieben dicht hinter ihr. »Ich sorge dafür, dass die Rezeption Ihnen den Gutschein ausstellt. Kommen Sie jederzeit zurück, um ihn einzulösen.« *Jederzeit, nachdem diese Woche vorbei ist,* betete Emily schweigend.

Die Frau sah sich noch einmal nach den Brüdern um und lächelte. »Darf ich die beiden mit nach Hause nehmen?«

Herrgott nochmal. »Äh ...«

Hunt kam herüber und hakte die Frau unter. »Ich sorge dafür, dass sie wohlbehalten nach Hause kommt.«

»Mmm«, machte die Betrunkene. »Du gefällst mir.«

An der Rezeption wurde der Geschenkgutschein ausgefüllt, und dann eskortierte Hunt die Frau nach draußen.

»Glauben Sie, dass er klarkommt?«, fragte Emily Wes. Beide starrten Hunt nach, der gerade in ein Taxi stieg.

Wes winkte ab und drehte sich wieder um. »Hunt ist doch in seinem Element.«

Er wollte sich wieder in Richtung der Party aufmachen, und Emily eilte ihm nach. »Wegen dem, was ich vorhin gesagt habe? Dass Sie Ihre Hände heute Abend bei sich behalten sollen?«

Er warf ihr einen verärgerten Blick zu. »Ich mag Sie, Emily, aber Sie versauen mir den Abend.«

»Ich versaue Ihnen ... Um Gottes Willen, Wes!«

»Was ist hier los?«

Emily fuhr herum, und Levi stand direkt hinter ihr. »Hör auf, dich anzuschleichen«, fauchte sie ihn an.

Er starrte sie einen Moment lang an. Sein Gesichtsausdruck war so frei von jeglicher Emotion, dass sie ihn am liebsten getreten hätte. Gegen sein Schienbein. Mit aller Kraft. Das war nicht der warmherzige Mann, dessen Küsse sie vor weniger als einer Stunde dahinschmelzen ließen.

Er wandte sich an Wes. »Nun? Ich habe dir eine Frage gestellt.«

Emily atmete entnervt aus. »Wo bist du gewesen?«

Er zögerte. »Ich bin spazieren gegangen.«

Sie konnte nicht an sich halten und platzte heraus: »Nur, weil Lisa aufgetaucht ist?«

Wes riss die Augen auf. »Lisa ist hier?«

»Sie *war* hier«, erwiderte Levi und ließ den Blick durch das Foyer schweifen. »Wie läuft der Ball bisher?«

»Ist sehr unterhaltsam«, antwortete Wes.

Levi blickte Emily an.

Sie zählte an ihren Fingern ab, während sie ihn ins Bild setzte: »Ein Fall von Lebensmittelvergiftung, der uns in die Schuhe geschoben wird. Eine Betrunkene, die mitten im Ballsaal ihre Brust entblößt. Und Wes will eine unserer unbedarften Kundinnen von Shin aufreißen.«

»Aufreißen?« Wes machte ein finsteres Gesicht. Aber leugnen tat er es auch nicht. Levis Atem ging schneller, und dann kam ein seltsames Geräusch aus seiner Kehle, wie ein Knurren. Wes machte einige Schritte rückwärts. »Ich werde dann mal wieder auf den Ball gehen. Muss ja sicherstellen, dass sich alle gut amüsieren.« Er machte auf dem Absatz kehrt und verschwand.

Levi blickte verärgert auf Emily herab. »Ich lasse dich eine halbe Stunde allein, und das alles passiert, während ich weg bin?«

Er ... *Wie bitte?!* Der hatte vielleicht Nerven.

»Jetzt hör mir mal gut zu, Freundchen.« Sie stieß ihm den Zeigefinger gegen die Brust. »Du hast mich *geküsst.* Und dann hast du plötzlich meine Schwester angehimmelt, über die du schon ewig hinweg sein solltest. Und dann! Dann bist du einfach *verschwunden,* während ich mich allein um eine Katastrophe nach der anderen kümmern musste, während der wichtigsten Party der Saison. Mach mich jetzt nicht noch wütender.« Levi entglitten die Gesichtszüge.

Emily hatte keine Ahnung, was er als nächstes tat, denn sie stolzierte davon. Um nach dem erkrankten Gast zu sehen. Um sicherzustellen, dass das Essen und der Champagner im Ballsaal nicht ausgingen.

Und um zu verbergen, wie aufgebracht sie war, weil sie gedacht hatte, Levi Cade könnte sich je ernsthaft in sie verlieben.

KAPITEL 15

Emily Wright hatte ihm völlig den Kopf verdreht. Er hatte sie gestern Abend geküsst ... mehrfach. Und war mit seinen Lippen an ihrem seidig-weichen Hals entlanggefahren. Was zur Hölle hatte er sich dabei nur gedacht?

Gar nichts. Er hatte lediglich auf eine schöne Frau in seinen Armen reagiert. War das schon sexuelle Belästigung, wenn er seine Assistentin küsste und die es zu genießen schien? Sie hatte sich bereitwillig an ihn gedrückt ...

Er seufzte hart auf. Er hatte die Dinge absolut nicht unter Kontrolle, wenn man nach dem Ball gestern Abend urteilte. Weder im Club Tahoe noch, was Emily anging.

Adam hatte recht gehabt. Levi fühlte sich zu seiner Assistentin hingezogen. Und er machte sich Sorgen, dass es mehr als nur Anziehung war.

Er ging häufig am Abend auf den Steg hinaus, nach Feierabend. Nur waren es in letzter Zeit nicht die Sorgen wegen des Clubs, die ihm durch den Kopf gingen, es war Emily. Er erinnerte sich zum Beispiel daran, dass sie der Meinung war, das Resort bräuchte weitaus mehr Rücken-

Eincremer (bzw. Strandkellner), um die Gäste zufriedenzustellen, und das brachte ihn zum Schmunzeln, obwohl er die von ihr genannte Zahl für übertrieben hielt. Oder er dachte an die Form ihrer Waden, als sie sich heute Nachmittag hinuntergebeugt hatte, um ein Blatt Papier aufzuheben, das ihr aus dem unvermeidlichen Stapel von Akten unter dem Arm gerutscht war. Solche Gedanken machten ihn schrecklich miesepetrig, weil sie sich in seinen Kopf schlichen, sobald er nicht auf der Hut war.

Levi hatte seit fast einem Jahr keiner Frau mehr als flüchtige Aufmerksamkeit geschenkt. Dass er nun den ganzen Tag nur an Emily dachte ... Ja, daraus würde nichts werden. Er konnte nichts mit Emily anfangen. Sie war Lisas Schwester, zum Teufel. Und seine Assistentin. Und er brauchte sie viel dringender im Club als in seinem Bett. Er *wollte* sie zwar in seinem Bett, aber er war nicht so impulsiv wie seine Brüder. Er machte sich Gedanken, plante alles durch. Und er konnte es sich nicht leisten, ihr Arbeitsverhältnis durch einen One-Night-Stand zu ruinieren.

Ungeachtet all dieser logischen Gründe, sich von ihr fernzuhalten, mochte er sich auch nicht selbst belügen und sich weismachen, er fühle sich nicht zu ihr hingezogen. Er fühlte sich weit mehr zu Emily hingezogen als seit Langem zu irgendjemandem. Vielleicht sogar mehr als je zuvor, denn er war nicht mehr derselbe Mann, der er während seiner letzten Beziehung gewesen war. Was womöglich erklären konnte, wieso er sie geküsst hatte, sobald er sie nah genug vor sich hatte.

Herrgott, er war eben doch ein Cade. Er hatte geglaubt, die Dummheiten, zu denen sich seine Brüder hinreißen ließen, wären unter seiner Würde. Nun stellte sich heraus, dass er sich geirrt hatte.

Lisa war gerade noch rechtzeitig aufgetaucht, um Emilys

Tasche vorbeizubringen. Ihre Gegenwart war wie ein Eimer Eiswasser für den Brand gewesen, den Emilys Nähe in ihm ausgelöst hatte. Aber er war nicht gerade souverän mit der Situation umgegangen. Er hatte nur dagestanden wie ein Idiot und nichts gesagt. Es war Jahre her, dass er Lisa zuletzt gesehen hatte. Sie war immer noch umwerfend schön, aber er spürte nichts von der Anziehung, die er einst für sie empfunden hatte, und das brachte ihn durcheinander.

Das und die Tatsache, dass er gerade erst ihre kleine Schwester geküsst hatte. Was irgendwie verdammt peinlich war.

Er hatte immer gedacht, er würde nie über Lisa hinwegkommen, aber das war er. Er wollte, dass sie glücklich war, aber er wollte nicht mehr mit ihr zusammen sein. Wollte das schon lange nicht mehr, wie ihm endlich klar wurde.

Er hatte auch immer gedacht, dass er niemals über seinen Traum, ein Feuerwehrmann zu sein, hinwegkommen würde, aber auch das akzeptierte er langsam.

Er war nicht mehr derselbe Mann, der er einmal war, ein Mann, der auf Messers Schneide lebte, um andere zu beschützen. Das war alles, was er gekannt hatte. Aber jetzt fühlte er die gleiche Verantwortung, die seinem Leben auch früher einen Sinn gegeben hatte – wenn er sich einfach nur um die Angestellten und Gäste im Club Tahoe kümmerte und um seine Brüder. Und so, wie er das sah, konnte er das nur durch vorausschauende Planung und Willenskraft schaffen.

Emily hatte er nicht eingeplant. Und sie stellte seine Willenskraft ganz schön auf die Probe.

Er war so dumm gewesen zu glauben, einmal könne er die Dinge einfach geschehen lassen, einmal müsse er nicht alles durchplanen. Wenn Lisa nicht hereingekommen wäre, würde Emily jetzt ausgestreckt in seinem Bett liegen, statt den Flur hinunter in ihrem Büro Gott weiß was abzuheften. Er hätte mit der kleinen Schwester seiner Ex geschlafen, mit einer Angestellten, die darauf vertraute, dass er die richtigen Entscheidungen traf.

Es gab genug Fische im Ozean. Er brauchte sich kein zweites Mal eine Wright zu angeln.

Levi stürzte in sein Büro und stemmte die Hände in die Hüften. Eine nachlässige Herangehensweise an die Zukunft konnte er sich schlicht nicht leisten. Er hatte zu viele Verantwortlichkeiten.

Grace stieß gegen sein Bein. Er blickte zu ihr hinunter und streichelte ihren Kopf. Sie trug heute einen dieser Hundekegel um den Hals, damit sie nicht an der Naht knabbern konnte, die der Tierarzt ihr nach der Entfernung eines gutartigen Tumors verpasst hatte. Er hatte sie mit ins Büro gebracht, um ein Auge auf sie zu haben.

Levi ging zu seinem Schreibtisch und öffnete den Kalender auf seinem Computer. Er ließ den Rechner jeden Abend im passwortgeschützten Standby-Modus, weil es ihn zu sehr nervte, das Ding jeden Tag runterzufahren und dann am nächsten Morgen warten zu müssen, bis es wieder funktionsbereit war. Selbst dieser Krempel gehörte zu den Dingen, an die er sich immer noch gewöhnen musste. Den ganzen Tag am Computer zu arbeiten, die Administratoren im Nacken, die ihm nahelegten, sein Passwort alle zwei Wochen zu ändern, bis Levi glaubte, sein Kopf würde explodieren, wenn er versuchte, sich das neueste zu merken. Er brauchte eine Art System dafür. Er sollte Emily fragen, wie sie das machte ...

Wenn er Emily jetzt wegen einer strikt geschäftlichen Angelegenheit aufsuchte, dann würde das vielleicht das Eis brechen, das sich zwischen ihnen gebildet hatte, nachdem er es gestern Abend verbockt hatte. Ihr

Verhältnis wieder in die richtige Spur bringen. Er übernahm die volle Verantwortung dafür, dass sein Mund auf dem ihren gelandet war ... und dort verweilt hatte. Es war unmöglich gewesen, ihr zu widerstehen, als sie so nah vor ihm stand, so wunderschön und verführerisch aussah in ihrem enganliegenden Kleid. Solange er gebührenden Abstand hielt, konnte er in Zukunft seinen Mund bei sich behalten.

Was bedeutete, dass er Emily nicht mehr bitten durfte, ihm die Krawatte zu binden. Er würde ganz einfach lernen, das selbst zu tun, denn er wusste nun, dass er die Hände nicht von ihr lassen konnte, wenn ihre rauchgrauen Augen ihn magisch anzogen und ihr weicher, blumiger Duft ihm in die Nase stieg. Beides zusammen war einfach unwiderstehlich.

Jetzt war es an der Zeit, sich zusammenzureißen und zu ihr rüberzugehen. Sie hatte ihn heute Morgen weder angerufen noch E-Mails geschrieben, während sie das sonst ein halbes dutzendmal tat. Also stand er immer noch in Ungnade. Er würde ihr klarmachen müssen, dass er nicht erneut so etwas wie gestern Abend versuchen würde. Er würde sie nicht wieder anfassen. Er war durchaus in der Lage, mit einer schönen Frau zusammenzuarbeiten, ohne sich an sie heranzumachen. Das musste er hinkriegen, denn er brauchte Emily.

Grace sah zu ihm hoch, und ihr Hundeblick schien zu fragen: *Worauf wartest du noch?*

»Komm mit, Grace.« Levi ging zur Tür, und Grace folgte ihm in den Korridor hinaus.

Vor Emilys Büro zögerte er. Er hörte, dass sie telefonierte, und verspürte ein merkwürdiges Ziehen in seiner Brust. Levi schüttelte das Gefühl ab und klopfte einmal, bevor er den Knauf drehte und den Raum betrat. »Morgen.«

Emily sagte etwas zu ihrem Gesprächspartner und beendete rasch den Anruf. »Guten Morgen.«

Sie schürzte die muschelrosa getönten Lippen, als wolle sie sich zurück in die Rolle der Bibliothekarin versetzen und ihn die sexy Raubkatze vergessen lassen, die sie gestern Abend aus dem Käfig gelassen hatte. Aber es war unmöglich, das zu verstecken, was Levi gesehen hatte. Sie war weder ein Paar schicker Beine noch die kleine Schwester seiner Ex. Emily war schön und klug, und sie hatte ihm bereits mehr als einmal den Arsch gerettet. Er respektierte sie. Weswegen er dafür sorgen musste, dass sie sich wieder gut verstanden. Auf platonische Weise.

Dennoch ließ er den Blick an ihrem Körper hinabwandern, obwohl er wirklich versuchte, seine Glotzerei unter Kontrolle zu halten. Sie trug wieder eine dieser kastenförmigen Blusen, die ihre Figur verbargen.

Gut so. Diese unförmigen Dinger mochte er lieber. Weniger Ablenkung. Aber ihre blonde Mähne stellte ebenfalls eine Ablenkung dar, zumindest wenn sie ihr lose über den Rücken fiel. Heute trug sie sie im Nacken zu einem Knoten zusammengefasst. Das wiederum erinnerte ihn daran, dass seine Lippen diesen Nacken noch nicht gekostet hatten ...

Reiß dich zusammen.

»Du musst bitte auf Grace aufpassen.« Deswegen war er doch gar nicht gekommen. Er war gekommen, weil er Emily nach einem System fragen wollte, mit dem er sich seine Passwörter merken konnte, aber als er ihr Büro betreten hatte, erschien ihm das ein dummer Grund für einen Besuch.

»Grace?« Emily betrachtete den Hund, der geduldig neben seinem Bein wartete.

»Mein Hund.«

»Das sehe ich.« Sie zog die Brauen zusammen, als sie Grace mit dem Plastikkragen um den Hals ansah. »Geht es ihr gut?«

»Ja, alles okay. Sie wurde bloß genäht, und ich möchte nicht, dass sie an den Fäden nagt. Und ich verlasse mich nicht darauf, dass sie den Kragen nicht abbekommt. Das hat sie schonmal geschafft. Kannst du ein Auge auf sie haben?«

Emily machte den Mund auf. Er sollte ihr in die Augen sehen, aber sein Blick blieb an den weichen, vollen Lippen hängen. Und während er die anstarrte, realisierte er, dass sie keinen Lippenstift trug. Dieses sexy, feuchte Rosa war ihre natürliche Lippenfarbe.

Seine Hose wurde enger im Schritt.

Sie stand auf und bot ihm damit eine noch bessere Aussicht, was wenig hilfreich war, um dem immer härter werdenden Glied in seiner Hose Einhalt zu gebieten. »Ich treffe mich heute mit zwei Komikern und einem weiteren Musiker, die wir eventuell zu unserer Liste für das Unterhaltungsprogramm hinzufügen können. Und danach habe ich noch einige weitere Besprechungen, in denen es um die Machbarkeit eines Kinderprogramms im Resort geht. Ich habe wirklich keine …«

»Dann kannst du also nach ihr sehen. Gut.« Er wandte sich zur Tür. Er musste hier raus, bevor seine körperliche Reaktion allzu offensichtlich wurde, falls es nicht bereits zu spät war.

»Ähm …« Emily kam rasch um ihren Schreibtisch herum und starrte Grace misstrauisch an. »Das kann ich nicht. Gibt es denn sonst niemanden, bei dem du sie lassen kannst? Einen deiner Brüder vielleicht? Ich habe noch nie einen Hund besessen und habe keine Ahnung, wie ich mich um sie kümmern muss.«

»Ich mag sie niemandem anvertrauen, am allerwe-
nigsten meinen Brüdern.«

Sie musterte ihn, und er wandte den Blick ab.

»In Ordnung, ich passe auf sie auf.« Emily schenkte der
Hündin ein weiches Lächeln.

»Sehr gut. Ich hole sie nachher wieder ab.« Levi war
bereits zur Tür hinaus, bevor Emily es sich anders überlegen konnte. Ihr sanfter Duft erfüllte den Raum und
beschwor die Erinnerung daran herauf, wie er sie in den
Armen gehalten hatte. Es schien ihm, als wäre das der Ort,
wo sie hingehörte. Aber dieser Gedanke würde auch wieder
vergehen. Es war ja kaum 24 Stunden her, seit sie sich
geküsst hatten. Was er fühlte, war nur ein Rest sexueller
Frustration, das war alles.

In der Zwischenzeit würde sich Levi von Emilys Büro
fernhalten. Es roch nach ihr, und das machte die Sache
noch härter, was durchaus zweideutig gemeint war. Er
würde sie nachher anrufen und bitten, Grace bei ihm
vorbeizubringen. Er würde sich nicht noch einmal in ihren
Abschnitt des Korridors hinüberwagen.

Levi kehrte zu seinem eigenen Schreibtisch zurück, weil
er gleich eine Besprechung mit zwei Anwälten hatte, um
darüber zu reden, wie die Sache mit Shin Electronics
gelaufen war. Einer der Anwälte hatte an einem Abendessen teilgenommen, als der Konzern in der Stadt war, aber
keiner von beiden war zugegen gewesen, als die Betrunkene
sich so peinlich verhalten hatte.

Vielleicht hatten sie es sich bereits mit Shin verscherzt,
das würde sich dann schon zeigen. Die Delegation aus
Korea war heute Morgen ganz früh abgereist, aber gestern
Abend hatte der Generaldirektor Levi am Ende der Party
die Hand geschüttelt und sich bei ihm für einen unterhalt-
samen Besuch bedankt.

Unterhaltsam? Levi konnte nur annehmen, dass er Direktor damit die unfreiwillige Peepshow meinte und nicht die beiden Musiker, die sie an zwei der vier Abende während des Aufenthalts der Koreaner in der Bar hatten spielen lassen. Club Tahoe war ein elegantes Casino-Resort und konnte einen solchen Auftritt, der seinem Ruf schadete, wirklich nicht gebrauchen. Höchstwahrscheinlich hatte das ihnen die Chance versaut, einen führenden Konzern an Land zu ziehen, der das Hotel als regelmäßigen Konferenzort an der Westküste buchen würde.

Die Anwälte hatten ihm geraten, er solle ihnen die Betreuung von Shin Electronics überlassen, und er hatte abgelehnt. Wenn sich nun herausstellen sollte, dass die Firma nicht wiederkommen würde, war er dafür verantwortlich. Aber er traute seinen Anwälten auch nicht zu, Club Tahoe für ihn zu leiten. Als Firmenchef musste Levi die großen Aufgaben selbst in die Hand nehmen, so wie andere Chefs das auch machten. Und nun musste er zunächst eine alternative Einnahmequelle ausfindig machen, und zwar schnell.

———

Emily beugte sich hinunter, bis sie mit dem Hund auf Augenhöhe war. Grace blickte sie von ihrer Position neben dem Schreibtisch an. »Sieht aus, als sollten wir heute den Tag zusammen verbringen. Aber eins musst du wissen, ich habe heute echt viel zu tun. Dein Herrchen hat das geflissentlich überhört. Hast du gewusst, dass er so stur ist?«

Grace legte den Kopf schief, und das sah allerliebst aus.

»Na, ich auch nicht! Der Mann hat mich fast einen Tag lang ignoriert – nachdem er mich *geküsst* hat – und dann besitzt er die Frechheit, hier reinzumarschieren und mich um einen Gefallen zu bitten? Ich könnte ihn gerade echt erwürgen.« Keine Antwort von Grace.

Emily blickte sie finster an. »Ich nehme an, du liebst ihn vorbehaltlos. Na, ich kann dir eins sagen, er wäre weitaus liebenswerter, wenn er die Leute nicht einfach so küssen und verwirren würde.« Sie streichelte Grace über den Kopf. »Wahrscheinlich liebt er Lisa immer noch. Ich bin diejenige, die blöd genug war zu denken ... Ich weiß gar nicht, was ich gedacht habe. Ich ... mag ihn einfach. Wenn er mich nicht herumkommandiert, ist er ziemlich unglaublich.« Emily seufzte und stand wieder auf. »Na gut, Grace. Wir beide jammern jetzt nicht weiter herum. Du musst einen Kragen tragen, und ich bin ein Dummkopf, wenn es um Männer geht, aber das bedeutet ja nicht, dass wir nicht wichtig sind. Wir haben viel zu tun, du und ich. Legen wir also besser gleich los.«

Emily schnappte sich ihre Aktentasche mit ihren lebenswichtigen Geräten und ging zur Tür. Dann fiel ihr auf, dass Grace ihr nicht gefolgt war.

Sie machte Kussgeräusche mit dem Mund. »Komm her.« Grace legte zur Antwort nur wieder den Kopf schief.

Emily klopfte sich auf den Oberschenkel. »Grace.«

Der Hund erhob sich und kam schwanzwedelnd auf sie zu.

Emily nickte und atmete ein. »Also gut. Ich kann das.«

Dann warf sie einen Blick zur Tür hinaus. Auf dem Flur herrschte geschäftiges Treiben. Die leitenden Angestellten von Club Tahoe gingen ihrer Arbeit nach. »Und jetzt bringe ich einen Hund zu meinen Besprechungen mit. Der Tag dürfte noch interessant werden.«

KAPITEL 16

E mily starrte die quadratischen Deckenplatten an. So hässlich. Wieso verwendete man die eigentlich in jedem Bürogebäude? Club Tahoe war im geschmackvollen Chalet-Stil elegant ausgestattet, aber in der Büroetage gab es dieselben grässlichen, alten Platten wie in jedem anderen Bürogebäude. Sie nahm an, dass die meisten Menschen eben nie nach oben schauten – naja, im Büro lagen sie ja auch normalerweise nicht auf dem Rücken.

Eine lange, nasse Zunge fuhr ihr über die Wange, bevor Emily sie abwehren konnte. »Igitt, Grace!«, Sie wischte sich mit der Hand über die Wange. »Ich habe doch gesehen, wo du die schon überall gehabt hast, die brauche ich ganz sicher nicht in meinem Gesicht.«

Grace ließ den Kopf auf Emilys Brust sinken und starrte sie an. Als Emily sich nicht rührte, stupste der Hund ihr Kinn mit seiner langen Schnauze an.

Emily stöhnte. »Echt jetzt? Noch mehr kraulen? Dir werden die Haare hinter den Ohren ausfallen, ich sage es dir. Dann hast du da riesige kahle Stellen, wenn wir so weitermachen. Und meine Arme sind auch schon ganz verkrampft, siehst du das?« Sie hielt steif die Hände hoch. »Ich kann mich kaum bewegen. Du bist auch nicht gerade leicht. Weißt du, wenn wir uns wieder auf meinen Stuhl setzen, komme ich bestimmt besser an die Stellen ran, wo es dich juckt.«

Grace stupste ihr Kinn erneut mit der Schnauze an und hinterließ ein feuchtes Gefühl, über das Emily lieber nicht weiter nachdachte.

»Okay, okay.« Emily kraulte Grace hinter den Ohren und atmete gegen den knapp 15 Kilo schweren Hund an, der auf ihr lag, gegen ihre schmerzenden Handgelenke. Wenn sie doch nur an ihr Handy herankäme. Aber das lag auf ihrem Schreibtisch, wo sie es liegengelassen hatte. Mehr als einen Meter weit weg.

»Hilfe!« Emily versuchte, Grace sanft von sich runterzustoßen, aber der Hund besaß ein erstaunliches Eigengewicht und machte sich nur noch länger. Und Emily wollte ihr ja auch nicht wehtun müssen, um sie von sich herunterzubekommen.

Der Hund bellte, und inzwischen verschwendete Emily auch keinen Gedanken mehr daran, ihn ruhigzuhalten, um die anderen Angestellten nicht bei der Arbeit zu stören.

»Hilfe!«, rief sie erneut.

Wieso mussten ausgerechnet heute alle das Büro schon um fünf verlassen? Sonst gab es doch auch immer ein paar Mitarbeiter, die länger blieben. Na gut, typischerweise waren das Levi und sie, aber trotzdem. Und es war Freitagabend.

»Du warst den ganzen Tag so brav. Ich habe im Restaurant Speck für dich geklaut, hast du das schon vergessen? Wir sind doch Freundinnen. Warum, Grace? Warum tust du mir das jetzt an?«

Levi würde einiges zu hören bekommen, wenn sie ihn erst in die Finger bekam oder wenn er sie hier endlich fand.

Oh Gott. Sie würde doch wohl nicht die ganze Nacht hierbleiben müssen, oder? Sie ließ den Kopf zurücksinken und schloss die Augen. Nein – Levi würde seinen Hund irgendwann holen kommen.

Und sie würde ihn umbringen, wenn er hier auftauchte.

———

EMILY IGNORIERTE IHN OFFENSICHTLICH. Das war die einzig logische Erklärung dafür, dass sie nicht an ihr Handy ging. Er wollte nicht mit ihr sprechen, aber er musste Klarheit schaffen. Offenbar nahm sie an, dass der Kuss gestern Abend mehr bedeutet hatte und dass sie die neue Situation nun ausnutzen konnte. Es wäre nicht das erste Mal, dass eine Frau versucht hätte, ihn oder seine Brüder auszunutzen, aber er war sehr überrascht, dass Emily so etwas versuchte.

Levi rieb sich über die Stirn und stand auf, straffte den Rücken und stellte fest, wie wütend er war, dass er nun erneut gezwungen war, zu ihr zu gehen. Sie sollte zu ihm kommen. Er wollte doch nicht mehr in ihr Büro gehen. Es roch nach ihr, und sie roch einfach viel zu gut, aber das tat nichts zur Sache. Er war hier der Boss, nicht Emily.

Er ging mit schnellen Schritten den Korridor entlang und machte sich nicht die Mühe, anzuklopfen. Er stieß die Tür zu ihrem Büro auf. »Emily ...«

Sie saß nicht am Schreibtisch. Sein Blick huschte zum Fußboden, wo sein Hund saß – nein, alle Viere von sich gestreckt hatte, sollte er besser sagen – und zwar auf der Frau, die er gerade zurechtweisen wollte. Und die mit der

Hündin auf ihrem Bauch und ihren Beinen ziemlich klein aussah. »Grace!«

Grace erhob sich von Emily und kam zu ihm gerannt.

Emily entwich ein Stöhnen, aber sie rührte sich nicht vom Fleck.

»Was ist denn hier los? Wieso liegst du auf dem Fußboden?«

Emilys Kopf ruckte hoch. »Mit dir habe ich ein Hühnchen zu rupfen.«

Sie war sauer auf *ihn?* »Hör zu, Emily. Wir müssen dringend reden.«

»Das kannst du laut sagen!«

Sie setzte sich auf und ließ die Arme steif im Schoß liegen. »Du kannst mich nicht einfach mit deinem Hund alleinlassen. Ich bin kein Hundesitter. Ich bin eine verdammt gute Chefassistentin mit einem MBA aus Harvard und ... und ...« Sie schluckte. »Ich bin so wütend auf dich, Levi Cade!« Und dann stieß sie ein frustriertes Knurren aus.

Levi zuckte zusammen. Sie fuhr ihn mit seinem vollen Namen an. Das konnte nichts Gutes bedeuten. Vielleicht sollte er einen Schritt zurücktreten. Wahrscheinlich war es nicht gerade höflich gewesen, Gracie bei Emily abzustellen, während er seine Besprechungen abhielt. Denn sie hatte ja selbst mehr als genug zu tun.

Na gut, er war schon wieder ein Esel gewesen. Womöglich hatte er bloß eine Ausrede gebraucht, um sie zu sehen. Den Hund bei ihr abzugeben, war schlicht das Erste gewesen, was ihm eingefallen war.

Shit. Er sabotierte seinen eigenen Plan, sich von ihr fernzuhalten.

Levi trat zu ihr und streckte die Hand aus. »Wie kommt es, dass du auf dem Boden gelandet bist?«

Emily zupfte sich ein Haar in der Farbe von Graces Fell von der weißen Bluse. »Sie hat an ihrer Naht geknabbert. Ich habe alles Mögliche versucht, damit sie aufhört, aber das war das Einzige, was funktioniert hat.« Sie nahm seine Hand, und er zog sie mit einer fließenden Bewegung auf die Füße.

»Dich flach auf den Boden zu legen, damit sie sich auf dich drauflegen kann?«

Emily bedachte ihn mit einem Blick, der ihm klarmachte, dass sie das nicht amüsant fand. »Natürlich nicht. Ich bin zu ihr gegangen, um sie zu streicheln. Es schien, als müsse sie hinter den Ohren gekrault werden, wo der Kragen auf ihrem Fell sitzt.« Emily wedelte mit der Hand und zuckte dann zusammen und hielt sich das Handgelenk. »Solange ich sie dort kraule, leckt sie nicht an ihrer Wunde, was sie ansonsten trotz Kragen schafft, weil sie ein Hunde-Houdini ist. Du solltest ihr das Ding abnehmen. Es bringt gar nichts und juckt sie nur.«

»Ich habe dir ja gesagt, dass sie schlau ist. Man kann sie nicht alleinlassen.«

»Tja, naja, irgendwann ist sie dann immer näher an mich herangerobbt und ich habe mich hingekniet, um besser an ihre Lieblingsstelle ranzukommen. Bevor ich mich versah, krabbelte sie auf meinen Schoß.« Emily zuckte die Achseln. »Zuerst fand ich das niedlich. Dann machte sie es sich bequemer und verlagerte ihr Gewicht. Sie zog die Beine hinzu. Wenn ich aufhörte, sie zu kraulen, fing sie an zu bellen. Zuerst habe ich versucht, sie zu beruhigen, aber dann ging mir irgendwann auf, dass sie eine Tonne wiegt und ich sie nicht mehr von mir runterschieben konnte. Ich habe um Hilfe gerufen, aber es ist niemand gekommen!«

Er hätte am liebsten gelächelt. Die Szene, die sie beschrieb, war … herzerwärmend. Und natürlich fühlte er sich jetzt noch schlechter, weil er ihr Grace aufgehalst hatte. »Du hast also am Boden gesessen und Grace auf deinem Schoß. Wie ist es dann dazu gekommen, dass du flach auf dem Boden lagst und sie ausgebreitet wie eine Decke auf dir?«

Sie verzog zornig den Mund und funkelte ihn an. »Das ist nicht lustig. Vielleicht habe ich mich ein wenig zurückgelehnt, um mich einen Moment auszuruhen. Und dann hat Grace es sich erst richtig gemütlich gemacht und sich nicht mehr von der Stelle gerührt.« Sie beugte sich nach unten und zog einen ihrer hohen Schuhe aus. »Ich spüre meine Zehen nicht mehr und glaube, ich habe Karpaltunnelsyndrom in meinem Handgelenk.« Sie hielt ihm den Arm hin, um es ihm zu zeigen.

Er nahm sachte ihre Hand in seine, massierte sie mit seinen Fingern und arbeitete sich den Unterarm hinauf. Na gut, das war ein Vorwand gewesen, um sie zu berühren, aber verflixt nochmal! Ihr Duft hing im Raum – vermischt mit Hundegeruch. Emily war bezaubernd und furchtbar sexy. Aus nächster Nähe hatte er Schwierigkeiten, sie *nicht* anzufassen.

Sie schloss die Augen, und er nutzte die Gelegenheit, sie anzustarren, während er ihren Arm und ihr Handgelenk massierte. Ihr Haar war blond, aber sie besaß dunkle Wimpern, die sich wunderbar von ihrer glatten Haut abhoben. Ihre kleine Nase besaß die perfekte Form, und dann waren da diese üppigen Lippen ... Er ließ den Blick tiefer wandern, über die Wölbung ihrer kleinen Brüste, die er dennoch zu gerne berühren würde, über ihren flachen Bauch und die schmalen Hüften. Als er wieder hochschaute, starrte Emily ihn an.

Zuerst wandte er den Blick nicht ab, war gefangen von ihren sturmgrauen Augen, die so kalt blicken konnten, in ihm aber nichts als Hitze auslösten. Und dann wurde ihm klar, dass er gerade dabei erwischt worden war, wie er sie genüsslich betrachtete, und dass sie wahrscheinlich jeden Gedanken, der ihm dabei durch den Kopf gegangen war, an seinem Gesicht ablesen konnte. Er ließ sie zögernd los und trat einen Schritt zurück.

Er wollte sie doch eigentlich zurechtweisen – und sich selbst gleich mit. Stattdessen hatte er sie schon wieder angefasst und darüber nachgedacht, wo und wie er sie noch anfassen wollte. »Wie lange saß sie denn auf dir?«, fragte er, um sie von dem abzulenken, was ihm womöglich ins Gesicht geschrieben stand.

»Eine Stunde? Vielleicht auch zwei? Ich weiß es nicht.« Sie schüttelte den Kopf. »Ich habe das Zeitgefühl verloren. Ich glaube, ich bin ein oder zweimal eingenickt. Sie ist ja schon warm und kuschelig.« Emily warf Grace einen finsteren Blick zu. »Du wusstest genau, was du tust, nicht wahr?«

Graces Zunge hing aus ihrem Maul. Das sah eindeutig wie ein Hundegrinsen aus.

Emily öffnete den Mund. »Hast du das gesehen? Sie macht sich über mich lustig.«

Diesmal unterdrückte Levi sein Grinsen nicht. »Du darfst dich von Grace nicht ausnutzen lassen. Sie ist süchtig nach Liebe. Sie macht sich an jeden ran, der sie ein paar Stunden lang streichelt.« Sein Lächeln erstarb. »Bist du denn wirklich okay?«

Sie humpelte zu ihrem Schreibtisch hinüber und ließ sich auf den Stuhl sinken. »Ja. Aber das nächste Mal kümmerst du dich selbst um deinen Hund.« Sie warf einen Blick auf ihr Handy. »Mist, ich muss los. Ich kann nicht fassen, dass es schon so spät ist.«

Emily zwängte ihren Fuß wieder in den Schuh, stand

auf, schnappte sich ihre Tasche und rieb sich über den unteren Rücken. »Du schuldest mir eine Massage.« Er hob eine Braue, und sie wurde puterrot. »Du sollst mir eine im Spa spendieren, nicht ... Du weißt doch, was ich meine.«

Er begleitete sie zur Tür. »Einverstanden. Danke, dass du auf Grace aufgepasst hast. Ich werde sie dir nicht nochmal aufzwingen.«

Emily sah Grace an, die den unschuldigsten Welpenblick aufgesetzt hatte, den ein ausgewachsener Hund haben konnte. Grace hatte es drauf. Sie kannte alle Tricks.

»Es macht mir ja nichts aus. Sie ist lieb. Vielleicht bin ich ja doch der Hundetyp. Aber warn' mich das nächste Mal besser vor, in Ordnung?«

»Wo musst du denn jetzt hin?« Er hatte wirklich kein Recht, sie zu fragen, was sie nach Feierabend machte, aber er hatte sie noch nie in solcher Eile erlebt, aus dem Büro rauszukommen. Seine Assistentin war doch ein Workaholic.

»Ich habe ein Date ... ein Blind Date, das Lisa eingefädelt hat. Wünsch mir Glück.«

Bevor er sich versah, war Emily schon den Flur entlanggeeilt und fort.

Seine Kehle verengte sich, und sein Herz hämmerte. *Ein Date?*

KAPITEL 17

In der Fireside Lounde war viel los, denn der Gitarrist, den Emily engagiert hatte, brachte ein neues, lebhafteres Publikum in den Laden. Levi saß mit seinen Brüdern zusammen, und Wes hielt offensichtlich Ausschau nach hübschen Frauen.

Levi funkelte ihn an. »Keine gute Idee, Club Tahoe als Jagdrevier zu nutzen. Das war okay, als Dad den Laden geleitet hat, aber jetzt haben wir die Verantwortung für unsere Gäste.«

Wes warf ihm einen pikierten Blick zu. »Sei doch nicht so ein verdammter Spießer. Du hättest unsere Golfrunde am Freitag nicht ausfallen lassen sollen. Das hätte dich ein bisschen locker gemacht.«

»Jemand muss sich darum kümmern, dass im Resort alles läuft.«

Wes ignorierte den Seitenhieb. »Wann hast du eigentlich zum letzten Mal eine abgekriegt? Vielleicht brauchst du nur ein bisschen Action. Du wirst zusehends prüder.«

Levi erwiderte nichts darauf. Denn das letzte Mal, dass er sich mit jemandem eingelassen hatte, war vor dem

Zwischenfall gewesen. Das war nun schon fast elf Monate her. Und entgegen dem, was sein Bruder glaubte, fühlte sich Levi derzeit kein bisschen rein. Wenn Wes wüsste, was für unmoralische Gedanken Levi in Bezug auf seine Assistentin hegte, würde er ihn aus einem ganz anderen Grund aufziehen. Aufgrund seiner Vergangenheit mit Lisa und der Tatsache, dass Emily am Arbeitsplatz seine Untergebene war, konnte er mit Sicherheit sagen, dass er sich in einer moralischen Grauzone bewegte.

Was war sein Problem? Er wollte verdammt nochmal nicht, dass Emily mit jemand anderem ausging.

Er ballte die Fäuste und atmete tief ein. Er sollte sich nicht darum scheren, ob Emily Dates hatte. Er sollte seinen Fehltritt von gestern Abend vergessen und die Dinge wieder in normale Bahnen lenken. Er schüttelte die verkrampften Hände aus. Richtig wäre es, sie loszulassen.

Sie loszulassen. Als hätte er irgendetwas zu sagen, wenn es darum ging, mit wem sie ausging.

Er brauchte noch ein Bier. Wenn er seinen Brüdern wegen ihrer Verfehlungen auf den Sack ging, konnte er vielleicht vergessen, welche er begehen wollte. Schon wieder.

Wes blickte Levi mit schmalen Augen an, was ihn sofort misstrauisch machte. »Deine kleine Sklaventreiberin hat mir gestern auf dem Ball schon die Leviten gelesen. Und mir die Tour versaut, obwohl es gerade perfekt lief.«

Levi spürte, wie sich die Wärme in seiner Brust ausbreitete. Emily war knochenhart ... und heiß und süß. Sie schmeckte außerdem fantastisch. *Verdammt.*

Es spielte keine Rolle, dass sie nicht seinem üblichen Typ entsprach. Emily war eine Abhefterin und Listenmacherin, die sich gegen seine ungezügelten Brüder behaupten konnte, und das mit einem aufrichtigen Lächeln. Und sie war heute Nachmittag sehr lieb zu Grace gewesen, seiner alten, leicht arthritischen und nicht immer gut riechenden Hündin. Seine Mundwinkel zuckten, als er sich daran erinnerte, wie er die beiden heute Abend vorgefunden hatte. Emily wusste, wie sie es anstellen musste, sich von seinen Brüdern nicht auf der Nase herumtanzen zu lassen, aber für seinen sanften Hund hatte sie alles Menschenmögliche getan.

»Was lächelst du denn so?« Wes wirkte entsetzt.

Levi hustete in seine Faust. »Weiß nicht, was du meinst. Der Punkt ist, dass Dad schon wusste, was er tat, als er mich zu seinem Nachfolger bestimmte, und Emily ist mir bisher eine sehr große Hilfe. Ich bin froh, dass sie dich ausgebremst hat.«

»Ja, ja.« Wes bedachte eine Blondine an der Bar mit einem schiefen Grinsen, und die Frau grinste zurück.

»Wir müssen uns alle auf das Wesentliche konzentrieren«, fuhr Levi fort. »Von Emilys Herangehensweise an ihre Arbeit können wir uns alle eine Scheibe abschneiden. Auch wenn ...«

Wes musste etwas gewittert haben. Sein Kopf fuhr herum. »Auch wenn was?«

»Emily ist ... äh, ihr wisst schon ... Sie ist heute Abend ausgegangen.« Seine Stimme klang erstickt.

Wes lehnte sich vor. »Dein kleines Arbeitstier hat ein heißes Date? Na sowas. Gut. Sie muss ebenso dringend wie du flachgelegt werden.«

Unter dem Tisch drückte Levi seine Hände auf seine Knie. »Sie muss überhaupt nicht ...«

»Was ist mit der da?«, sagte Bran im selben Moment zu Wes und nickte dann unauffällig zur anderen Seite des Raumes. »Nein, nicht die ... die an der Tür.«

Wes betrachtete die Frau, auf die ihn sein Bruder hingewiesen hatte. »Nicht schlecht.«

Die Frau, die Bran meinte, war hübsch – dunkles Haar, ansehnliche Rundungen. Genau der Typ Frau, auf den Levi bisher immer stand. Aber jetzt hatte er kein Interesse an Frauen, die nicht klug und freundlich – aber auch stahlhart, wenn es nötig war – und lieb zu Hunden waren. Aber Levis Erfolgsbilanz mit ernsthaften Beziehungen war mies. Er konnte es sich nicht leisten, dass ihn so etwas erneut vom Kurs abbrachte. Ein weiterer Grund, wieso auf seiner Tagesordnung kein Platz dafür war, Emily nachzujagen.

Wes schüttelte den Kopf. »Ich bin heute Nacht eher in der Stimmung für eine Blondine. Hatte erst letzte Woche eine Brünette. Ich brauche Abwechslung, sonst langweile ich mich.«

»Alter.« Hunt, der sich dazugesetzt hatte, während Levi schweigend über den Gedanken an Emily brütete, wirkte überrascht. »Du bist ja schlimmer als ich.«

Wes lenkte seine Aufmerksamkeit wieder auf die Blondine an der Bar. »Niemand ist so schlimm wie du.«

Hunt zeigte ein Wolfsgrinsen. »Auch wieder wahr.«

»Ihr seid alle Schweine«, murmelte Levi.

Hunt, Wes, Bran und selbst Adam, der bisher noch kein Wort gesagt hatte, sondern alle paar Minuten auf seine Armbanduhr sah, starrten ihn an.

»Was denn?«, fragte er scharf.

Wes blickte Adam an, der sein Bier auf den Tisch stellte und auf dem Sessel nach vorn rückte.

Adam trug eine Jeans und ein T-Shirt mit dem Logo der West End Brewery statt der Designerklamotten, die er sonst immer vorgeführt hatte, wenn sie ausgingen. Adam würde heute nicht lange machen. Höchstwahrscheinlich würde er sie ihn wenigen Minuten hängenlassen und nach Hause zu seiner Verlobten abhauen.

»Die Jungs fragen sich offensichtlich, was zum Teufel mit dir passiert ist«, erklärte Adam.

Levi machte den Hals lang. Er trug immer noch seine zugeknöpfte Arbeitskleidung, und gerade fühlte es sich an, als wolle sein Hemd ihn strangulieren. »Gar nichts. Ich bin immer noch derselbe.«

Adam tippte mit dem Finger auf die Tischplatte. »Levi, Mann, du bist verspannter, als ich dich je zuvor erlebt habe. Und das will schon was heißen, weil du auch sonst schon kontrollsüchtig und herrisch bist.«

»Was ist dein Punkt?«

»Der Punkt ist, dass dir in den letzten Tagen irgendetwas noch mehr Stress zu machen scheint als alles andere zusammen – der Verlust von Dad, deine neue Aufgabe hier im Club ... *Moment.*« Sein Finger verharrte auf der Tischplatte. »Sagtest du eben, Emily hat heute ein Date?«

»Ja, und?« Levis Stimme klang genervter, als er vorgehabt hatte.

»Verdammt«, sagte Adam. »Hayden hat es sofort gesehen, aber ... Denkst du wirklich darüber nach, etwas mit Emily anzufangen?«

Hunt kicherte hämisch und schüttelte den Kopf, hatte aber nur Augen für die vollbusige Kellnerin, die sich ihrem Tisch näherte. Bran, Wes und Adam starrten Levi allerdings weiterhin an und warteten auf eine Reaktion.

Die ungeteilte Aufmerksamkeit seiner Brüder brachte Levi ins Schwitzen; er fühlte sich wie unter einem Scheinwerfer auf einer Bühne. »Ach Quatsch, nein.« Er schüttete den Rest seines Bieres in sich hinein.

»Nein, ich glaube, du bist da auf was gestoßen, Adam«, bekräftigte Wes mit einem Funkeln in den dunklen Augen.

»Glaube ich auch.« Bran nickte und nahm die Kellnerin

gar nicht wahr, auf die Hunt ein Auge geworfen hatte, die aber offensichtlich mehr Gefallen an Bran fand.

»Naja«, meinte Hunt, während er die Arme nach oben austreckte und über seinem Kopf verschränkte. »Das ist doch kein Wunder. Emily ist ein scharfes, kleines …«

Levi war bereits auf der anderen Seite des Tisches und hatte Hunt in den Schwitzkasten genommen, bevor sein Bruder auch nur den Satz beenden konnte.

Wes, Bran und Adam sprangen von ihren Stühlen auf. »Was zum Henker«, schimpfte Wes und zerrte Levi von Hunt weg.

Der richtete seinen Kragen und starrte Levi mit zornesrotem Gesicht an. »Ich bin raus.« Er stürmte zum Ausgang.

Adam stieß Levi in seinen Sessel zurück. Da er ein wenig kleiner als sein älterer Bruder war, brauchte er dafür fast sein gesamtes Gewicht und all seine Kraft.

Levi blickte sich um und hob eine Hand, um sich stumm bei den Bargästen des Clubs zu entschuldigen, denn die starrten inzwischen auch alle herüber.

Verflucht. Das war nicht gerade das Verhalten, das er den Hotelgästen präsentieren sollte. Hunt raubte Levi immer wieder den letzten Nerv, aber er war *wirklich* gereizt und angespannt.

Über sein Verlangen nach Emily hinwegzukommen, war offensichtlich nicht so einfach, wie er gehofft hatte.

KAPITEL 18

»Und, was denkst du?« Lisa ließ sich mit dem Weinglas in der Hand neben Emily auf ihre Couch fallen. »Hat ja nur zwei Wochen gedauert, dich auf dieses Date festzunageln. Hat es sich gelohnt?«

Emily hatte sich auf das Blind Date eingelassen, das ihre Schwester arrangiert hatte, aber wegen der wichtigen Kunden und den damit verbundenen langen Arbeitstagen in der vergangenen Woche hatte sie das ganze bis heute aufgeschoben. Sie wischte über einen Wasserfleck an ihrem Glas und ließ sich einen Augenblick Zeit, bevor sie antwortete. »Zander scheint toll zu sein. Attraktiv und nett. Aber ich kenne ihn ja nicht wirklich.«

Lisa verdrehte die Augen. »Jared kennt ihn und kann bestätigen, dass er ein guter Kerl ist. Und du kannst ihn ja kennenlernen. Darum geht es doch.« Sie lehnte sich rüber und stupste anzüglich Emilys Arm, aber da Lisa bereits einige Gläser Wein getrunken hatte, musste Emily sie zurückstoßen, damit sie wieder aufrecht saß.

»Ich hab's ja verstanden.« Emily lachte. »Du willst, dass

ich etwas mit ihm anfange. Aber woher weißt du denn überhaupt, ob er Interesse hat?« Und wollte sie das überhaupt so genau wissen? Sie war noch nicht über Levi hinweg, auch wenn er klargemacht hatte, dass er über sie hinweg war. Wenn sie allerdings daran dachte, wie er sie angesehen hatte, bevor sie zu ihrem Date geeilt war ... Sie war sich bei gar nichts mehr wirklich sicher.

Lisa warf den Kopf zurück gegen das Rückenpolster des Sofas und öffnete den Mund. »Emily, wie kann es sein, dass wir verwandt sind?« Sie blickte Emily vorwurfsvoll an. »Du bist schön und klug. *Natürlich* hat er Interesse.«

»Aber ... glaubst du denn nicht, dass dazu mehr gehört als das? Du und Jared zum Beispiel. Er versteht, was du brauchst. Es ist doch mehr dahinter, als dass du schön bist und er gut aussieht. Ihr erfüllt die emotionalen Bedürfnisse des jeweils anderen.«

Lisa schnaubte. »Oh, er erfüllt meine Bedürfnisse, allerdings.«

Emily machte ein angewidertes Geräusch. »Bitte, kein Kopfkino. Du weißt, wovon ich rede. Du brauchst manchmal Aufmerksamkeit und bist hilfsbedürftig, und aus irgendeinem schrägen, selbstlosen Grund liebt Jared es, sich um dich zu kümmern.«

»Weil er mich liebt.«

»Richtig. Aber liebt er dich, weil er deine Bedürfnisse befriedigen kann, oder liebt er dich wegen etwas Wesenhaftem, was wir nicht wirklich ausdrücken können?«

Lisa glotzte sie an. »Wieso philosophierst du denn jetzt? Dafür bin ich zu betrunken. Oder nicht betrunken genug. Jared und ich waren von Anfang an auf einer Wellenlänge, und es wurde immer nur noch besser. Es gibt nichts an ihm, das mich so sehr stören würde, dass ich mir Sorgen um unsere Zukunft machen muss, und ich schätze mal, ihm geht es genauso. Es funktioniert eben einfach.« Lisa biss sich auf die Lippe. »Apropos Funktionieren oder auch nicht – ich habe gestern Abend mit Levi geredet, als ich deine Tasche vorbeigebracht habe. Ich habe mich entschuldigt für das, was damals mit Hunter passiert ist. Das habe ich noch nie gemacht, mich für mein Verhalten entschuldigt. Hat sich gut angefühlt.«

Emilys Herz schlug heftig. Sie wusste, dass etwas geschehen sein musste, nachdem sie die beiden alleingelassen hatte, aber sie hatte zu viel Angst gehabt, danach zu fragen. »Wie hat er reagiert?«

»Er meinte, er würde mir verzeihen, und ich hoffe, er meinte das ernst. Er hatte nicht verdient, so behandelt zu werden, wie ich ihn behandelt habe.« Lisa blickte auf und lächelte traurig. »Er war immer so selbstsicher, und ich dachte, ich müsse genauso sein, aber genau das hat mich unsicher gemacht. Es war also nicht wirklich seine Schuld, dass es nicht funktioniert hat.«

Emily nickte und versuchte, sich nicht anmerken zu lassen, wie sehr Lisas und Levis Gefühle füreinander sie aus der Bahn warfen. Sie wollte, dass ihre Schwester glücklich war, und sie wollte, dass Levi glücklich war. Aber sie konnte auch nichts dagegen machen, dass sie sich zu ihm hingezogen fühlte.

»Ich hatte immer das Gefühl, nicht gut genug für Levi zu sein«, erklärte Lisa.

Emilys Kopf ruckte hoch. Ganz gleich, was sie für diesen Mann empfand, Lisa war ihre Schwester. »Das ist doch verrückt. Du bist perfekt.« In allem, worauf es ankam, war ihre Schwester wirklich perfekt. Sie war nicht nur eine Schönheit, sondern auch großzügig und liebevoll.

»Okay, zuallererst mal bin ich nicht perfekt, und das weißt du auch, denn sonst hättest du meine Hilfebedürftigkeit nicht erwähnt.«

Emily verdrehte die Augen. »Eine kleine Schwäche. Nichts, was wirklich zählt.«

»Mag sein, aber du musst doch inzwischen wissen, wie Levi ist, da du doch jetzt für ihn arbeitest. Er geht alles selbstsicher an und weiß, was er will und was er tut. Am Ende unseres ersten Dates hatte er schon unser ganzes Leben durchgeplant. Und er ist so verdammt heiß, da habe ich gar nicht weiter nachgedacht, sondern mich sofort darauf eingelassen, aber ... ich habe diese Verbindung damals nie gespürt. Was wahrscheinlich genau das ist, worauf du hinauswolltest mit deiner betrunkenen Philosophie.« Sie schmunzelte.

»Ich bin nicht betrunken, du schon.«

»Na, jedenfalls: Wenn ein Tornado über dich hinwegfährt, ist der einzige Weg da raus, dich zu ducken und Schutz zu suchen. Ich habe unter Hunt Schutz gesucht.« Lisa winkte ihr mit dem Zeigefinger. »Fang' bloß nie etwas mit den Geschwistern deines Freundes an. Das endet in einer Katastrophe.«

Was du nicht sagst, dachte Emily. Und dann wurden ihre Handflächen klamm, und sie schluckte. Denn war das nicht genau das, was sie von Levi erwartete? Sie war die Schwester seiner Ex, aber die Parallelen waren offensichtlich genug.

Levi schien die Regeln zu kennen. Er hatte sich seit dem Augenblick gestern Abend von ihr ferngehalten, während sie sich die ganze Zeit gewünscht hatte, er würde ihr näherkommen.

Emily stellte ihr Glas auf Lisas Couchtisch ab. Sie würde sich von Levi fernhalten, aber sie würde auch nichts mit jemand anderem anfangen, nur um einen Mann in ihrem

Leben zu haben. »Es hat heute Abend nicht klick gemacht mit Zander. Er hat alle Eigenschaften, nach denen die meisten Leute suchen: Er ist attraktiv, hat einen guten Job, und wir wären kompatibel. Aber es hat nicht klick gemacht.«

Lisa starrte an die Decke hinauf. »Mist. Ich dachte, wir hätten in ihm den passenden Kerl gefunden.«

»Ja, Mist.« Denn der eine Mann, bei dem es klick gemacht hatte und zu dem sie sich mit jedem Tag stärker hingezogen fühlte, war der eine Mensch, den sie nicht haben konnte.

———

EMILY RIEF EINEN UBER, um von ihrer Schwester nach Hause zu kommen, und wurde als erstes ihre Schuhe los, als sie ihr Ein-Zimmer-Apartment betrat. Es lag im Stadtteil Tahoe Island Park, in Laufdistanz eines Fahrradwegs, der entlang der Emerald Bay Road am Waldrand vorbeiführte. Zuletzt war sie dort nicht mehr spazieren gewesen. Sie hatte abends immer zu lange gearbeitet und häufig zu Hause dann noch weitergearbeitet. Vielleicht hatte sie vergessen, wie man lebte.

Früher wusste sie doch auch, wie man Spaß hatte. Vielleicht nicht gerade Lisas glamouröse Variante von Spaß, aber dennoch Spaß. Heute Abend interessierte sie weder ein Blind Date noch sonst irgendein Date. Das brachte doch nichts, wenn ihr Herz ganz woanders war.

In den vergangenen Wochen hatte Emily den echten Levi kennengelernt, nicht bloß den süßen Kerl, in den sie verknallt gewesen war, als sie noch jünger war. Oder den Mann, den sie sofort wieder attraktiv gefunden hatte, als sie sein Büro im Club Tahoe betrat. Levi war selbstbewusst, herrisch und teuflisch sexy. Aber er fühlte sich auch verantwortlich für seine Brüder – und stellte seine eigenen Bedürfnisse dafür zurück –, ging sanft mit seiner alten Hündin um und konnte einiges an Druck aushalten. Er war der Beschützertyp, und das war extrem sexy. Ihr Vater war nie für sie oder Lisa dagewesen. Und Levi versuchte mit allen Mitteln, sich um die Menschen um ihn herum zu kümmern.

Emily könnte ihre Bewunderung beiseiteschieben, sich ebenso die verstohlenen Blicke verkneifen – er war aber auch zu heiß! – wenn er ihr nicht in die Augen blicken würde, als wäre sie etwas, das man schätzte und auf das man aufpasste. Kein Mann, nicht einmal ihr eigener Vater, hatte sie je wirklich wertgeschätzt. Und dann hatte Levi sie geküsst, als wäre er am Verhungern. Als wäre sie seine Insel inmitten stürmischer See. Das war es, worüber sie nicht hinwegkam. Gebraucht und begehrt zu werden von einem Mann, den sie umgekehrt bewunderte. Aber sie musste über ihn hinwegkommen.

Er mochte nicht mehr zu Lisa gehören, aber Emily gehört er auch nicht. Lisa hatte es doch gesagt: Levi wusste, was er wollte, und ging zielstrebig darauf zu. Aber er war nicht auf Emily zugekommen. Er hatte kein einziges Wort über den Kuss verloren und auch keinerlei Anstalten gemacht, ihn noch einmal zu wiederholen.

Also sollte sie die Sache hinter sich lassen.

Emily zog die Brauen zusammen und sank auf die Couch, vergrub das Gesicht in den Händen.

Erst als ihr Telefon zum zweiten Mal vibrierte, spähte sie in Richtung ihrer Handtasche, die neben der Couch lag.

Wer schrieb ihr denn so spät noch eine SMS? Es war fast Mitternacht. Nur Lisa schrieb ihr mitten in der Nacht, aber sie war doch eben erst von ihrer Schwester weggefahren.

Sie streckte den Arm über die Armlehne aus, quetschte sich Magen und Lunge ab, während sie nach ihrer Tasche hangelte, die sie gleich nach dem Eintreten fallengelassen hatte. Lisa sollte sie bloß nicht schon wieder verkuppeln wollen. Sie glaubte nicht, dass sie schon so bald ein weiteres Blind Date ertragen würde.

Levi: *Wie war dein Date?*

Emilys Herz hämmerte. Was zum Kuckuck? Wieso schrieb Levi ihr deswegen eine SMS? Gab es irgendeinen Notfall?

Emily: *Ist alles in Ordnung?*

Es war kaum nötig, ihm zu erklären, dass sie absolut nichts für den Typen empfunden hatte, mit dem ihre Schwester sie verkuppeln wollte. Außerdem war er doch nicht wirklich daran interessiert, wie es gelaufen war. Irgendetwas stimmte da nicht.

Levi: *Bist du zu Hause?*

Emily: *Wieso fragst du?*

Levi: *Ich will nur sichergehen, dass meine beste Mitarbeiterin ihren Schönheitsschlaf bekommt. Wir fangen morgen wieder ganz schön früh an.*

Moment, das klang durchaus, als wolle er sich danach erkundigen, wie es ihr ging. Nachdem sie ihm erzählt hatte, dass sie ein Date hatte. Hmm ...

Emily: *Kommt Grace wieder mit ins Büro?*

Levi: *Hast du noch nicht genug Hundeabenteuer gehabt?*

Emily: *Sie ist ein echtes Kuscheltier. Mein Nachmittags-schläfchen habe ich ja doch genossen. Wenn ich mir nicht gerade ein Karpaltunnelsyndrom eingefangen habe vor lauter Kraulen.*

Levi: *Kein Hund, nur Arbeit. Bis morgen.*

Emily lächelte, als sie auf die letzte Nachricht blickte. Vielleicht hüpfte sie sogar ein paar Mal auf der Couch auf und ab.

Levi dachte an sie. Und wenn sie das richtig interpretierte, dann erkundigte er sich nach ihr, nachdem sie mit einem anderen Mann ausgegangen war.

Was bedeutete, dass die Küsse für ihn vielleicht doch nicht so bedeutungslos waren, wie sie gedacht hatte.

KAPITEL 19

Levi gelang es irgendwie, die nächsten paar Tage zu überstehen, ohne Emily weitere Fragen über diesen Typen zu stellen, mit dem sie etwas am Laufen hatte. Abends schwamm er seine Runden im See, um den Kopf freizubekommen. Es war sinnlos, über eine Frau nachzudenken, die tabu war.

Das einzige Problem daran? Tabu klang ganz plötzlich extrem verlockend.

Levi würde sich selbst nicht als jemanden bezeichnen, der stur die Regeln befolgte, aber als Feuerwehrmann musste man dafür sorgen, dass die Ordnung aufrechterhalten blieb, wenn man sich um die Sicherheit von Männern und Frauen kümmerte, die auf diese Hilfe angewiesen waren. Er hatte geholfen, seine vier Brüder großzuziehen, und das bedeutete auch, dass er immer ein Auge auf sie gehabt hatte. Er war ganz sicher kein Heiliger, aber er hatte versucht, ein anständiges Verhalten vorzuleben.

Warum also war er nun drauf und dran, diese Grenze zu übertreten, fragte er sich, während er die betreffende Frau anstarrte, die ihm in ihrer zugeknöpften, weißen Bluse gegenübersaß.

Er hatte Emily nicht eingeplant und ohne Plan sah er sich nicht in der Lage, auf sie oder sonst jemanden aufzupassen. Ungeachtet dessen musste der Club gerade jetzt oberste Priorität für ihn haben. Aber verflucht nochmal, er konnte nicht aufhören, an Emily oder an diese Küsse zu denken.

Er war schwer versucht, etwas zu unternehmen, aber sie schien nicht der Typ für Gelegenheitssex, und mehr konnte er ihr nicht anbieten.

»Dann ist es in Ordnung«, wollte sie wissen, den Blick auf ihr Tablet geheftet, »wenn ich mit der Marketingabteilung und der Bewirtungsmannschaft ins Detail gehe, was das Kinderprogramm angeht?«

Levi blinzelte. Und räusperte sich. Er hatte die lange Strähne ihrer Haare beobachtet, die ihre Brust streifte, während sie sich auf dem Tablet Notizen machte. »Mach mir eine Aufstellung für das geplante Budget, dann reden wir weiter.«

Sie presste die Lippen leicht zu einem schwachen Lächeln zusammen, bevor sie nickte und wieder den Kopf senkte, um weitere Notizen einzutippen. Abwesend schob sie ihr Haar über die Schultern zurück, weg von ihren Brüsten, und ihm entfuhr ein enttäuschter Seufzer.

Levi hatte nichts gegen das Kinderprogramm einzuwenden. Er war immer dafür, seine Gäste glücklich zu machen und zusätzliche Einnahmen zu generieren, aber er konnte sich jetzt keinen Fehler leisten. Nicht, solange Shin Electronics immer noch in der Schwebe war. Sie hatten noch keine Rückmeldung vom Konzern, und Levi war nicht optimistisch. Aber als Emily ihn gefragt hatte, ob sie über das Kinderprogramm sprechen könnten, war ihm das wie eine gute Gelegenheit erschienen, sie in sein Büro zu kriegen und – ganz platonisch – Zeit mit ihr zu verbringen, während derer er sie aus der Ferne anhimmeln konnte. Und jetzt hatte sie einige wesentliche Punkte angesprochen, die er nicht ignorieren konnte. Dieses Programm könnte auf jeder Ebene gut für den Club sein.

Sie hatten den gesamten Morgen mit dem Finanzdirektor verbracht und waren die momentanen Zahlen durchgegangen, was weniger furchtbar als sonst gewesen war. Alles war erträglicher, wenn Emily dabei war. Und erfreulicherweise hatte der Finanzdirektor gesagt, dass es möglich war, innerhalb eines Jahres wieder schwarze Zahlen zu schreiben, weil durch das Unterhaltungsprogramm am Abend laufend zusätzliche zahlende Besucher kamen – aber sie mussten unbedingt für die volle Auslastung der Konferenzräume sorgen. Und der einzige Weg, das zu tun, bestand darin, Firmen und Konzerne anzulocken, die das Resort für ihre Tagungen und Konferenzen nutzten.

Levi erhob sich und ging zum Fenster, aus dem man auf die zurechtgestutzten Kiefern und Büsche blickte, die den Anschein einer natürlichen Landschaft gaben. Aber nichts war so natürlich wie die echte, freie Natur, und Levi vermisste sein Stück Land jeden Tag, wenn er hier im Büro eingesperrt war. »Irgendwelche Ideen, wie wir weitere Firmen als Kunden hinzugewinnen können? Wir haben fünf unserer größten Kunden verloren und wie du heute Morgen gehört hast, reißt das ein riesiges Loch in unseren Umsatz.«

»Was das angeht«, erwiderte Emily und tippte mit ihrem langen, anmutigen Finger auf eine braune Aktenmappe, die auf ihrem Schoß lag. »Ich verstehe nicht, warum wir diese Kunden verlieren.« Sie zog ein Formular heraus und überflog es. »Unsere Verantwortlichen für die Bewirtung wenden sich nach jeder Konferenz persönlich an die Firmenkunden, um Feedback zu bekommen, wie zufrieden die waren und was verbessert werden kann.« Sie hielt das Blatt Papier hoch. »Alles positive Bewertungen unserer Gäste und Versprechen wiederzukommen. Wir senden außerdem jedem Gast einen anonymen Fragebogen per E-Mail, und zwar nicht nur den Konferenzteilnehmern, und bekommen nur sehr selten negatives Feedback. Es ergibt einfach keinen Sinn.«

Er drehte sich zu ihr um und lehnte sich mit der Hüfte gegen die Fensterbank, verschränkte die Arme vor der Brust. »Was stand in den negativen Bewertungen?«

Ihr Blick wanderte über seinen Brustkorb und die Arme, bevor sie ihn rasch abwandte. »Oh, äh ...« Sie blätterte in ihren Papieren. »Zu wenig Strandpersonal.«

Er hob eine Braue. »Wusstest du daher, dass wir mehr Strandkellner einstellen sollten?«

Emily sah mit geröteten Wangen auf. »Ich hatte so eine Vermutung.«

Sie blätterte weiter. »Bitte tauschen Sie die Handtücher für den Strand aus. Zwei von meinen waren schon etwas abgenutzt.« Sie ging die nächsten paar Blätter durch und schüttelte den Kopf. »Alle Kommentare sind solche Kleinigkeiten. Nichts Gravierendes.«

Er kratzte sich am Kinn. »Haben wir die Strandtücher ausgetauscht?«

Sie grinste. »Da habe ich tatsächlich nachgesehen. Das ist vor zwei Monaten geschehen. Stand offensichtlich sowieso schon auf der Liste für Wartung und Pflege.«

»Die Bewertungen sind also gut, aber trotzdem schießen wir irgendwie am Ziel vorbei.«

Emily schob die Papiere zusammen, stand auf und ging im Raum auf und ab. »Das ist es ja. Wir schießen eben nicht am Ziel vorbei. Club Tahoe ist als führendes Luxusresort in South Lake Tahoe bekannt. Es ergibt keinen Sinn, dass es Blue Casino gelungen ist, drei von fünf langjährigen Großkunden abzuwerben. Nicht, dass irgendetwas nicht stimmen würde mit dem Casino, in dem dein Bruder arbeitet, aber ...«

»Blue Casino spricht ein anderes Publikum an – eher modern, während wir für traditionelle Eleganz stehen. Und sie verfügen nicht über die Vielzahl an Ausstattungsmerkmalen, mit denen wir punkten.«

»Ganz genau.«

»Aber irgendwie ist es ihnen trotzdem gelungen, uns die Kunden wegzuschnappen.« Er sah wieder aus dem Fenster. »Ich werde mal mit Adam reden und hören, was er darüber weiß. Setz' du dich bitte derweil mit dem Marketing in Verbindung. Sammelt nochmal Ideen, wie man Großkunden anlocken könnte.«

Emily nickte und wandte sich zur Tür, hielt aber auf halbem Weg inne und drehte sich zu ihm um, während sie ihre Mappen an sich drückte. »Wie geht es Grace?«

Levi nahm die Arme runter und steckte die Hände in die Hosentaschen. Er lachte leise. »Die schläft den ganzen Tag. Der Kragen ist ab, und sie fühlt sich wieder wohler.«

»Oh, das ist schön. Naja, sag' Bescheid, wenn du je wieder einen Hundesitter brauchst.« Sie lächelte schüchtern und zuckte die Achseln. »Es hat Spaß gemacht. Vielleicht sollte ich mir auch ein Haustier anschaffen.«

»Vorerst teile ich gern mein Haustier und nehme dich gleich beim Wort. Ich habe dieses Wochenende einen Termin in San Francisco. Wes bringt mich mit einem Spieler der Golftour zusammen, der gute Connections im Verband hat. Wir werden besprechen, ob wir eins der Turniere auf unserem Golfplatz abhalten können. Wenn es uns nicht gelingt, drei oder vier Geschäftskunden anzuwerben, dann könnte das die zweitbeste Option sein. Bisher ist es reine Spekulation, aber einen Versuch wert.«

»Ich kann gern auf Grace aufpassen. Soll ich sie dann vorher abholen?«

»Ich habe einen großen Garten. Ist wahrscheinlich am besten, wenn du zu mir kommst. Es gibt WLAN und eine Satellitenschüssel, falls du lieber fernschaust. Ich werde dafür sorgen, dass der Kühlschrank voll ist.«

Sie lachte. »Bloß keinen Aufwand. Grace und ich kommen klar. Ich freue mich darauf.«

Emily öffnete die Tür und rauschte fröhlich davon.

Levi sah ihr nach und drehte sich dann wieder zum Fenster um. Dann war es jetzt wohl an der Zeit, Wes anzurufen. Es gab gar keinen offiziellen Termin in San Francisco, nur den Keim einer Idee, über die Wes und er gestern Abend beim Bier gesprochen hatten. Er hatte Emily nicht wirklich belogen. Aber der Gedanke, dass sie sich um Grace kümmern und etwas Zeit in seinem Zuhause verbringen würde, selbst wenn er gar nicht da war, gefiel ihm einfach zu gut, um die Gelegenheit verstreichen zu lassen. Er würde derweil in San Francisco sein, also weit weg. Da konnte nichts passieren.

———

EMILY TAUCHTE am späten Samstagvormittag auf, und Levi hielt den Atem an, als er die Tür öffnete. Sie trug ein dünnes Oberteil aus Strick, das sich um ihre zarten Kurven schmiegte, und hatte die Haare an den Seiten zurückgenommen, sodass sie ihr hübsches Gesicht komplett zeigte. Ein Gesicht, das völlig ungeschminkt war. Nicht einmal Lippenstift trug sie.

Er hatte noch nie eine so schöne Frau gesehen. Sie trug eine enge Jeans, die bis zu den Fußgelenken hinunter eng anlag und daher Beine und Hintern auf neue und interessante Art betonte. Zu gern hätte er das näher erkundet – wäre sie nicht die Frau, von der die Finger zu lassen versuchte.

Er versuchte wirklich, die Dinge platonisch zu halten, auch wenn er nicht widerstehen konnte, Zeit mit ihr zu verbringen.

Levi atmete endlich aus und zog die Tür weiter auf. »Komm herein.« Er blickte sich nach hinten um. »Grace, deine Masseurin ist da.«

Grace sprang auf Emily zu und leckte nach ihrer Hand. Dann schlabberte ihre Zunge über Emilys Knie und ihr Bein hinunter, bis zu den Spitzen ihrer weißen Sneakers und wieder zurück zum Knie.

Grace hatte noch nie ein Körperteil gesehen, das sie nicht abschlecken wollte. Levi wurde langsam eifersüchtig auf die Nähe, die sein Hund sich erlauben konnte. Aber wenn er anfangen würde, Emily auszuziehen und sie auf die Art und Weise zu lecken, die ihm vorschwebte, sobald er sie auf seiner Schwelle erblickt hatte, wäre das unangebracht. Und intim. Und es würde alle Grenzen übertreten, die er sich selbst gesetzt hatte.

»Grace«, pfiff Levi den Hund zurück, und der rannte zu ihm hinüber, ließ Emily für den Moment in Ruhe. Er warf ihr einen entschuldigenden Blick zu. »Geh ruhig in die Küche und wasch dir die Hände. Grace übertreibt es manchmal etwas mit ihrer Schleckerei.«

Emily lachte und ging in die schmale Küche, die über ein breites Fenster mit Ausblick auf die Berge verfügte. »Dein Haus steht wirklich in der schönsten Gegend. Und es ist so solide gebaut. Du solltest das schäbige Apartment sehen, in dem ich wohne. Ich schwöre, die hölzerne Außenverkleidung fällt demnächst einfach ab.«

Er zog die Brauen zusammen. »Das hört sich an, als würde es nicht gut gepflegt. Bist du sicher, dass es den Richtlinien entspricht?«

Sie lächelte, aber ihm war nicht klar, was daran komisch sein sollte. »Einmal Feuerwehrmann, immer Feuerwehrmann?«

Er rieb sich über das Kinn und verzog den Mund zu einem schwachen Lächeln. »Das lässt sich wohl nur schwer abschalten. Aber dein Zuhause hört sich wirklich nicht sicher an.«

Sie schüttelte den Kopf. »Das passt schon. Ich meine, ideal ist es nicht, aber ich wohne ja nur vorübergehend da. Ich werde mir etwas Besseres suchen, wenn ich ein bisschen Geld beiseitegelegt habe. Wie hast du dein Haus gefunden? Es liegt wirklich perfekt. Du bist weit genug weg von dem Trubel, aber immer noch nah an allem dran, und du hast Seeblick.«

»Es gehörte zu meinem Job, mich hier in den Bergen gut auszukennen.«

Sie drehte den Wasserhahn zu, und ein trauriger Ausdruck huschte über ihr Gesicht. »Vermisst du die Arbeit als Feuerwehrmann?«

Er zeigte auf einen Handtuchhaken am Oberschrank. »Ich habe sie lange vermisst.«

Sie trocknete sich die Hände ab. »Aber jetzt nicht mehr?«

Levi kraulte Grace hinter den Ohren und dachte darüber nach. »Gute Frage. Wenn du mich vor einem oder zwei Monaten gefragt hättest, dann hätte ich, ohne zu zögern, gesagt: doch. Immer noch. Aber jetzt ... Ich weiß nicht. Ich weiß, dass ich den Job nie mehr machen kann.«

Emily sah ihn an und lehnte sich gegen das Spülbecken. »Dein Vater sagte, dass es einen Unfall gab, aber er hat nie erwähnt, was genau passiert ist.«

Levi fuhr sich über die hellrote Narbe über seinem Auge. Sie war klein für etwas, das so viel Schaden angerichtet hatte. »Ich habe einen Zementblock gegen den Kopf bekommen.« Er schmunzelte. »Ich muss einen echt harten Schädel haben, denn das Ding hätte mich eigentlich umbringen müssen.«

Emilys Brust hob und senkte sich heftig. »Das ist ja schrecklich.«

Er zuckte die Achseln. »Ich habe überlebt. Und der Junge, der das Feuer in dem verlassenen Gebäude gelegt hatte, hat ebenfalls überlebt, also ist am Ende alles gut ausgegangen. Hätte viel schlimmer kommen können. Jemand hätte sterben können, oder ich hätte mehr verlieren können als einen Teil meiner Sehkraft.«

Levis schlimmster Albtraum war, jemanden zu verlieren, den er liebte. Dass er die Möglichkeit hatte, Menschen das Leben zu retten, war der Hauptgrund gewesen, warum er Feuerwehrmann werden wollte. Ohne diese Aufgabe hatte er sich hilflos gefühlt. Aber er konnte die Menschen, die ihm etwas bedeuteten, auch beschützen, wenn er Club Tahoe leitete. Die Umgebung war sauberer und überschaubarer.

»Du hast also einen Teil deiner Sehkraft verloren?«

»Nicht so viel, dass es eine Rolle spielen würde – außer als Feuerwehrmann. Eine kleine Einschränkung im peripheren Sehen reichte aus, mich zu einem Schreibtischjob zu verdonnern.« Er musterte den Küchentisch, den Jaeg gebaut hatte. Es war eins seiner Lieblingsstücke im Haus, aber jetzt starrte er einfach hindurch. Er mochte akzeptiert haben, dass seine Traumkarriere ein Ende gefunden hatte, aber das machte die Sache dennoch nicht einfach zu schlucken.

»Vielleicht ist es ja besser so«, meinte sie.

Er sah auf. »Verzeihung?«

»Nicht der Verlust deiner Sehkraft, sondern die Tatsache, dass dein Vater dich an die Spitze von Club Tahoe gesetzt hat. Wärst du bei der Feuerwehr geblieben und hättest die ganze Zeit zusehen müssen, wie deine Freunde zu Einsätzen rausfahren, während du auf der Wache bleiben musst, dann hätte dich das ständig nur daran erinnert, was du verloren hast. Stattdessen darfst du jetzt schicke Anzüge tragen, und ich weiß doch, wie sehr du *das* liebst.«

Er lächelte. Er hasste die Frackschöße und zupfte während der Arbeit häufig genug an seinem Kragen herum, dass es ihr aufgefallen sein musste.

»Und dazu darfst du uns Lakaien auch noch herumkommandieren«, sagte sie.

Er rieb sich erneut das Kinn und grinste. »Diesen Teil genieße ich tatsächlich.«

»Nicht wahr? Wer will denn nicht all seine Zeit mit einem gescheiten Mädchen verbringen, das geradezu besessen von den Einzelheiten ist, die du hasst?«

»Noch ein weiterer Vorteil.« Diesmal schenkte er ihr ein breites Lächeln. Emily hatte ihm wirklich das Leben leichter gemacht. Nein, nicht leichter, denn in ihrer Nähe zu sein und sie nicht zu berühren, war alles andere als einfach. Sie hatte sein Leben *besser* gemacht. Wegen der Hilfe, die sie ihm im Club war, gar kein Zweifel, aber dazu kam, dass ihre Gegenwart jeden Augenblick leichter und angenehmer machte.

Sie grinste schüchtern und blickte sich dann um. »Was

soll ich denn tun, während du weg bist? Abgesehen von ausgiebigem Kraulen. Sie füttern? Baden?«

»Gefüttert habe ich sie heute schon, aber ein Spaziergang oder auch zwei wären ganz gut. Baden musst du sie nicht, das würde ich dir nicht zumuten wollen. Denn am Ende wärst du ebenfalls komplett nass, aber nicht unbedingt sauberer, eher schmutziger als vorher.«

»Verstanden. Kein Bad.« Sie spähte an ihm vorbei. »Wie weit führt denn diese Straße den Berg hinauf?«

Er durchquerte das Wohnzimmer und ging zum Fenster, von dem aus man das andere Ende seines Grundstücks überschaute, und Emily folgte ihm. »Etwa eine halbe Meile.« Es wies in Richtung Norden. »Sie ist nicht geteert, aber ausgetreten, und Grace kennt den Weg. Du brauchst keine Leine; sie entfernt sich nicht gern weit von ihren Menschen.«

Emily strahlte ihn an, und sein Herz machte einen Hüpfer. »Bin ich einer ihrer Menschen?«

Er räusperte sich. »Sie hat dich beim letzten Mal sofort zu ihrem Ruhekissen erwählt. Also würde ich sagen, ja.«

Sie musterte Grace – seine alte, alles abschleckende Hundedame aus dem Tierheim. »Das gefällt mir. Ich möchte kein Fußabstreifer sein, aber ein Ruhekissen? Das ist doch etwas Erstrebenswertes.«

Sein Herz hämmerte, als er sie neben sich betrachtete. Sie war reizend und mit ihrer liebenswerten Art meißelte sie den Zement um sein einbetoniertes Herz langsam ab.

Emily musste ebenfalls bemerkt haben, wie nah sie beieinanderstanden. Vielleicht hatte sie sogar gespürt, dass sein Körper sich in ihrer Gegenwart unweigerlich aufheizte. Jedenfalls trat sie einen Schritt zurück. »Ich will dich nicht aufhalten. Grace und ich kommen klar.«

»In Ordnung. Ich mache mich dann besser mal auf den

Weg.« Er ging zu dem Beistelltisch neben der Tür und steckte Schlüssel und Handy ein. Dann blickte er sich noch einmal um. Es kam ihm merkwürdig vor, Emily bei sich zu Hause alleinzulassen ... und gleichzeitig beruhigend.

Beim nächsten Mal würde er einen Profi-Hundesitter engagieren. Selbst wenn sie beide Freunde waren, er hatte mehr als freundschaftliche Gedanken, was seine Assistentin anging. Er stellte sie sich nackt vor, was seiner Beherrschung nicht gerade zuträglich war. Sie wollte ihm lediglich einen Gefallen tun, während er die ganze Zeit wünschte, er könne sie in seine Arme ziehen und seine Hände, seine Lippen über ihre Haut gleiten lassen.

»Wir fliegen mit einer kleinen Maschine zum internationalen Flughafen«, erklärte er. »Ich werde gegen elf zurück sein. Grace kommt auch ein paar Stunden allein zurecht, also musst du wegen ihr nicht bis spätabends bleiben.«

»Ist klar. Guten Flug.« Sie setzte sich auf die Couch, und Grace gesellte sich zu ihr. Emily fing sofort an, sie zu streicheln und zu kraulen und machte seinen Hund damit so glücklich, wie das alte Mädchen nur sein konnte.

Levi nickte ihr zu und machte, dass er endlich verschwand, bevor er noch etwas Dummes tat, ihr einen Abschiedskuss gab oder sowas. Und wieso fühlte es sich eigentlich wie die reinste Folter an, das Haus zu verlassen, ohne sie zu berühren?

Das war alles eine dumme Idee. Ein blöder, hirnloser Plan. Und wozu? Um Emily auch außerhalb der Arbeit näher zu sein? Er hatte doch schon eingesehen, dass das eine schlechte Idee war, weil sie niemals ein Paar sein würden. Sie war seine wichtigste Angestellte, half ihm weit mehr, als sie erfassen konnte, mit ihren cleveren Ideen und ihrem Wissen, das dafür sorgte, dass im Club Tahoe alles glattlief.

»Versau' das nicht«, murmelte er vor sich hin, als er zu seinem SUV ging.

In seiner dunklen Jeans und dem Hemd mit geknöpften Kragen stieg er auf der Fahrerseite ein. Gottseidank brauchte er heute keinen Anzug zu tragen. Ordentlich, aber leger war völlig in Ordnung für Wes' Kumpel, auch wenn es sich um ein Arbeitsessen handelte. Er fuhr die Zufahrt hinauf und versuchte, nicht an die schöne Frau zu denken, die er dazu gebracht hatte, auf seinen Hund aufzupassen. Er würde sich später noch dafür in den Hintern treten.

Wenn er wieder zu Hause war und sich selbst eine strenge Predigt über Grenzen hielt.

KAPITEL 20

Levi stieß die Autotür auf und stieg aus, gähnte und streckte den Rücken. Das Treffen mit Wes' Profigolfer war eine Pleite gewesen. Sie waren in der Innenstadt angekommen und hatten sich kaum zum Abendessen hingesetzt, als Wes und sein Freund bereits anfingen, Shots hinunterzustürzen. Das Geschäftliche ließ sich schon bald nicht mehr sinnvoll besprechen, und am Ende schleppte Wes eine Frau ab und nahm sie mit. Was dazu führte, dass Levi sich in dem kleinen Jet, für den er Unmengen gezahlt hatte, das Kichern und andere Geräusche anhören musste, von denen er lieber verschont geblieben wäre. Levi hatte keinen Schimmer, wie Wes das Mädchen wieder nach San Francisco zurückbringen wollte, und es war ihm auch scheißegal. Er war stocksauer auf seinen Bruder, der letztendlich einen schweineteuren Aufriss organisiert hatte, und das alles auf Kosten der Firma. Für Levi war der Trip eine einzige Zeitverschwendung gewesen.

Er stapfte auf das Haus zu und blieb in der Einfahrt stehen. Mit zusammengezogenen Brauen musterte er Emilys kleinen, silbernen Wagen, der immer noch dort stand. Er war so erschöpft, dass er ihn zunächst übersehen hatte, als er seinen eigenen abstellte.

Er sah auf die Uhr. Fast Mitternacht. Sie hätte doch schon vor Stunden nach Hause fahren sollen.

Er öffnete die Tür und betrat langsam das Haus. Die Lichter waren gedimmt und er sah sie zuerst nirgends. Dann fiel sein Blick auf die Couch.

Irgendwo tief in seiner Brust pulsierte sein Herz und schien größer zu werden, während Wärme sich in seinen Gliedern ausbreitete. Emily lag auf dem Rücken und schlief – und Grace lag auf ihr. Genauso, wie er die beiden vor ein paar Tagen in ihrem Büro vorgefunden hatte. Nur wachte Emily diesmal nicht auf. Ihr Arm lag quer über Grace, und die Köpfe der beiden lagen nah beieinander.

Levi starrte an die Decke. Wenn sie einfach nur attraktiv wäre, könnte er sich von ihr fernhalten. Er hatte sich in den vergangenen Monaten erfolgreich von allen schönen Frauen ferngehalten, und es war ihm nicht schwergefallen. Aber bei Emily lagen die Dinge anders. Diese Schönheit, die sie ausstrahlte, hatte gar nichts mit dem Aussehen zu tun, und er war machtlos dagegen.

Er hatte nicht eingeplant, dass sie in sein Leben treten würde. Hatte sich auch keine gemeinsame Zukunft ausgemalt, so wie er das mit Lisa gemacht hatte, sich etwas Leuchtendes, Glänzendes vorgestellt, das unerreichbar blieb. Die Geschichte mit Emily war vertrackt, gleichzeitig aber auch das Echteste, was er seit Langem erlebt hatte. Vielleicht überhaupt je. Er hatte sie nicht eingeplant, aber sie war trotzdem ein wichtiger Teil seines Lebens geworden, und das nicht nur auf der Arbeit. Sie hatte ihn eingefangen, ohne dass er es realisiert hatte, und nun stand er auf der Schwelle zu einer noch größeren Dummheit als all den dummen Dingen, die er in den letzten Tagen bereits gemacht hatte.

Er musste sie wecken. Sie hier rausschaffen, bevor er seinen Impulsen freien Lauf ließ. Denn es hatte sich nichts geändert. Club Tahoe besaß nach wie vor höchste Priorität. Aber er wollte auch nicht, dass sie übermüdet nach Hause fuhr ...

Er legte seinen Schlüssel und das Handy auf den Tisch, und Grace sah zu ihm hoch. Mit ihrem Hundeblick forderte sie ihn heraus, bloß nicht zu versuchen, ihr das neue Kissen wegzunehmen.

Er schüttelte den Kopf und ging zu seinem Schlafzimmer, das am hinteren Ende des Hauses lag. Emily schlief immer noch tief und fest. Er würde sich umziehen und sie dann wecken und nach Hause fahren. Oder ihr anbieten, über Nacht zu bleiben – nein, das war keine gute Idee. Dann würde er sich bloß auf dem Sofa herumwälzen und an sie denken, während sie in seinem Bett schlief.

Er würde sie nach Hause fahren, und das war's.

Levi lehnte die Schlafzimmertür an und holte eine Jogginghose und ein T-Shirt aus dem Schrank. Dann knöpfte er sein Hemd auf und zog es aus, gefolgt von der Jeans. Er hatte sich gerade die Jogginghose über die Hüften gezogen, als er ein knarrendes Geräusch jenseits der Tür hörte.

Er drehte sich um, und da stand Emily, nicht mehr als einen Meter entfernt, und starrte auf seine nackte Brust.

Ihr Gesicht rötete sich, und er griff hastig nach dem T-Shirt. Aber sie schaute nicht weg. Vielmehr suchte ihr Blick den seinen.

Levi schluckte und machte einen Schritt auf sie zu. *Schlechte Idee. Lass die Frau in Ruhe.*

Sie wandte sich immer noch nicht ab oder trat zurück,

was ihm seine Entscheidung erleichtert hätte. Fehlanzeige. Stattdessen leckte sie sich die Lippen.

Kein Mann besaß diese Stärke. Nicht, wenn eine Frau wie Emily ihn mit Begehren im Blick anstarrte.

»Tut mir leid ... Ich habe etwas gehört und wollte nachsehen, was es war. Ich werde ... ich gehe einfach«, brachte sie hervor.

»Du bist nach hier hinten gekommen, weil du ein Geräusch gehört hast?« Er zog die Brauen zusammen und stützte sich mit den Fingern an den Hüften ab. »Was, wenn es ein Eindringling gewesen wäre?«

Ihr Blick blieb weiterhin auf seinen Oberkörper gerichtet. »Ich konnte Grace doch nicht alleinlassen«, erklärte sie abwesend.

»Also hast du dein Leben für meinen Hund riskiert?«

Sie nickte und wandte den Blick immer noch nicht von seiner Brust ab.

Er atmete langsam aus. Seine Entscheidung war gefallen, ob er wollte oder nicht. »Dann sollte ich dir wohl danken ...« Er machte den letzten Schritt nach vorn, sodass er direkt vor ihr stand.

Ihre Lider flatterten, und sie sah zu ihm hoch. »Mir danken?«

Er schlang einen Arm um ihren Rücken und zog sie an seine Brust. Es war die Ausrede, die er gebraucht hatte. Denn gerade handelte er nicht logisch.

Er eroberte ihren Mund mit einem Kuss, in dem all das angestaute Verlangen nach ihr lag, das er zurückgehalten hatte. Seine Hände glitten über ihren Rücken und packten ihren Hintern in dieser aufreizend engen Jeans, die ihn schon am Vormittag verrückt gemacht hatte.

Ihre Arme wanderten bereitwillig zu seinen Schultern hinauf, und sie küsste ihn ebenso hungrig.

Er löste seine Lippen von ihren und ließ sie ihren seidenweichen Hals hinabgleiten. »Wir sollten das nicht tun.«

»Wieso nicht?«, hauchte sie fragend.

»Es ist eine furchtbare Idee«, murmelte er. »Aber ich bin schwach und ich will dich.«

Sie löste sich von ihm und musterte ihn. »Vorher wolltest du mich aber nicht. Du hast mich geküsst und dann so getan, als wäre nichts geschehen. Bist du sicher, dass du es jetzt willst?«

Er hatte sie ignoriert, ja, aber nicht aus den Gründen, die sie im Kopf hatte.

»Stellst du mein Verlangen nach dir infrage?« Er zog ihre Hüften gegen sein Becken und zeigte ihr, wie sehr seine Lust gegen seine Jogginghose drängte und sich befreien wollte.

Sie schenkte ihm ein sexy Lächeln.

Er seufzte. »Glaub mir, ich will dich.« Das war eine bescheuerte Antwort, aber er wollte ihr nicht alles sagen, was ihm durch den Kopf ging. Dass er nicht nur ihren Körper wollte, sondern sie ebenso sehr in seiner Nähe haben wollte. Er sollte doch eigentlich die Grenzen setzen, hatte aber gnadenlos versagt. »Sag' mir, dass ich aufhören soll.«

Sie schüttelte langsam den Kopf und umfasste seinen Nacken, zog seinen Mund zu ihrem heran und leckte ihm über die Unterlippe.

Die Lust fuhr ihm wie Feuer in den unteren Rücken. Levi hob sie hoch und trug sie zum Bett, legte sie auf die Matratze und sich dann daneben. Er küsste ihren Hals und ihr Schlüsselbein, und sie rollte noch näher an ihn heran, presste ihren Oberschenkel gegen seine Hüfte.

»Ich will dir nicht wehtun«, sagte er.

»Das wirst du nicht. Du bist doch behutsam.« Ihre Brust hob und senkte sich, ihr Atem ging schneller.

Aber würde er ihr nicht trotzdem wehtun? Frauen kamen nicht gut mit Liebeleien klar. Sie wollten meist mehr. »Körperlich, ja, aber ... ich will dir auch sonst nicht wehtun.«

Sie legte ihre Hände flach auf seine Brust, breitete die Finger aus und fuhr nach außen und seinen Oberkörper hinab. Das fühlte sich so verführerisch an, dass er scharf einatmete. Sie würde ihn noch umbringen. »Hörst du jetzt auf, mich zu küssen?«, wollte sie wissen. »Denn das würde mich echt sauer machen.«

Er sah sie ernst an. »Wenn du sagst, ich soll aufhören, dann tue ich das.«

»Aber nur, wenn ich es dir sage?«

War das eine Fangfrage? Sein Hirn kam nicht mehr mit. Zu viel Blut, das nach Süden floss. »Ich ... ja, wenn du es sagst.«

Ihr Blick flackerte zu seiner Brust. »Hör nicht auf.«

Levi stützte sich auf den Unterarmen ab und brachte seine Hüften zwischen ihren Oberschenkeln in Position. Er verschlang ihren Mund, während er sein hartes Glied gegen ihre weiche Mitte rieb. Er stöhnte und spürte, wie ihr Herz unter seiner Brust schneller schlug, ihr Atem schneller ging. Er schob seine Hand tiefer, zuerst bis zu ihrer Hüfte und dann unter ihren Hintern, hob ihr Bein an und schob es über die Rückseite seines Oberschenkels. Sie klammerte sich mit ihrer Ferse an ihn.

Er war bereit, wollte es jetzt, wollte sie nackt ausziehen und sie lieben. Sich in Liebe mit ihr vereinen.

Nicht Liebe. Sex, einfach nur Sex. Küssen war auch erlaubt. Man brach einer Frau nicht das Herz, wenn man sie küsste, oder?

Und anfassen. Sie überall berühren. Er wollte sie ganz dringend berühren. Levi ließ seine Hand wieder nach oben gleiten, unter ihr Strickshirt, fuhr über nackte Haut und einen seidigen BH, den er innerhalb weniger Sekunden geöffnet hatte.

Emily biss ihm ganz leicht in die Lippe, und er musste aufhören. Langsamer machen. Tief einatmen.

Koste es, was es wolle, er musste die Kontrolle behalten.

Er lächelte, schob ihr Oberteil hoch und zog es ihr über den Kopf, warf es neben das Bett. Dann folgte ihr BH und endlich spürte er sie Haut an Haut. Ihre niedlichen, frechen Brüste pressten gegen seine Brust, als er ihr Schlüsselbein küsste und mit seinen Lippen darüberfuhr. »Du bist so wunderschön.«

HATTE EMILY SCHON EINMAL GEHÖRT, sie sei wunderschön? Sicher. Aber nicht von jemandem, in den sie verliebt war. Und sie fing langsam, aber sicher an, sich in Levi zu verlieben. Das sollte sie nicht tun. Selbst jetzt machte er deutlich, dass er der Meinung war, dass sie beide eine ganz miese Idee waren. Aber die Sehnsucht nach ihm, die sie in ihrer Brust spürte, war mächtiger als alles, was sie je zuvor gefühlt hatte. Ja, es gab Momente, wenn er sie auf die Palme trieb, aber genau darum wusste sie ja, dass ihre Gefühle für ihn echt waren. Denn selbst in diesen Momenten war sie lieber mit ihm zusammen als mit jedem anderen Menschen.

Levi ließ seine große Hand über ihre Brust gleiten, und sie hätte beinahe laut gekeucht. Er küsste die andere Brust und nahm ihren Nippel in den Mund, leckte mit seiner Zunge darüber.

Emily schlang ihr Bein noch enger um seinen Oberschenkel, um die Reibung zu verstärken. Aber das reichte nicht. Das reichte absolut nicht.

Sie schob ihre Hand zwischen ihre beiden Körper, unter das praktischerweise sehr nachgiebige Bündchen seiner Jogginghose. Sie brauchte nicht lange, um zu finden, was sie dort suchte. Er war hart, die Spitze ragte aus der Boxershorts hervor.

Ihr Herz hämmerte, und sie umfasste das lange, pralle, seidige Glied.

Levi zuckte heftig und rollte sich langsam von ihr hinunter. Seine Brust hob und senkte sich. »Wir müssen aufhören.« Er zog die Decke vom Bettende hoch und über sie, bevor er die Beine von der Matratze schwang und auf den Boden stellte, sich mit den Unterarmen auf den Oberschenkeln abstützte.

»Was ist los?« Sie setzte sich kerzengerade auf. »Hat sich das nicht ... gut angefühlt?«

Er schloss die Augen und stieß ein ersticktes Lachen aus. »Es hat sich gut angefühlt. Viel zu gut.« Mit Wärme im Blick sah er zu ihr hinüber. »Ich glaube, wir sollten hier unterbrechen. Ich habe nicht damit gerechnet, dass irgendetwas passiert, als ich nach Hause kam. Ich dachte, du wärst längst weg.«

Sie zog sich die Decke bis über die Brust hoch. »Ich sagte dir doch schon, dein Hund ist ein kleines Kuschelmonster.«

»Klein?«

Sie grinste. »Vielleicht nicht so klein. Jedenfalls sind wir noch einmal spazieren gegangen, und danach wollte ich nach Hause, aber sie wollte am Rücken gekrault werden ... Du weißt ja, wie das dann läuft.«

»Du kraulst sie eine Stunde lang und schläfst dann ein?«

Sie lächelte. »Ja, ganz genau.« Sie presste die Lippen

zusammen und verzog dann den Mund. »Tut mir leid. Ich hätte es nicht gar so entspannt angehen lassen sollen.«

»Es gefällt mir ja, dass du dich in meinem Zuhause wohlfühlst.« Er drehte sich um, hob die Beine wieder aufs Bett und zog ihren Körper näher an seinen heran. »Es war schön, dich hier vorzufinden.«

»Bist du sicher, dass es okay ist? Ich fühle mich schon ein bisschen, als hätte ich ohne Erlaubnis bei dir auf dem Sofa übernachtet.«

Er legte sein Kinn auf ihren Kopf. »Da habe ich aber Glück gehabt. Normalerweise sind es meine Brüder, die ich auf meiner Couch vorfinde. Die übernachten seit acht Jahren immer mal wieder hier. Früher oder später mussten wir alle mal weg von ...«

Sie legte den Kopf zurück und sah ihn an. »Lief es so schlecht mit eurem Vater?«

»Manchmal.« Er blickte ins Leere, während seine Hand über ihren Arm strich.

Sie war nicht sicher, warum er das unterbrochen hatte, was sie gerade begonnen hatten, denn ihr Körper wollte explodieren, so bereit war sie für ihn. Sie dachte sich, dass er wohl immer noch Vorbehalte hatte. Sie arbeitete für ihn ... Und dann war da noch seine Vergangenheit mit Lisa. Zwei nachvollziehbare Gründe, noch einmal innezuhalten, bevor man sich aufeinander einließ, aber sie war guter Hoffnung, dass er seinen Gefühlen nachgeben würde. Der heutige Abend war ein guter Anfang.

»Als meine Mom noch lebte, brachte sie die weichere, zugänglichere Seite meines Vaters zum Vorschein«, erklärte Levi. »Ich denke, er glaubte, dass er für uns immer stark sein müsse, nachdem sie gestorben war. Was bedeutete, dass er niemals auch nur einen Zentimeterbreit nachgab. Meine

Brüder und ich waren ebenso stur wie er, was viel Raum für Streitereien ließ.«

»Es tut mir leid, dass ihr gestritten habt«, erwiderte sie still. »Ich weiß gar nicht, was ein normaler Dad ist. Meiner war im Grunde nie da, aber deiner war so freundlich und nett zu mir. Ich dachte einfach ...«

»Dass er auch zu uns nett war?«

Sie nickte.

»Er war nicht lieblos. Und er war auch nicht ganz so abwesend wie deiner, aber die Arbeit kam immer zuerst. Wir sind alle so verschieden und eigensinnig. Unser Vater war nie zufrieden mit unseren Entscheidungen, erst recht nicht, wenn sie sich nicht mit dem deckten, was er wollte.« Er strich eine Locke ihres Haars zur Seite und blickte auf ihr Gesicht hinunter, bevor sein Blick zu ihrer Brust wanderte. Das trieb ihr die Hitze in die Wangen. »Ich bin sicher, dass er nett zu dir war, weil du ein sehr lieber Mensch bist und das Beste in anderen zum Vorschein bringst.«

»Tue ich das?«

»Mm-hmm.« Er ließ die Lippen über ihren Hals gleiten. »Außer bei mir ... Mich bringst du dazu, dass ich unartig sein will. Aber bring' mich nicht auf dumme Ideen. Ich versuche doch, artig zu bleiben.«

Gerade jetzt wollte sie nicht, dass er artig war. Aber er hatte auch etwas gesagt, das ihr keine Ruhe ließ. »Was, wenn ich etwas von deinem Dad bekommen habe, was eigentlich dir und deinen Brüdern zugutekommen sollte?«

Er lehnte sich auf einen Ellbogen. »Kannst du doch gar nicht. Überleg' doch mal; du bist doch erst aufgetaucht, als ich bereits ausgezogen war und etwas anfing mit ...«

»Meiner Schwester?« Plötzlich wurde ihr die Kehle eng, und alle Wärme schwand aus ihrer Brust. Sie wollte nicht an ihre Schwester und Levi als Paar denken.

Er nickte. »Meine Brüder und ich waren sturköpfig und hochmütig. Ich verstehe, wieso mein Dad das Gefühl hatte, bei dir mehr er selbst sein zu dürfen. Du bist nicht wie wir; du bist gütig und lieb. Ich bin froh, dass er dir weitergeholfen hat.« Levi versuchte, ihr die Decke wegzuziehen, aber er sagte gerade so nette Dinge, dass sie sich daran festhielt. Sie wollte nicht, dass der Moment vorbeiging. »Immerhin bekomme ich das jetzt tausendfach zurück.« Er grinste anzüglich.

»Ich will doch schwer hoffen, dass du damit meine berufliche Unterstützung meinst.« Sie schlug nach seiner Hand, die sich einen Weg unter die Decke bahnte.

Er blinzelte unschuldig. »Selbstverständlich. Aber ich hätte nichts dagegen, wenn du im Büro auch oben ohne sitzen würdest. Das würde mir sowas von den Tag versüßen. Oben ohne allerdings nur in meinem Büro. Nicht nötig, dass die Geier im Club Tahoe zu sehen bekommen, was ich da habe.«

Was ich da habe. Es gefiel ihr, wie besitzergreifend er klang.

Sie boxte ihn leicht in die Schulter und schlang dann die Arme um seinen Nacken. Es dauerte nur wenige Sekunden, bis er ihr die Decke entzogen hatte. »Du bist ein böser Junge.«

»Normalerweise nicht, aber ich will wirklich mit dir zusammen sein.« Er zog sie an sich und küsste sie sachte auf den Mund.

»Und warum kannst du das nicht?«

Levi stieß einen schweren Seufzer aus. Eine dunkle Wolke legte sich über sein Gesicht. Er lehnte sich nach hinten, streckte den langen Arm über die Bettkante aus und hob ihr Oberteil und ihren BH vom Boden auf. Dann reichte er ihr beides. »Ich habe doch gesagt, ich will dir nicht wehtun. Du bist mir wichtig.«

Emily nahm ihm die Kleider ab und zog sie unwillig an. Der Moment war vorbei, und sie wollte ihn verzweifelt zurückhaben.

Er stand auf, und sie dachte über seine Worte nach, während sie sich fertig anzog. Wollte er damit sagen, dass er die Dinge langsam angehen lassen wollte? In Anbetracht ihres Arbeitsverhältnisses wäre das wohl keine so schlechte Idee.

Sie erhob sich ebenfalls vom Bett und lehnte sich an ihn, fuhr die Narbe über seinem Auge mit dem Finger nach. »Ich mag diese Narbe.«

Er lachte leise und legte seine Wange in ihre Hand. »Schön, dass sie jemandem gefällt. Hat sich nicht allzu gut angefühlt, als es passiert ist.«

»Ich mag sie ja auch nicht, weil du verletzt wurdest. Sondern eher, ... weil sie dich zu mir gebracht hat. Und mich daran erinnert, dass du nicht derselbe Mensch bist, den ich vor Jahren kurz kennengelernt habe. Dass wir uns beide verändert haben ... Aber dennoch.« Sie grinste frech. »Narben sind auch einfach ziemlich scharf.«

Er zupfte an ihrem Oberteil und küsste ihr Schlüsselbein, kitzelte sie mit seinen Lippen. Der unartige Mann hatte schnell die empfindliche Stelle gefunden. »Meine Narbe sieht also scharf aus, ja?«

Sie lachte, als er ihre Haut weiter mit sachten Küssen betupfte. Sie hob die Schulter und wich dem Kitzeln aus. »Sehr sexy.«

»Mmm, bring' mich bloß nicht auf dumme Gedanken, Emily, sonst lasse ich dich gar nicht mehr nach Hause.«

Das war genau die Art Drohung, die er wahr machen sollte, wenn es nach ihr ginge.

KAPITEL 21

Leider ließ er Emily am Samstagabend dann doch nach Hause, aber er war ihr mit seinem Wagen gefolgt, um ganz sicher zu gehen, dass sie wohlbehalten dort ankam.

Sie hatte an der Tür gewunken, und er war zurück zu sich nach Hause gefahren. Auf dem gesamten Heimweg trug er ein dümmliches Lächeln im Gesicht. Sonntag war ihm dann wie der längste Tag seines Lebens erschienen. Es war das erste Mal, seit er im Club Tahoe angefangen hatte, dass er sich auf den Montag gefreut hatte.

Während nun Samuel, der rothaarige Anwalt, an dessen Namen sich Levi diesmal wenigstens erinnern konnte, langatmig von fallenden Einnahmen schwafelte, schlug Emily die Beine übereinander. Ihre seidenglatte Haut machte ein leises, raschelndes Geräusch in der Stille des Büros. Levi rutschte auf seinem Stuhl herum, als die Hitze sich in seinem Schritt ausbreitete.

»Ihr Vater stellte mich als Berater ein und als solcher muss ich zur Besonnenheit mahnen und Ihnen sagen«, elaborierte Samuel, »dass es töricht wäre, dieses Kinderprogramm aufzusetzen. Sie würden Geld ausgeben, das die Firma gar nicht hat.«

»Aber das ist doch nicht richtig«, wandte Emily ein und rang die Hände. Ihr Gesicht verriet, dass sie in Aufruhr war. »Das Programm ist nicht kostenintensiv und wenn meine Zahlen korrekt sind und wir das erfolgreich vermarkten, wozu wir durchaus in der Lage sind, dann nehmen wir damit mehr ein, als wir ausgeben. Wir würden unsere Newsletter-Liste nutzen, um Werbung für das Programm zu machen, was keinerlei zusätzliche Kosten verursacht, und den Platz für einen extra ausgewiesenen Kinderbereich haben wir auch.

Ethan Cade hat überbaut, weil er mit Wachstum und dem zukünftigen Bedarf an weiteren Angeboten in einem Luxusresort gerechnet hat. Wir könnten zu Beginn lediglich einen Betreuer einstellen und wenn das Programm angenommen wird, könnten wir einen der Partyräume beim Pool in eine Kinderzone verwandeln.«

»Und wo sollen dann die Partys stattfinden, die wir derzeit dort ausrichten?«, fragte Samuel. Seine Gereiztheit war deutlich herauszuhören, was wiederum Levi überhaupt nicht gefiel. Emily versuchte, Lösungen vorzuschlagen, und dieser verknöcherte Arsch verwarf sie alle sofort wieder.

»Die Partys«, erwiderte sie, »können in andere, besser ausgestattete Konferenzräume im Hotel selbst verlegt werden, von denen viele sowieso die meiste Zeit leer stehen.«

»Aber das wird ja nicht so bleiben, wenn Sie erst neue Geschäftskunden angeworben haben. Nicht wahr, Levi?« Samuel wandte sich mit selbstgefälligem Blick an Levi.

Ach, *jetzt* sprach der Esel ihn plötzlich mit seinem Vornamen an?

»Haben Sie irgendwelche neuen Ideen für dieses

Problem?«, wollte Samuel wissen. »Um den Verlust von Shin Electronics wettzumachen. Ich nehme nicht an, dass der Konzern zurückkommt, nachdem die Dinge während ihres Aufenthalts außer Kontrolle geraten sind.«

Samuel ging Levi gehörig auf die Nerven. Unterstellte er gerade, dass Levi den Deal mit Shin versaut hatte? Und selbst wenn, dann ginge das den Anwalt doch gar nichts an. Der Kerl war hier, um ihn zu beraten, nicht um seine Performance zu beurteilen. Das war Levis Aufgabe. »Ich lasse Sie wissen, wenn sich etwas Lohnendes anbahnt.«

Samuel stieß einen Seufzer aus, der auch ein Schnauben sein konnte. »Es wäre mir lieber, Sie würden mich auf dem Laufenden halten.«

Levi stand auf, und Samuel legte den Kopf in den Nacken. Seine Augen weiteten sich, als ihm der viel größere Levi direkt gegenüberstand. Konnte er etwas dafür, dass seine Körpergröße und Statur andere Menschen tendenziell einschüchterte?

Er ging zum Fenster und blickte hinaus. Er war sauer, dass Samuel vorgeschlagen hatte, das Kinderprogramm zu kippen, bevor es überhaupt angelaufen war. Es war für Kinder, Herrgott nochmal. Und wenn Emily und der Finanzdirektor es befürworteten, wäre es ganz sicher eine schöne Ergänzung. »Wir starten das Kinderprogramm.« Er sah sich über die Schulter um. »Wenn es nach einem Quartal keinen Gewinn macht, können wir darüber nachdenken, es wieder abzusetzen oder am Marketing zu feilen.«

Emily schenkte ihm ein rasches Lächeln, das dafür sorgte, dass ihm neue Hitze in den bereits überhitzten Körper trieb. Er brauchte nur im selben Raum mit ihr zu sein und schon spürte er das Feuer in seinem Blut.

Levi räusperte sich. »Das wäre für den Moment alles.«

Sein Begehren für Emily würde nicht verschwinden. Es

wuchs immer weiter und wurde langsam zu etwas, das sich außerhalb seiner Kontrolle befand.

Er wartete, bis sein Anwalt und Emily gegangen waren, da er nicht wagte, seinen kühlen Blick fallenzulassen und seine wahren Gedanken preiszugeben. Aber dann ließ er sich in seinen plüschigen Bürosessel sinken und starrte hinaus auf das Gelände des Clubs.

Nicht weit entfernt schnitt Mike, der für die Außenanlagen verantwortlich war, Büsche zurück. Er war schon ebenso lange ein Fixpunkt im Club Tahoe wie Esther einer gewesen war. Als ehemaliger Navy-SEAL war es Mike gewesen, der Levi und seinen Brüdern beigebracht hatte, wie man sicher mit Booten umging – harter Drill wie im Militärcamp. Levi grinste. Es war die verdammt beste Erziehung gewesen, die er von dieser Vaterfigur bekommen hatte. Wenn sein Dad eins richtig gemacht hatte, dann war es, dass er gute Leute eingestellt und dafür gesorgt hatte, dass sie blieben.

Der Rest des Tages schleppte sich endlos dahin. Während Emily alles in Gang brachte, um das Kinderprogramm zu organisieren, recherchierte Levi weitere Firmen, denen er Gratisnächte anbieten konnte, wenn sie sich im Gegenzug Club Tahoe näher anschauten. Der finanzielle Druck und seine Schwierigkeiten, die Finger von Emily zu lassen, sorgten dafür, dass er miese Laune hatte, als der Arbeitstag endlich zu Ende ging.

Er sah auf die Uhr: zehn. Dann rieb er sich die Augen und erhob sich, streckte den Rücken. Er beugte sich vor und schaltete den Computer auf Standby, verließ das Büro und schloss die Tür hinter sich ab. Er wollte sich gerade dem Mitarbeiterausgang zuwenden, als er ein schwaches Licht am Ende des Korridors erspähte. Da, wo Emily ihr Büro hatte.

Levi war bereits in ihre Richtung unterwegs, bevor er darüber nachdenken konnte. Nur, um kurz nachzusehen. Das konnte ja nicht schaden. Es war doch eine gute Idee, wissen zu wollen, wer um diese Zeit noch da war.

Oder es war eine Ausrede, um Emily zu sehen. Denn es war natürlich ihr Büro, in dem noch Licht brannte, und das hatte er auch gewusst. Niemand außer ihnen beiden blieb so lange im Büro.

Vor ihrer offenen Tür hielt Levi inne. Er würde nur kurz nach ihr sehen und dann nach Hause gehen. Zumindest redete er sich das ein.

Er klopfte sachte und betrat den Raum. »Bist du immer noch hier?«

Sie blickte von ihrem Rechner auf und lächelte erschöpft. »Ja, aber ich wollte gleich gehen. Und du?«

»Auf dem Weg nach Hause.«

Sie nickte und stand auf. Ihre Hände wirkten fahrig, als ihr Blick an seinem Körper hinabwanderte und dann durch den Raum huschte.

Er schien, als wäre er nicht der einzige, der sich zurückhielt. Wartete sie darauf, dass er den ersten Schritt machte?

Er sollte gehen. Es ihnen beiden leichter machen. Sie könnten so tun, als wäre der Samstagabend nie passiert.

Na klar. Es war ihm ja auch sowas von gelungen, so zu tun, als wäre der Kuss am Abend des Balls nie passiert.

Er ging auf ihren Schreibtisch zu, während sie ihn bereits umrundete. Sie zögerten für den Bruchteil einer Sekunde; keiner von beiden sagte ein Wort. Ein kurzer Blick auf ihren Mund, ihre Brüste. Ihre Augen wanderten vorsichtig zu seinen Schultern, seiner Brust, hinab zu seiner Taille, dann schnell wieder nach oben.

Und dann zog Levi sie auch schon in seine Arme und küsste sie.

»Ich habe dich heute Nachmittag vermisst«, sagte sie.

Sein Herz hämmerte wild. So gut es sich anfühlte, sie das sagen zu hören, ein kleiner Teil von ihm sorgte sich, dass diese Sache bereits zu weit ging.

Aber dann zog sie ihm das Hemd aus dem Bund seiner dunklen Hose, schob es höher die Brust hinauf, und seine Bedenken lösten sich augenblicklich in Luft auf. Vielleicht irrte er sich ja, und etwas Lockeres war für sie völlig in Ordnung.

Levi hörte gerade lange genug auf, sie zu küssen, dass er sich das Hemd über den Kopf ziehen konnte. Dann griff er nach ihrem Oberteil, schob es nach oben und zog es ihr aus. Als nächstes folgte ihr BH.

Emily löste seinen Gürtel und öffnete den Knopf seiner Hose, fuhr mit ihrer Handfläche über die Beule darunter.

Er sog scharf den Atem ein. Sein Blut brodelte bereits. Sie in den Armen zu halten, war, als gäbe man einer Flamme den Kienspan.

Sie zog seinen Reißverschluss hinunter, und er spürte die kühle Luft, die über seine viel zu heiße Haut strich. Ihre kleine Hand umfasste sein Glied, und er spannte den Kiefer an. Sie machte ihn völlig verrückt – und schon hatte er sie hochgehoben und ihren straffen, kleinen Hintern auf den Schreibtisch gesetzt. Er schob ihren engen, aber dankbarerweise dehnbaren Rock über ihre Oberschenkel nach oben.

Levi strich mit der Hand an ihrem Bein hinauf bis zu ihrem Höschen, ließ die Finger über ihre Mitte gleiten.

Emily stieß ein Keuchen aus. »Nicht aufhören.«

Seine Hand war jetzt in ihrem Höschen, eine Sekunde später glitt sein Finger in sie hinein. Beide stöhnten auf.

Sie war bereit – mehr als bereit und ganz feucht.

Wieso aufhören? Sie waren beide erwachsen. »Ich will dich.«

»Ja.« Emily ließ ihre Hand an seinem Schaft hinauf- und hinabgleiten, was gar nicht notwendig war. Er war auch so schon härter als ein Hammer.

Er zog rasch ein Kondom aus der Geldbörse, die er in der Hosentasche aufbewahrte. Die Hose rutschte ihm bereits von den Hüften. Er streifte es über und küsste währenddessen ihre Brust und ihren Hals. »Du riechst so gut.«

Er zog ihr das Höschen herunter bis über die Schuhe, warf es beiseite und positionierte sich zwischen ihren Beinen. Sie blickte zu ihm hoch. Ihr Lächeln war sexy und liebevoll ... *Liebevoll.*

Er schluckte, und der Zweifel schlich sich in seinen vernebelten Verstand, der doch nur eines im Kopf haben wollte. Er musste sichergehen, dass sie es nicht später bereuen würde. »Es ist okay für dich, wenn das hier locker bleibt, oder?«

Als die Worte über seine Lippen kamen, wusste er bereits, dass er es verbockt hatte.

Ihr Körper spannte sich an, und ihr Lächeln erstarb. »Was wir haben, ist noch ganz frisch, aber ... Willst du damit sagen, dass das hier ...« Sie wies auf die interessanten Körperteile, die einander berührten, aber noch längst nicht nah genug waren. »Dass das alles ist, was du von mir willst?«

»Ich will sagen, dass ich zu mehr gerade nicht bereit bin.«

Emily bedeckte ihren Busen, und Levi stöhnte innerlich auf. Er hätte seine verdammte Klappe halten sollen.

Aber dann hätte sich das alles wie eine Lüge angefühlt. So sehr er sich auch zu ihr hingezogen fühlte, es würde alles komplizierter machen, wenn er mit ihr zusammenkam.

»Wieso nicht?«, wollte sie wissen.

Er zog sich das Kondom vom Glied und die Hose wieder

darüber, auch wenn sein Körper immer noch scharf auf sie war und Erlösung wollte. »Ist das nicht offensichtlich?« Er versuchte, sanft zu klingen, aber die Frustration war stärker und färbte seine Stimme mit Anspannung. »Du arbeitest für mich, und ich versuche, den Club über Wasser zu halten, damit er nicht bankrottgeht. Und dann ist da noch meine Vergangenheit mit deiner Schwester. Es wäre seltsam, wenn wir zusammen wären.«

»Seltsam.« In ihren hübschen, grauen Augen loderte ein Feuer auf. Sie glitt von ihrem Schreibtisch hinunter und streckte den Arm nach ihrem Oberteil und dem BH aus. Sie zog sich das Shirt über den Kopf und zog den Rock wieder herunter, beugte sich vor, um das Höschen aufzuheben, das er ihr ausgezogen hatte. »Komisch, ich finde uns gar nicht seltsam. Es fühlt sich einfach gut an, wenn du mich in deinen Armen hältst.«

»Da stimme ich dir voll und ganz zu, aber du musst doch zugeben, dass es noch andere Dinge gibt, die schwerer wiegen als unser Begehren füreinander. Ich muss mich um meine Brüder und das Resort kümmern. Und du und ich ergeben als Paar nicht wirklich Sinn.«

Sie nickte, aber es war kein freundliches Nicken. Ihre Lippen waren zusammengepresst, ihre Bewegungen abgehackt. Sie sah aus, als würde sie ihren Zorn gleich ernsthaft von der Leine lassen. »Ich verstehe. Meine Schwester ist also gut genug für dich, aber ich bin es nicht?«

»Nein, das habe ich damit nicht gemeint.« Er verfluchte sein loses Mundwerk. Den letzten Teil hätte er für sich behalten sollen. Sein Körper war zum Beispiel der Meinung, dass sie absolut Sinn ergaben. Sein Verstand war dagegen überfordert. »Ich sehe einfach nicht, wie wir etwas Ernstes aufbauen sollen mit all diesem Ballast.«

»Ich trage keinen Ballast mit mir herum, Levi.«

»Aber ich.«

»Weil du immer noch nicht über meine Schwester hinweg bist?«

Er fuhr sich mit schwerer Hand über das Gesicht. »Nein – ich meine, doch, ich bin über deine Schwester hinweg. Aber das ändert ja nichts an der Tatsache, dass ich sie mal geliebt habe.« Er zuckte zusammen. »In Anbetracht dessen, was ich damals über die Liebe wusste.«

»Und weil du sie mal geliebt hast, kannst du mich nicht lieben?«

Er antwortete nicht. Was wohl auch eine Art Antwort war. Der Grund, warum er schwieg, war ganz einfach, dass er bei Emily bisher gar nicht über Liebe nachgedacht hatte. Seine Gedanken kreisten um Lust und Begehren und Bedürfnisse, nicht um Liebe.

»Also geht es dir nur um Sex?«

Das hatte er ja im Grunde gesagt, aber in Wirklichkeit wollte er mehr. Er glaubte bloß nicht, dass er mehr haben konnte. Sie waren nicht dazu bestimmt, zusammen zu sein. Denn wenn sie es wären, dann wäre Emily ihm gleich zu Beginn aufgefallen, nicht ihre Schwester. Dann hätte er ihre Existenz nicht so völlig vergessen, bis sie plötzlich wieder in seinem Leben aufgetaucht war. Jetzt schnappte sie sich ihre Tasche und rannte aus dem Büro.

»Warte.« Er knüllte das Kondom zusammen, das er immer noch in der Hand hielt, und warf es in den Papierkorb, damit die Putzkolonne sich darum kümmerte. Wahrscheinlich nicht die klügste Entscheidung, aber im Augenblick war ihm das völlig egal.

Mit großen Schritten folgte er der Frau, die ihn verlassen wollte. »Emily«, rief er. »Ich habe doch nur deswegen etwas gesagt, weil ich dir nicht wehtun will.«

Sie blieb stehen, sah ihn aber nicht an. »Mach dir keine

Gedanken. Ich bin ein großes Mädchen.« Sie setzte sich wieder in Bewegung und stieß die Tür des Mitarbeiterausgangs auf. Dann verschwand sie in der Nacht.

Sein Brustkorb brannte. Er stemmte die Hände tief in die Hüften und ließ das Kinn sinken. Was hatte er getan? Es fühlte sich ganz falsch an. Das Letzte, was er wollte, war, sie zu verärgern, sie so aufzuwühlen. Aber es gab keinen anderen Weg, wie das alles hätte enden können. Er hatte es gewusst, es aber schlichtweg ignoriert, weil er sie gewollt hatte.

Emily verdiente etwas Besseres. Sie verdiente mehr. Aber er konnte es ihr nicht geben.

Nur wollte er ebenso wenig, dass es ihr ein anderer gab.

Und ganz plötzlich, nach all den Jahren, war aus dem stillen, lernbegierigen Mädchen, das er einst vergessen hatte, die eine Frau geworden, die er womöglich niemals vergessen konnte.

KAPITEL 22

Auf gar keinen Fall konnte Levi jetzt nach Hause gehen. Nicht nach dem, was in Emilys Büro passiert war – und was beinahe auf ihrem Schreibtisch passiert wäre. In den See zu springen würde nicht ausreichen. Er schickte seinen Brüdern eine SMS. Selbst an Hunt ging die Nachricht, so verzweifelt war er.

Sie hatten zugesagt, sich mit ihm im Blue Casino zu treffen, was in Anbetracht der Probleme, die der Laden Club Tahoe bereitete, eine gewisse Ironie besaß. Blue richtete eine große Veranstaltung aus, sodass Adam und Hayden auch um diese Uhrzeit noch arbeiteten. Das war der Grund, wieso Adam darum gebeten hatte, dass sie sich im dortigen Nachtclub trafen.

Levi machte sich nicht die Mühe, sich umzuziehen. Als er den Nachtclub betrat, erspähte er Adam und den Rest seiner Brüder im Loungebereich. Die Lautstärke hier drin war ohrenbetäubend, der Raum voller Menschen und dicht besetzt – die Veranstaltung schien unter einer Art Disco-Motto zu stehen –, aber Adam hatte ihnen einen reservierten Tisch in der Ecke gesichert.

Adam starrte ihm entgegen, als er sich zu ihnen gesellte. »Was ist los? Wieso das Notfall-Besäufnis?«

Levi wählte einen Platz mit Blick in den Raum. Betrunkenen Menschen in Klamotten aus den siebziger Jahren beim Tanzen und Smalltalken zuzuschauen, schien ihm gut geeignet, sich von Emily abzulenken. »Ich habe nicht gesagt, dass es ein Notfall ist.«

Bran fuhr sich abwesend mit den Fingern durch die blonden Haare und erntete einen bewundernden Blick von der Frau am Nebentisch. »Nein, aber deine Nachricht lautete: ›Gleich treffen!?‹, was wir durchaus für einen Notfall hielten, allerdings keinen lebensbedrohlichen.«

Levi trommelte mit den Fingern auf der Tischplatte. Er hatte sich inständig die Unterstützung seiner Brüder gewünscht, aber nun zweifelte er von Minute zu Minute mehr, dass das eine gute Idee gewesen war. Sie würden ihm bloß die Hölle heißmachen, und er konnte ja doch nicht darüber reden, was ihm wirklich zusetzte.

Adam nippte an einem blauen Drink, der verdammt nach Mädchen-Cocktail aussah. »Na los, raus damit.«

»Da gibt's nichts, was raus muss.« Levi musterte das Getränk in Adams Hand. »Bist du nicht ein wenig zu alt für ausgepressten Schlumpfsaft?«

Adam sah ihn finster an. »Willst du nun unsere Hilfe oder nicht? Denn Hayden ist gerade nach oben gegangen, und ich hätte mehr Lust, eine kleine Pause zu machen und sie ins Büromateriallager zu entführen. Und fürs Protokoll, das hier ist Blue Casinos Hausmartini. Solltest du mal probieren.«

Levi starrte auf das Gewusel im Club. »Es gibt ein ... eine komplizierte Situation, aber ich kann nicht darüber reden.«

»Ach scheiße, Levi«, schimpfte Wes. »Hör' doch auf, dich zu zieren. Wir haben nicht die ganze Nacht Zeit.« Er hob das

Kinn in Brans Richtung. »Versuch du doch mal, der Kellnerin schöne Augen zu machen. Ich brauche noch ein Bier, und mein verführerischer Blick richtet gerade gar nichts aus. Weiß Gott wieso. Muss daran liegen, dass hier zu viel los ist.«

Bran schüttelte den Kopf. »Und dann denkst du, ich hätte mehr Glück?«

Alle antworteten gleichzeitig. »Ja.«

»Jetzt lächle sie schon an«, drängte Wes. »Und beeil' dich. Ich verdurste hier. Wenn Levi uns nur herbestellt hat, um hier zu sitzen und schweigend vor sich hin zu brüten, brauche ich ein paar mehr Drinks, bevor ich mich an das Quartett schöner Frauen dort in der Ecke heranmache.«

Hunt hatte geschwiegen, seit Levi sich zu ihnen gesetzt hatte, aber nun machte auch er den Mund auf. »Da bin ich dabei, Bruder.«

Wes bedachte ihn mit einem Seitenblick. »Ich bin doch nicht Levi. Ich teile meine Frauen mit niemandem.«

Levi funkelte ihn an. »Von *teilen* kann keine Rede sein.« Seine Stimme klang finster. Er war nah dran, einen seiner Brüder zu verletzen. Herzukommen war eine miese Idee gewesen.

Bran schüttelte den Kopf und zog die Brauen zusammen. »Weißt du, Wes, Levi hatte recht mit dem, was er über euch gesagt hat. Du und Hunt seid echt außer Kontrolle.«

Wes ignorierte ihn und blickte zur Seite, nickte mit dem Kopf hinüber. »Da ist sie. Los, mach sie auf dich aufmerksam.«

Bran atmete schnaubend aus, aber er schaute die Kellnerin an und schenkte ihr ein breites Lächeln.

Sie drehte sofort bei und kam mit neuem Schwung in den Hüften auf ihn zu.

Wes lachte leise. »Hab ich doch gesagt.«

»Ach was, Arschloch, das war bloß Glück.«

Wes und Hunt stöhnten gleichzeitig auf. »Alter«, sagte Hunt, »wenn ich so blaue Augen hätte, würde ich so viel mehr Sex bekommen, als ich jetzt schon bekomme.«

»Du hast doch eh schon jede Nacht eine andere Frau im Bett«, warf Bran ein.

»Eher jede zweite Nacht. Und was ist dein Punkt?«

Bran sah Levi an.

»Mich brauchst du nicht anzuglotzen. Mir fällt nichts mehr ein.« Alle wandten sich ihm zu.

»Was denn?«, fragte Levi abwehrend, als die Kellnerin an ihren Tisch trat.

Bran starrte ihn an. »Dir sind doch noch nie die Worte ausgegangen, wenn es daran geht, uns herumzukommandieren.«

»So schlimm bin ich ja nun auch nicht«, grummelte Levi.

Sie gaben ihre Bestellung auf, und die Kellnerin verschwand wieder, berührte Bran aber vorher ganze drei Male wie beiläufig an der Schulter. Das führte zu belustigten Reaktionen seiner Brüder, während sein Gesichtsausdruck immer angesäuerter wurde.

Adam zog sich das Jackett aus und krempelte die Ärmel seines guten Hemds hoch. Theoretisch hatte er immer noch Dienst, daher die Designer-Klamotten. »Levi, worum geht es denn nun wirklich? Oder weiß ich das etwa bereits?«

Levi wandte den Blick ab, wich dem seines Bruders aus. Mit der Hilfe seiner scharfsinnigen Freundin war Adam allzu aufmerksam geworden.

»Geht es hier um Emily?«, fragte Adam.

Levi stöhnte. Er hätte Adam bei dessen Besuch kein Wort sagen sollen.

»Emily? Deine neue Assistentin?«, vergewisserte sich Wes. »Du stehst echt auf diese Wright-Frauen.«

Wenn diese Worte von Hunt gekommen wären, wäre Levi mit einem Satz über den Tisch gesprungen und hätte ihm einen Faustschlag verpasst, aber Wes sprach lediglich das Offensichtliche aus. Und Wes hatte Levi nicht hintergangen.

Er war wohl wirklich besessen von den Wright-Frauen. Allerdings waren jegliche romantischen Gefühle, die er einst für Lisa empfunden hatte, schon lange gestorben. »Vielleicht.«

»Wow«, meldete sich Hunt zu Wort. Levi funkelte ihn wütend an, und er machte eine Geste mit den Fingern, als würde er seinen Mund verschließen. »Ich will das doch gar nicht kommentieren, nur ... wow.«

»Ich mag sie«, entschied Wes. »Du bist nicht gut genug für sie, aber ich mag sie. Sie hat Mumm.«

»Ich weiß, dass ich nicht gut genug für sie bin.« Levi trank einen großen Schluck Bier. »Aber darum geht es nicht. Die Gefühle sind eben da, und ich kann nichts unternehmen.«

»Wieso denn nicht?«, wollte Adam wissen.

Levi warf ihm einen Blick zu. »Ist das nicht offensichtlich? Sie arbeitet für mich. Und der ganze Mist von früher macht alles kaputt. Das würde nie funktionieren.«

Wes zuckte die Achseln. »Ach, das könnte schon funktionieren. Die Frage ist, ob du das auch willst.«

Bevor Levi etwas erwidern konnte, nahm er aus dem Augenwinkel das Aufblitzen auffällig roter Haare wahr. Kurze, rote Haare auf dem Kopf eines Mannes mit einem wieselartigen Gesicht und einer Brille.

»Was zur Hölle macht Samuel denn hier?«

Adam blickte in dieselbe Richtung. »Wer, Samuel Miller? Er besitzt Anteile unserer neuen Mutterfirma. Er schaut von Zeit zu Zeit vorbei und erkundigt sich, wie der Laden läuft. Und wo wir schon davon reden, dass Blue Casino aufgekauft wird, habe ich erwähnt, dass Hayden und ich durch die Übernahme Gewinn gemacht haben? Bereitet euch schonmal auf die Hochzeitssaison nächstes Frühjahr vor. Das wird hemmungslos. Ihr Trottel habt hoffentlich auch nicht vergessen, dass morgen Abend unsere Verlobungsparty steigt. Hayden und Emily arbeiten seit Wochen daran. Sieben Uhr im Ballsaal drüben im Club. Und kommt ja nicht zu spät.«

Levi stellte sein Bier ab. »Nochmal zurück auf Anfang. *Samuel Miller* besitzt Aktien eures Unternehmens? Dir ist aber schon klar, dass Dad ihn als einen unserer Berater eingestellt hat, oder?«

Adams Augen wurden groß. Er schüttelte langsam den Kopf. »Nein, das wusste ich nicht.«

Bran kratzte sich seitlich am Kopf. »Das hört sich aber gar nicht koscher an.«

»Wenn er für uns arbeitet«, mischte sich nun auch Wes ein, »was hält ihn davon ab, Geschäftsgeheimnisse an Blue Casino zu verraten und ihnen zu sagen, was wir vorhaben? Wir wissen, dass wir Adam vertrauen können. Er hat ebenso viel zu verlieren wie wir – oder zu gewinnen, wenn der Club erfolgreich läuft.«

»Oh, vielen Dank«, konterte Adam. »Schön, dass das der einzige Grund ist, wieso ihr mir trauen könnt. Kann ja nicht sein, weil ich euer *Bruder* bin.«

Levi ließ seinen Nacken knacken und genoss das Geräusch. Es juckte ihn in den Fingern, noch etwas ganz anderes knacken zu hören – die Nase dieses hinterhältigen Anwalts kam ihm da gerade recht. »Wir haben drei unserer wichtigsten Kunden an Blue Casino verloren, seit Dad tot ist.«

Adam musterte den Rothaarigen noch einmal. »Und du denkst, dass Miller etwas damit zu tun hatte?«

»Ich verwette meinen Arsch darauf.«

―――

LEVI KAM gegen eins zu Hause an und fiel sofort ins Bett. Die Sache mit dem Anwalt war mehr als ärgerlich, aber das war es nicht, was ihn wachliegen ließ. Er hatte das Richtige getan, als er Emily heute Abend die Wahrheit gesagt hatte. Warum also fühlte er sich so verdammt schlecht?

Er konnte sich keine gemeinsame Zukunft mit Emily vorstellen, denn die Trümmer der Vergangenheit mit ihrer Schwester versperrten ihm den Blick. Sich abzurackern, um eine solide Leitung für Club Tahoe darzustellen, war alles, was er momentan bewältigen konnte. Er sollte eigentlich ›Scheiß drauf‹ denken, sich umdrehen und seine Lust spätestens morgen Abend mit einer anderen Frau befriedigen. Mit einer, die nichts gegen Gelegenheitssex hatte. Auch heute Abend im Nachtclub von Blue Casino waren viele attraktive Frauen gewesen. Konnte kaum schwer sein, eine zu finden.

Allerdings hatte er die Frauen kaum wirklich wahrgenommen. Weil in seinem Kopf nur eine herumspukte, und das war Emily.

KAPITEL 23

Emily lief auf Autopilot, marschierte die Korridore der Büroetage auf und ab, gab hier irgendwelchen Papierkram ab und vereinbarte dort die nächsten Besprechungen. Levi würde sie niemals wirklich wollen. Die Vergangenheit bewies doch, dass sie nicht der Typ Frau war, den die Männer liebten und schätzten. Vielleicht war es der Komplex des abwesenden Vaters, der ihr den Gedanken eingab, aber das änderte nichts daran, dass er zutraf. Und dennoch hatte sie irgendwann angefangen zu glauben, dass die Sache zwischen ihr und Levi etwas Besonderes war, auch wenn sie sich das gar nicht bewusst eingestanden hatte. Bis er ihr klargemacht hatte, dass er lediglich Sex von ihr wollte. Naja, nicht mit diesen Worten, aber er hatte gesagt, dass er nichts Ernstes wollte.

Das tat weh. Und zwar sehr.

Theoretisch war das ja sogar ein tolles Kompliment. Emily war keine Sexbombe. Dass sich irgendein Mann so sehr von ihr angezogen fühlte, dass er alle Vernunft über den Haufen warf, war schmeichelhaft. Aber verdammt nochmal, seine Worte hatten ihr fast das Herz herausgerissen. Sie wollte nicht einfach mit Levi schlafen. Sie wollte, dass sich ihr Traum erfüllte. Sie wollte ihn ganz und gar.

Emily hielt inne und stützte sich auf dem Schreibtisch ab, schloss kurz die Augen.

»Alles in Ordnung?« Die Vorzimmerdame, an deren Schreibtisch sie sich festhielt, starrte Emily mit deutlicher Besorgnis an.

»Ja, alles gut. Wissen Sie, ob Mr. Cade in seinem Büro ist?« Levi war der letzte Mensch, den sie jetzt sehen wollte. Sie hatte ihren Stolz. Aber der Papierkram löste sich ja deswegen noch lange nicht in Luft auf, und sie hatte Formulare für ihn, die er persönlich unterschreiben musste; da reichte keine digitale Unterschrift. Es musste irgendwie weitergehen. Es sei denn, sie würde kündigen, was ihr zunehmend reizvoll erschien. Sie hatte Levis Vater versprochen, dass sie mindestens ein Jahr im Club Tahoe arbeiten und beim Übergang helfen würde, aber sie bezweifelte, dass Ethan Cade ihr in Anbetracht der Situation zwischen ihr und seinem Sohn zumuten würde zu bleiben.

»In etwa einer halben Stunde muss er zu einer Besprechung, aber momentan sollte er noch an seinem Schreibtisch sein.«

Emily bedankte sich mit einem Nicken und ging steif auf Levis Bürotür zu. Sie konnte das. Sie musste sich nur so verhalten, als wäre sie nicht auf peinlichste Art abgewiesen worden. *Sexbombe,* rief sie sich ins Gedächtnis. Es war ja nicht so, dass er sie nicht wollte. Er wollte sie bloß nicht für etwas Ernstes.

Das Selbstgespräch war nicht sehr hilfreich.

Sie schüttelte den Kopf und betrat Levis Büro, dessen Tür nur angelehnt war. Aber Levi war nicht da.

Zwei Männer hockten über seinem Computer. Einer saß auf seinem Schreibtischstuhl – Paul, der IT-Administrator, und den anderen Mann erkannte Emily sofort an seinen roten Haaren. »Oh, entschuldigen Sie, Samuel, ich wollte zu Levi.«

Der Anwalt fuhr herum und stellte sich vor Paul, der nervös in ihre Richtung schaute, aber dann weiter am Computer arbeitete. »Er ist kurz rausgegangen. Ich lasse ihn wissen, dass Sie hier waren.« Er rang sich ein angespanntes Lächeln ab.

Etwas schien merkwürdig, also ging sie zum Schreibtisch. »Woran arbeiten Sie gerade?«

»Nur Routine-Updates.«

Sie spähte an ihm vorbei auf den Bildschirm, da er zu versuchen schien, sich mit seiner schmalen Statur so davor zu stellen, dass sie keinen Einblick bekam. »Wenn es reine Routine ist, warum sind Sie dann hier?«

Er verschränkte die Arme vor der Brust und straffte die Schultern. »Lassen Sie das ruhig meine Sorge sein.«

Emily nickte, aber sie kaufte ihm das nicht ab. Rasch kam sie um ihn herum und erhaschte einen Blick auf den Bildschirm, bevor Paul das Fenster schloss. »Levis Kundennotizen? Was tun Sie denn damit?«

Er wandte sich an Paul. »Sind die Updates fertig? Dann gehen Sie.«

Der Administrator klickte einige Fenster weg und verschwand dann prompt. Nun war Emily endgültig überzeugt, dass es keine Updates gab und dass Samuel ihr etwas verheimlichte. Es dauerte einige Zeit, Updates auf dem Rechner zu installieren, aber dafür musste doch kein Unternehmensanwalt zugegen sein.

Spionierte er hier herum? Wieso?

Samuel glitt um sie herum. »Wenn Sie mich jetzt entschuldigen würden. Ich sollte mich besser sputen; ich habe heute Nachmittag noch weitere Meetings.«

Sie sah zu, wie er das Büro verließ. Dann sank sie auf Levis Schreibtischstuhl und wollte das Fenster wieder öffnen, aber der Rechner war passwortgeschützt, und sie kannte das Passwort nicht. Sie konnte den Administrator zurückbeordern, aber was würde ihr das nutzen? Er hatte Samuel ganz offensichtlich geholfen. Was bedeutete, was immer Samuel da trieb, das trieb der IT-Mensch mit ihm gemeinsam.

»Was machst du denn hier?« Levis barsche Stimme ließ sie erschrocken zusammenfahren. Er blickte von ihr zu seinem Computer, auf dessen Tastatur noch immer ihre Finger ruhten.

Emily erhob sich rasch und strich ihren Rock glatt. »Irgendetwas stimmt nicht mit Samuel. Ich habe ihn und den IT-Administrator gerade dabei erwischt, wie sie deine Kundennotizen durchgingen. Ich habe ihn darauf angesprochen, aber er hat sich geweigert, mir irgendetwas zu erklären.«

Levi presste eine Hand gegen seine Stirn und schloss die Augen. Diese Reaktion hatte Emily nicht erwartet.

»Weißt du bereits, was da los ist?«, fragte sie.

»Ja.«

Sie kam um seinen Schreibtisch herum. »Klärst du mich mal auf?«

Er ließ die Hand sinken. »Lass das meine Sorge sein.«

Sie machte einen Schritt auf ihn zu, aber nicht so nah, dass es intim wurde. »Levi, das ist doch verrückt. Samuel sollte gar nicht in deinem Büro sein, wenn du nicht hier bist. Sag' mir, was da läuft.«

Er blickte sie ohne Gefühlsregung an, als hätte er eine Maske über den Stress gezogen, den sie ihm gerade noch vom Gesicht hatte ablesen können. »Bist du aus einem bestimmten Grund hergekommen?«

Ihr klappte die Kinnlade herunter. Sie waren doch Partner. Zumindest sah sie das so – sie arbeiteten zusammen. Ja, sie wollte mehr von ihm, aber selbst, wenn sie das außen vorließ, brauchte Emily das Gefühl, von ihm wertgeschätzt zu werden und sein Vertrauen zu genießen. Levi hatte sich angewöhnt, zu ihr zu kommen, wenn bei der Arbeit Fragen oder Probleme aufkamen. Und jetzt ... jetzt war er eiskalt. Unnahbar.

»Hier.« Sie ließ eine Akte auf seinen Schreibtisch fallen. »Unterschreib' das, wenn du einen Moment Zeit hast.« Sie rauschte aus seinem Büro und wagte es nicht, sich noch einmal umzublicken. Ihre Augen brannten bereits verdächtig, und sie würde ihn auf keinen Fall sehen lassen, dass sie weinte.

———

EMILY STARRTE DIE KLEIDER AN, die ausgebreitet auf dem Bett ihrer Schwester lagen. »Du hast gleich vier verschiedene mitgebracht?«

Lisa ließ den Blick darüber wandern. »Ich war unsicher, welches du für heute Abend wollen würdest. Und sie sahen alle so appetitlich aus. Ich werde eins zurückgeben, wenn es nicht passen sollte.«

»Wieso nur eines?«

Lisa hielt ein Paar baumelnde Ohrringe neben Emilys Kopf. »Du hast in den letzten Wochen schon zwei Abendkleider gebraucht. Da werden noch mehr solcher Partys kommen, wenn du weiter im Club Tahoe arbeitest.«

»Das bezweifle ich.« Sie winkte ab. »Das sind Sonderveranstaltungen, nicht der normale Ablauf. Heute Abend findet die Verlobungsfeier für Levis Bruder statt. Ich habe geholfen, sie zu organisieren, und die Braut hat mich eingeladen.«

»Ernsthaft?«, staunte Lisa. »Einer seiner Brüder wird tatsächlich heiraten?«

»Hunt ist es natürlich nicht. Adam wird heiraten.«

»Nanu. Adam war zwar nicht ganz so ein Herumtreiber wie die anderen, hat nicht jede Nacht eine andere gehabt, aber ein kleiner Arsch war er trotzdem.«

»Lisa!«

Der Blick ihrer Schwester war ganz unschuldig. »Was denn? Ist die Wahrheit. Wenn in seiner Beziehung auch nur eine Kleinigkeit nicht so lief, dann hat er das Mädel schneller fallengelassen, als du bis drei zählen kannst.«

»Nun, er und Hayden sind aber sehr verliebt. Und sie ist großartig.«

Lisa nickte anerkennend. »Dann hat Adam ja Glück. Ich wette, sie hat ihn ganz schön dafür kämpfen lassen.«

So wie sie die Cade-Brüder kannte, hatte Lisa sicher recht. Nur eine starke Frau war in der Lage, die Mauern einzureißen, die diese sturköpfigen Kerle um sich herum errichtet hatten.

»Also«, kam Lisa wieder zum Punkt, »welches Kleid willst du heute tragen? Und ganz ehrlich, ich finde, du solltest sie alle behalten, für zukünftige Veranstaltungen.«

Emily ließ sich auf die Bettkante sinken. »Ich weiß nicht. Vielleicht arbeite ich gar nicht mehr lange dort.«

Lisa setzte sich neben sie und ließ die Arme in den Schoß sinken. »Wieso denn nicht? Ich dachte, du liebst die Arbeit im Club Tahoe.«

»Ich arbeite gern dort. Oder das war so, bis ... Naja, es ist schräg mit Levi.«

Ihre Schwester kniff die Augen zusammen. »Auf welche Weise schräg?«

Emily atmete tief ein. »Wir haben uns geküsst.« Sie spähte zu Lisa hinüber, aber ihre Schwester schien gar nicht überrascht. »Das Ganze ist keine große Sache. Levi will nichts Ernstes, und ich will nichts mit einem Typen anfangen, der sich keine gemeinsame Zukunft vorstellen kann.«

Lisas Blick verfinsterte sich bei ihren Worten. »Wieso kann er sich denn keine Zukunft mit dir vorstellen?«

»Du weißt schon, wegen seiner Vergangenheit mit *dir*.«

»Ja und? Du bist doch das Beste, was in sein Leben hineinspazieren konnte. Abgesehen von mir natürlich.« Sie lächelte selbstsicher. »Er sollte dich beschwören und sich richtig um dich bemühen.«

Emily kniff die Augen zusammen. »Wieso bist du so?«

»Wie denn?«

»Na, du tust so, als wäre es gar nicht schräg, dass ich deinen Exfreund geküsst habe.«

»Weil das gar nicht so schräg ist?«

Emily wollte widersprechen, aber dann wurde ihr klar, dass das nicht in ihrem eigenen Interesse wäre. »Bist du sicher, dass es dir nichts ausmacht? Ich meine, ich glaube kaum, dass wir uns nochmal küssen werden, aber ... stört dich das wirklich nicht?«

Lisa erhob sich und nahm eins der Kleider in die Hand, hielt es sich vor. »Hör zu, Em, Levi ist mir nicht egal. Ich will, dass er glücklich ist. Und dich liebe ich. Es ist Jahre her, dass ich mit ihm zusammen war, und als es in die Brüche ging, war das besser so. Ich habe ihn nicht geliebt.«

Emily schüttelte den Kopf. »Das ist so schräg. Wie konntest du diesen Kerl nicht lieben?«

Lisa schenkte ihr ein weiches Lächeln. »Es war eben einfach so. Aber mir scheint, dass du ihn liebst.«

»Gernhaben, nicht lieben.« Aber Emily sorgte sich schon, dass ihre Gefühle doch mehr waren als nur Gernhaben. »Es ist nicht leicht, ihn zu vergessen. Die Männer, mit denen ich bisher zusammen war, waren ganz anders.«

»Schon richtig; ich habe deine Auswahl manchmal in Frage gestellt, aber es gab schon ein oder zwei deiner Freunde, die Potenzial hatten. Du bist doch ein schönes Mädchen und hast die Kerle immer angezogen, wenn sie erst einmal hinter die etwas streberhafte Fassade geschaut haben.«

»Was nicht sehr häufig vorkam.«

Lisa verdrehte die Augen. »Ach Quatsch. Jedenfalls macht es mir gar nichts aus, wenn du etwas mit Levi anfängst – solange dieser Granitblock dich anständig behandelt. Ich mache keine Witze. Ich werde Jared auf ihn hetzen, wenn er dich nicht wie eine Göttin behandelt.«

Emily lachte, und zwar nicht nur, weil die Vorstellung lächerlich war – Levi war sicher zehn Zentimeter größer und mehr als zehn Kilo schwerer als Jared –, sondern auch, weil ihre Schwester albern war. »Ich glaube nicht, dass wir uns darüber Sorgen machen müssen.« Ihr Lächeln erstarb. »Ich habe dir doch gesagt, dass er nicht an mehr interessiert ist.«

Lisa legte das Kleid wieder hin und trat zu ihr, legte Emily eine Hand auf die Schulter. »Dann hat er dich auch nicht verdient.«

Emily nickte, aber war sich nicht sicher, ob sie das ebenso sehen konnte. Levi war ein guter Mensch. Selbst Lisa hatte sich ihn damals ausgesucht. Aber wenn er nun mal nicht mit ihr zusammen sein wollte, dann hatte Lisa recht. Sie musste ihn hinter sich lassen.

Ihre Schwester klatschte so laut in die Hände, dass Emily erschrocken zusammenfuhr. »Also, welches Kleid?«

Emily hielt sich eine Hand ans Herz. »Himmel, mach das nicht nochmal. Ich bin doch eh schon so nervös.« Sie blickte auf die vier Kleider, die auf dem Bett ausgebreitet lagen. Drei davon waren lang und elegant. Sehr schick. Das vierte war kurz, schwarz, ebenfalls elegant ... aber auch viel aufreizender. »Das schwarze.«

Wenn sie schon dabei war, ihre Hoffnungen zu Asche zu verbrennen, dann wenigstens mit Stil.

KAPITEL 24

»Nun? Ist alles so, wie du es dir vorgestellt hast?« Emily musterte Haydens Profil, als diese sich im Ballsaal umschaute, den sie in ein schickes Chalet-Wunderland verwandelt hatten.

Die gemauerten Bögen und die Fensterwand erstrahlten von tausenden weißen Lämpchen, weitere Lichterketten waren um die Holzbalken des Deckengebälks geschlungen. Die Kronleuchter aus Schmiedeeisen und Kristall bildeten die Herzstücke über ihren Köpfen, und der Gesamteffekt war atemberaubend. Die Belegschaft hatte gemeinsam mit einigen hinzugebuchten Beleuchtungsspezialisten den gesamten Vormittag gebraucht, um das Beleuchtungskonzept so umzusetzen.

Hayden presste die Finger gegen ihre Lippen und sah sich mit großen Augen um. »Es ist wunderschön.«

Die Türen, die zur Terrasse hinausführten, standen weit offen und ließen eine milde Brise herein. Draußen waren einige der Feuerschalen entzündet worden, um das Ganze noch atmosphärischer zu machen. Drinnen standen tausend Votivkerzen auf rechteckigen Tischen mit elfenbeinfarbenen Tischtüchern, die Kerzen in Spiralform um Töpfe aus gehämmertem Kupfer angeordnet, in denen helles Grün mit blühenden elfenbein- und pfirsichfarbenen Rosen um die Wette strahlte. Emily fand, dass der Saal großartig aussah, aber es ging ja nur darum, ob Hayden damit glücklich war ...

Die drehte sich nun strahlend zu ihr um. »Ehrlich, ich hätte mir nichts Schöneres vorstellen können. Du hast meine Ideen in etwas Echtes, Greifbares verwandelt.«

Emily spürte, wie die Erleichterung sie übermannte und sich ihre Schultern entspannten. »Dafür kannst du dich bei Pinterest und der Screenshot-Funktion bedanken. Ich habe Dutzende Bilder an die Lieferanten geschickt, nachdem wir darüber gesprochen hatten. Aber im Grunde braucht es ja gar nicht viel, um diesen Raum zum Strahlen zu bringen.«

»Das ist wahr.« Hayden lachte leise. »Dennoch, Adam wird sowas von beeindruckt sein.«

»Glaubst du?« Emily ließ den Blick durch den Raum wandern. Es sah wirklich alles wunderschön aus, aber das gesamte Resort war doch eine Schönheit. »Ist er sowas nicht gewöhnt?«

»Das mag sein, aber das hier wurde ja speziell für uns dekoriert und hergerichtet. Er wird hingerissen sein von dem, was du hier geleistet hast.« Haydens Blick blieb an den riesigen, geschnitzten Holzbuchstaben hängen, die an der gegenüberliegenden Wand angebracht waren: *A & H*. Das Holz war geraut, wirkte aber elegant und wurde indirekt beleuchtet. Ein Freund von Adam war am Nachmittag mit den Buchstaben hergekommen, um sie aufzuhängen. »Und diese Schnitzarbeit! Hat Jaeg die gemacht?«

Emily nickte. »Er sagte, die wären ein Geschenk von ihm und seiner Verlobten.«

Hayden schüttelte langsam den Kopf. »Wir hatten ja

keine Ahnung, dass Jaeg etwas für uns machen würde.« Sie legte den Kopf schief. »Ich bin nicht sicher, ob und wo die in unser Haus passen werden, aber im Zweifelsfall macht Adam sicher Platz dafür in seiner Räuberhöhle.«

»Seiner Räuberhöhle?«

»Oh ja. Das Haus, das ich meinen Eltern abgekauft habe, war zu klein, also hat Adam einen zusätzlichen Raum im Garten gebaut. Sein Freund Lewis besitzt eine Baufirma, und du hast ja gesehen, was Jaeg aus Holz zaubert. Eigentlich hätte die Räuberhöhle unser Gästezimmer werden sollen, aber da sich Adam darum gekümmert hat, ist daraus ein riesiges Wohnzimmer geworden. Mit einem Kühlschrank, dem größten Fernsehbildschirm, den du je gesehen hast, einer Ledercouch und Kippsesseln. Ich muss mich erst anmelden, wenn ich ihn dort besuchen möchte, denn sonst hängen seine Freunde mit ihm ab und bevölkern die Höhle. Oh, und mein Dad auch. Wenn meine Eltern nicht in Reno leben würden, säße mein Dad jeden Tag in einem der Sessel und würde ausnutzen, dass wir eine Schüssel auf dem Dach haben.«

Emily lachte. »Darf ich auch mal vorbeischauen? So eine Räuberhöhle hört sich gut an.«

Hayden lehnte sich näher heran und senkte die Stimme. »Einmal im Monat übernehmen die Mädels das Kommando. Cali, Jaegs Verlobte, hat einmal hinterher eine Schachtel Tampons auf dem Schrank stehenlassen, nur um die Kerle zu foppen.« Sie gackerte.

»Das ist brillant. Ich kenne Cali nicht, aber ich mag sie jetzt schon.«

»Adam hat das kleine ›Geschenk‹ nie erwähnt. Er kam einfach ins Haus und schüttelte lächelnd den Kopf. Seine Freunde sind da viel territorialer. Ich nehme an, das liegt daran, dass sie alle keine eigene Räuberhöhle haben.«

Sie unterhielten sich weiter, während Emily Hayden dabei half, die Geschenke für ihre Brautjungfern in den Saal zu tragen. Dann tauchte auch schon Adam auf, der einen dunkelblauen Anzug trug. Fein angezogen sah der Mann beinahe so gut aus wie Levi, war aber nicht ganz so groß. Adam wusste definitiv, wie man sich kleidete und als Mann von Welt rüberkam.

Die Brüder konnten sich über ihren Vater beklagen, soviel sie wollten, aber man konnte kaum leugnen, dass Ethan Cade seinen Söhnen phänomenale Gene mitgegeben hatte.

»Hallo, meine Schöne.« Adam zog Hayden in seine Arme und küsste sie.

Emily wandte den Blick ab und tat geschäftig, schob einige Kerzen hin und her, die auch vorher schon perfekt gestanden hatten. Übers Heiraten hatte sie nie groß nachgedacht. Nur, dass sie eines Tages vielleicht einmal heiraten wollte, vielleicht auch ein oder zwei Kinder haben. Das Problem an der Sache war sowieso, den richtigen Mann dafür zu finden.

Die Männer, mit denen sie bisher ausgegangen war, waren zwar keine Bindungsphobiker gewesen, aber *sie* hatte sich mit keinem von ihnen vorstellen können, sesshaft zu werden. Ihr letzter Freund war ein Arsch gewesen, was die Sache auch nicht besser gemacht hatte. Sie hatte einfach nie eine starke, tiefe Verbindung gefühlt. Dass sie das nun bei ihrem Boss tat, war ein echtes Problem.

Sie nahm ihr Telefon zur Hand und schaute in ihre E-Mails, um sicherzugehen, dass im Resort ansonsten alles reibungslos lief, bevor die Verwaltung für heute Feierabend machte – und dann spürte sie plötzlich, dass Levi den Saal betrat.

Eine Veränderung in der Luft oder die Spannung

zwischen ihnen; irgendetwas spülte über sie hinweg. Oder verflixt nochmal, vielleicht war es auch ein Hauch seines klaren, männlichen Dufts, den sie einsog und auf einer unterschwelligen Ebene erkannte – verrücktspielende Pheromone. Was es auch war, sie spürte seine Anwesenheit, bevor sie aufsah.

Emily ließ das Handy sinken und erblickte Levi, der seinerseits den Raum abzusuchen schien. Sein Blick glitt zu ihr.

Er begrüßte Adam und Hayden kurz, dann kam er herüber. »Du hast das alles arrangiert?«

»Es war Haydens Vision.«

Er nickte. »Tolle Arbeit.«

Ihr Gesicht wurde warm. Ganz gleich, was zwischen ihnen stand, seine Anerkennung bedeutete ihr sehr viel. »Die Gäste werden bald eintreffen.« Sie musterte seinen Anzug und bemerkte, dass seine Krawatte anständig gebunden war. »Haben die Damen bei Peak Attire dir die gebunden?«

Er blickte an sich herab und berührte die Krawatte. »Hab ich selbst gemacht.« Ein jungenhaftes Lächeln huschte über sein Gesicht. »Das hab ich auf YouTube gelernt.«

Emily lachte und, Himmel, das tat gut. Levi lächelte ebenfalls. Aber dann fiel ihr ihre letzte Begegnung wieder ein. Es war eben nicht alles in Ordnung. Ganz und gar nicht. »Hast du mit Samuel gesprochen?«

Sein Kiefer spannte sich, und er wandte den Blick ab, seine Züge jetzt ganz hart. »Nein. Ich habe mit unserem Buchhalter gesprochen. Jetzt, da ich weiß, wonach ich suchen muss, hat sich herausgestellt, dass Samuel auch noch Gelder unserer Firma veruntreut hat. Wahrscheinlich, um damit die Anteile anderer Unternehmen kaufen zu können. Es war nicht leicht, den Zusammenhang herzustellen, aber mein Finanzdirektor glaubt, dass einer der Konferenzkunden, den wir verloren haben, auf Millers Konto geht.«

»Ach du Scheiße.« Sie blickte sich rasch um und senkte die Stimme. »Ich meine, so ein Mist. Ist das dein Ernst? Hat das Resort etwa deswegen solche Verluste gemacht?«

»Miller hatte nicht die Zeit, sehr viel zu unterschlagen. Vielleicht um die 100.000. Nicht genug, um uns in die roten Zahlen zu treiben, aber die Einnahmen, die uns entgangen sind, weil er Kunden abgeworben und an Blue Casino verwiesen hat – und wenn meine Vermutung stimmt, auch an andere Hotels, in die er investiert hat –, das hat schon gereicht, um uns zu schaden.«

»Er arbeitet hier. Wieso denn nicht in Club Tahoe investieren? Wieso sollte er es auf dich abgesehen haben?«

Sein Lächeln war jetzt kalt und gefährlich. »Das hat er gar nicht. Es geht ihm nur ums Geschäft; für ihn dreht sich alles nur ums Geld. Aber für uns eben nicht. Club Tahoe ist nicht börsennotiert. Alles wird durch fünf geteilt – gleiche Anteile für meine Brüder und mich.« Levi schob die Hände in die Taschen seiner Anzughose. »Das macht mich verdammt sauer, denn auch wenn das Unternehmen auf Profit ausgerichtet ist, geben wir ja auch etwas zurück. Zehn Prozent des Gewinns gehen an lokale und landesweite Wohlfahrtseinrichtungen, weitere 20 sind für Verbesserungen am Anwesen gedacht, und ein guter Teil wird den Mitarbeitern als Bonus ausgezahlt. Miller hat der Gemeinschaft geschadet, nicht bloß uns.

Dank der finanziellen Krise, in der wir derzeit stecken, habe ich die Gewinneinnahmen für meine Brüder und mich eingefroren und unsere Gehälter ebenfalls gekürzt, bis wir eine Lösung gefunden haben. Die Gehälter oder Boni der Mitarbeiter fasse ich nicht an. Wozu auch, wenn wir das Ruder noch herumreißen können. Meine Brüder und ich können eine Talsohle aushalten. Aber unsere Angestellten sollten nicht darunter leiden müssen.«

Emily starrte ihn lediglich an. Das war nicht die Philosophie eines Geschäftsmannes. Es war die Stimme eines Mannes, der sein Leben dem Dienst an der Gesellschaft gewidmet hatte. Levi war im Herzen immer noch Feuerwehrmann.

Sie schluckte und wandte den Blick ab. »Du bist ein guter Mensch, Levi.«

Sein Blick hielt sie fest, verzweifelt und gequält. »Ich fühle mich aber gar nicht wie ein guter Mensch, nach gestern Abend. Weil ich dir wehgetan habe. Wenn die Dinge anders lägen ...«

Sie presste ihre Lippen zusammen, brachte aber kein wirkliches Lächeln zustande. »Tun sie aber nicht.« Eine der Angestellten sah zu ihr herüber und hob in stummer Bitte die Hand. »Ich gehe mal besser. Es gibt immer noch etwas zu tun. Genieß' du die Party.«

Sie wollte an ihm vorbeigehen, und er streckte die Hand aus, berührte nur leicht ihren Arm. Er starrte ihr in die Augen. »Du siehst heute Abend wunderschön aus.«

»Lisa hat das Kleid ausgesucht.«

»Deine Schönheit hat nichts damit zu tun, was du anhast. Du weißt doch, dass es nicht an dir liegt, oder?«

»Tut es nicht?« Emily eilte davon, bevor sie noch zu weinen anfing. Verflucht sollte er sein! Warum musste er ihr das Messer ins Herz stoßen und es noch einmal umdrehen, wenn sie sich sowieso schon schrecklich verletzlich fühlte? Er hatte gesagt, dass sie nicht zusammen sein konnten. Und dann kam er damit, wie schön sie doch war.

Kein Mann sah sie so an, wie Levi es tat. Aber sie

weigerte sich, sich davon runterziehen zu lassen. Jetzt nicht. Später vielleicht, wenn sie ihre Traurigkeit in den eigenen vier Wänden mit einer Packung Kekse lindern konnte.

Die Gäste begannen in den Saal zu strömen, und Emily setzte ein Lächeln auf, um sie zu begrüßen, führte Leute zu ihren Plätzen und wies sie auf die bereits geöffnete Bar hin.

Adams Eltern lebten beide nicht mehr, aber seine Geschäftskontakte und Freunde der Familie waren gekommen, um ihm zu gratulieren, ihm herzlich die Hand auf die Schulter zu legen oder ihn zu umarmen, was die meisten weiblichen Gäste taten. Haydens Familie und ihre Freunde waren ebenfalls zahlreich erschienen und mischten sich unter die wohlhabenderen Bekannten der Cades.

Haydens Mutter war im hiesigen Schuldistrikt tätig gewesen und arbeitete jetzt auch in Reno im Bildungssektor. Hayden und Adam hatten Dutzende enge Verbindungen in der Gemeinde. Die Mischung aus der Hautevolee von Lake Tahoe und den Vertretern der Mittelklasse sorgte für eine überraschend lebhafte und fröhliche Geräuschkulisse.

Hayden war gleichzeitig stilvoll und bodenständig. Und obwohl Adam von allen Brüdern am vornehmsten und aufgeblasensten wirkte, brachte seine Verlobte offensichtlich seine herzliche Seite zum Vorschein. Das fiel nicht nur im Umgang der beiden miteinander auf, sondern zeigte sich auch darin, wie mühelos es ihnen gelang, Freunde und Familie aus unterschiedlichen sozialen Schichten für eine beschwingte Party zusammenzubringen.

Im Grunde war Lake Tahoe eine überschaubare Gemeinschaft, und die meisten Leute kannten sich oder hatten zumindest voneinander gehört. Was die Dinge schnell inzestuös werden ließ. So wie bei Emily, die sich in den Exfreund ihrer Schwester verliebt hatte.

Liebe ... Sie presste ihre Finger gegen die Schläfen und

massierte sie. Das würde vorbeigehen – ihre Gefühle für Levi ebenso wie die Unbehaglichkeit zwischen ihnen. Es musste einfach vorbeigehen.

Das Abendessen war serviert worden und gleich würde der Nachtisch folgen. Eine weitere Runde Getränke wurde ausgeschenkt, während die Leute sich unterhielten und darauf warteten, dass das großartige Dessert-Tablett des Clubs die Runde machte. Emily bahnte sich ihren Weg zu einer der offenen Türen und atmete die kühle Abendluft ganz tief ein. Die Party näherte sich bereits dem Ende.

»Spitzen-Job heute Abend.«

Sie fuhr herum, und Hunt stand hinter ihr. Sie spähte über seine Schulter in den Raum hinein, und natürlich blickte Levi mit finsterem Gesicht in ihre Richtung.

Sie seufzte. Levi wollte sie nicht, aber offenbar wollte er auch nicht, dass irgendjemand sonst ihr zu nahekam. Oder zumindest wollte er nicht, dass Hunt ihr zu nahekam. Levi und sein jüngster Bruder hatten allen Grund für ein angespanntes Verhältnis, aber das machte die Dinge im Betrieb auch nicht unbedingt einfacher.

»Alles in Ordnung?«, fragte sie.

Hunt lächelte – ein Lächeln, das selbst die stärkste Frau verführen konnte. Und bei Emily erreichte er damit rein gar nichts, denn Hunt war nicht Levi. Alles, was sie fühlte, war leichte Genervtheit. Immerhin war das der Kerl, der seinen Bruder um Lisa betrogen hatte, und Emily war ziemlich sicher, dass Hunt keine Skrupel hatte, Levi erneut zu hintergehen.

»Ich wollte bloß sehen, wie weit die Sache mit dem Kinderprogramm gediehen ist. Ich habe gehört, dass du Levi überzeugt hast, es zu versuchen.«

Eine weitere Stimme mischte sich in ihr Gespräch. »Worum geht es hier gerade?«

Emily blickte sich um und sah Levi einen Meter hinter ihnen stehen.

»Hat sie's dir nicht gesagt?«, wollte Hunt wissen.

Was sollte das denn jetzt? Sie hatte ihm versprechen müssen, Levi nicht zu sagen, dass es seine Idee war. Und jetzt, nachdem sie Levi nähergekommen war, wurde ihr klar, in welch unmögliche Situation er sie damit gebracht hatte.

»Ich habe Emily gebeten, dir den Vorschlag mit dem Kinderprogramm zu machen. Ich wusste, dass du niemals zustimmen würdest, wenn er von mir käme. Ich dachte, du wärst sicher offener, wenn er von ihr käme, weil du doch die Wright-Schwestern besonders gernhast.«

»Du bist ein Arschloch«, erwiderte Levi.

»Dann hast du Emily also nicht gern?«

Levis Blick huschte zu ihr, dann abrupt wieder weg.

»Nicht?«, beharrte Hunt. »Nun, in diesem Fall ...« Bevor Emily begriff, was Hunt vorhatte, weil sie noch immer rätselte, was hier plötzlich los war, hatte der sie auch schon gepackt und nach hinten gezogen, um ihr mit geöffnetem Mund einen Kuss auf die Lippen zu drücken.

Sie stemmte die Hände gegen seine Brust, aber er ließ sie nicht direkt los. Erst, als er heftig von ihr weggezerrt wurde.

Hunt richtete sich auf und wischte sich lächelnd über den Mund. »Sie schmeckt süß. Genau wie ...«

Was auch immer Hunt hatte sagen wollen, ein brutaler rechter Haken gegen sein Kinn unterbrach ihn.

»Lass deinen dreckigen Mund von Emily«, warnte Levi seinen Bruder. Er stand über Hunt, der am Boden lag. »Sie gehört dir nicht.«

»Gehört sie etwa dir?«, fauchte Hunt zurück.

»Ja!« Levi schlug ihn ein zweites Mal, aber mit einer Bewegung, die verdächtig nach Kampfsport aussah, warf

Hunt seinen Bruder über sich hinweg. Sobald Levi wieder auf den Beinen war, boxte Hunt ihn in den Magen und drängte ihn zurück. Levi kam rasch wieder zu Atem und stürzte sich auf Hunt. Sie rangen miteinander, schlugen mehrfach zu, während sich eine Menschentraube um sie herum bildete.

»Aufhören!«, schrie Emily und sah sich suchend nach Adam oder Bran um, die sie rasch erspähte, weil sie beide durch die Menge unterwegs zu ihr waren. Sie trug die bescheuerten, sexy Absatzschuhe, die ihre Schwester ausgesucht hatte – und zu denen sie sich in einem schwachen Moment hatte überreden lassen. Sie konnte kaum laufen in diesen Schuhen und erst recht keinen Kampf beenden.

»Herrgott, Levi!«, grollte Hunt wütend. »Du hast mich nicht mal geschlagen, als ich Lisa gefickt habe.«

Levi rammte ihm den Ellbogen gegen den Kopf und brachte ihn so erneut zu Fall. »Sprich nicht so über Emilys Schwester«, knurrte er. »Wenn du Emily noch einmal anfasst ...«

»Dann was? Willst du mich enterben? Das hat Dad schon längst erledigt, du Penner.« Als Levi ihn überrascht anstarrte, fauchte Hunt: »Du hättest das Testament mal genauer lesen sollen, großer Bruder.« Hunt kam mühsam auf die Beine und stürmte davon, während seine Brüder endlich hinzukamen.

Alle Augen waren auf Levi gerichtet, um zu sehen, was er als Nächstes tun würde.

Ohne Emily anzusehen, richtete der seine Kleidung und sah Adam an. »Ich bin draußen, wenn du mich suchst.«

Adam nickte und legte den Arm um Haydens Schultern. Beide wirkten vor allem besorgt.

Emily trat zu ihnen und rang die Hände. »Es tut mir leid. Tut mir so furchtbar leid.«

Hayden lächelte sie schwach an. »Ist doch nicht deine Schuld.«

»Die beiden können sich seit Jahren nicht riechen«, bestätigte Adam, verzog aber dann den Mund. »Ich wusste nichts davon, dass unser Vater ... ich wusste nichts von dem Testament. Nachdem er tot war, hat sich keiner von uns groß dafür interessiert, was genau da drinstand. Als wir erfahren haben, dass wir den Club leiten sollen, schien uns alles andere erst einmal unwichtig.« Er starrte in die Richtung, in die Levi verschwunden war. »Ich sollte mal nach ihm sehen.«

»Nein«, widersprach Emily. »Lass mich das machen. Ihr beide kümmert euch um eure Gäste.« Sie warf einen Blick zum Eingang und stieß einen erleichterten Seufzer aus. »Das Dessert wird gerade gebracht. Vielleicht vergessen die Leute darüber ja, dass es eine Schlägerei gab.«

Adam lachte leise. »Machst du Witze? Darüber werden die noch wochenlang reden. Das ist Wasser auf die Mühlen der Tratschtanten, da haben meine Brüder ganze Arbeit geleistet.«

Und tatsächlich ging das fröhliche Plaudern schon wieder los, nur klangen die Stimmen jetzt etwas höher und aufgeregter.

Emily war sich nicht sicher, ob es gut war, dass noch mehr über diese beiden Brüder getratscht wurde, aber daran ändern konnte sie jetzt auch nichts mehr. »Okay, dann gehe ich jetzt mal lieber nach Levi sehen.«

Hayden nickte. »Geh ruhig. Wir machen das hier schon.«

KAPITEL 25

Emily blickte sich suchend im Poolbereich um, aber sie wusste, wo sie Levi finden würde. Er stand am Ende des Bootsstegs, mit dem Rücken zum Hotel.

Sie schloss die Augen und hielt am Ende des Sandstrands inne, bevor sie den hölzernen Steg betrat. Was sollte sie sagen, um es besser zu machen? Ihre Füße bewegten sich den Steg entlang, aber sie wusste es immer noch nicht.

Er hatte da drinnen gesagt, sie gehöre ihm, aber das hatte er wohl kaum so gemeint, denn er hatte doch deutlich gemacht, dass er nichts Ernstes wollte. Zu sagen, jemand gehöre einem, war allerdings verdammt ernst, also was war mit ihm los?

»Levi?«

Er zog weder die Schultern hoch, noch zeigte er sonst irgendwie, dass er ihre Gegenwart bemerkte. Wahrscheinlich, weil er sie bereits kommen gehört hatte. Ziemlich offensichtlich, wer sich ihm da näherte, so wie ihre Pfennigabsätze auf dem Holz klapperten. Die verfluchten Schuhe hatte sie sowieso satt. Die hatten ihre Zehen schon den ganzen Abend lang eingequetscht.

Emily hob einen Fuß an und zog sich den Schuh von der Ferse, dann folgte der zweite, und sie stellte beide auf die Bank nahe dem Ende des Stegs. Sie seufzte. »Ich wollte dir nichts verheimlichen. Als Hunt das Kinderprogramm vorgeschlagen hat, hielt ich das für eine großartige Idee. Er bat mich, dir nicht zu sagen, von wem die Idee stammt. Aber ich sagte, dass ich es nicht verheimlichen würde, falls du fragst. Es tut mir leid, wenn es so rüberkam, als hätte ich gelogen.«

Seine Schulter zuckte ganz leicht nach oben, und er blickte sich halb nach ihr um, bevor er den Blick wieder aufs Wasser richtete. »Schon in Ordnung. Es geht ja nicht um dich. Hunt weiß, wie er mich fertigmachen kann, und er nutzt wirklich jede Gelegenheit dazu.«

Das war der Aspekt, der ihr schon die ganze Zeit merkwürdig vorgekommen war, seit sie Hunt zum ersten Mal begegnet war. »Das ist es ja; er scheint ständig zu versuchen, dich zu schockieren. Er wollte mich doch gar nicht küssen.«

Jetzt drehte Levi sich doch zu ihr um. Ein spöttisches Lächeln lag auf seinem Gesicht. »Glaubst du das tatsächlich?«

»Ich will ja nicht behaupten, dass er je bereut, eine Frau geküsst zu haben, aber er hat es nicht um seiner selbst willen getan. Er hat es nur getan, um deine Aufmerksamkeit zu erlangen. Denk doch mal nach, Levi. Er hatte eine gute Idee, aber er ist damit nicht zu dir gekommen, weil er wusste, dass du sie ablehnen würdest. Du würdest jeden Vorschlag abschmettern, der aus seinem Mund kommt.«

»Weil alles, was aus seinem Mund kommt, widerwärtig und unreif ist.«

»Alles?«

Levi wandte sich wieder dem Wasser zu, als wolle er das alles nicht hören. Aber genau das war das Problem. Er musste es hören.

»Hunt meinte es ernst, als er mit der Idee für das Kinderprogramm zu mir kam – er klang beinahe schüchtern. Was du heute Abend gesehen hast, war seine Wut, weil er sich nach deiner Aufmerksamkeit sehnt.«

»Er hätte dich nicht anfassen sollen. Eine Frau zu benutzen, um es mir heimzuzahlen.«

»Da hast du recht. Aber wenn Menschen verzweifelt sind, machen sie eben manchmal törichte Dinge. Wie meine Schwester, als sie mit deinem Bruder geschlafen hat. Sie war nicht glücklich in der Beziehung und sie hat sie ruiniert. Aber ich glaube, Hunt mochte sie wirklich gern. Ich glaube nicht, dass er mit ihr geschlafen hat, um dir wehzutun.«

»Warum reden wir überhaupt über die Vergangenheit?«, knurrte er. »Was passiert ist, ist passiert. Ich kann ihm niemals verzeihen, was er getan hat. Damals nicht und auch nicht, nachdem er dich jetzt angefasst hat.«

»Warum denn nicht? Jeder hat Vergebung verdient, erst recht ein Bruder, der dich liebt. Du wirst nie glücklich sein und nach vorn schauen können, bevor du ihm nicht verziehen hast.«

Er schnaubte. »Hunt weiß doch gar nicht, was Liebe ist.«

»Er weiß mehr über die Liebe als du.«

Levi fuhr herum. Seine Augen funkelten im schwachen Mondlicht. »Was soll das denn bitte heißen?«

In ihrer Brust loderte ein Feuer. »Ich kann unmöglich die einzige sein, die *das hier* fühlt.« Sie gestikulierte heftig zwischen ihnen hin und her. »Du hast heute Abend gesagt, ich gehöre dir. Du hast mich geküsst. Und das nicht nur einmal. Ich habe diese Küsse in jeder Zelle meines Körpers gespürt.«

Er wandte den Blick ab und hob das Kinn.

»Verflixt nochmal, Levi!« Sie seufzte genervt auf. »Ich

weiß, dass manche Leute nur zum Spaß herumvögeln, aber du bist nicht so einer. Schon gar nicht nach der Geschichte mit meiner Schwester. Du würdest mich nicht für eine lockere Affäre auswählen. Da muss doch mehr sein. Und nur damit du es weißt: Ich glaube nicht, dass das, was zwischen uns läuft, falsch ist. Es fühlt sich richtiger an als alles, was ich bisher gefühlt habe.«

Levis Kiefer spannte sich an, und er blickte sich wieder zu ihr um. »Das ist ja das Problem. Ich habe dich nicht ausgewählt. Das war nicht geplant. Ich bin nicht bereit für eine Beziehung.«

Emily sah auf und fauchte ihn an: »Du bist ein so sturer Kerl. Einige deiner Pläne, besonders die durchdachten, haben nicht funktioniert: deine Laufbahn bei der Feuerwehr, meine Schwester zu heiraten und die perfekte Familie zu gründen. Das hast du sogar selbst zugegeben, auf dem Golfplatz, als du zur Abwechslung mal locker und entspannt warst. Und jetzt fällst du wieder in dein altes Muster zurück und versuchst, alles zu kontrollieren. Als ob du uns alle auf diese Weise beschützen könntest. Dich selbst beschützen könntest. Nun, ich habe schlechte Nachrichten für dich. So läuft das nicht. Wir beide haben etwas Besonderes, und du wirfst es einfach so weg. Wieso? Weil du nicht damit gerechnet hast.

Was muss ich tun, um diese Mauer einzureißen, die du um dich herum errichtet hast? Ich habe mich dir offenbart. Habe dir gesagt, was ich fühle.« Sie streckte den Arm nach hinten aus und fing an, den Reißverschluss ihres Kleides herunterzuziehen.

Sein Blick war auf ihre Arme geheftet. »Was tust du denn da?«

»Wonach sieht es denn aus? Ich habe gesehen, wie du in den See gesprungen bist.« Sie schob das Kleid bis zur Taille hinunter und präsentierte ihm ihre Brüste in der hübschen Unterwäsche. »Findest du da draußen die Antworten für deine Probleme?«

Levis Blick wanderte nach unten, und seine Augen wurden noch dunkler, als sie bei den Lichtverhältnissen bereits vorher gewirkt hatten.

Lisa hatte Emily nicht nur mit schicker Arbeitskleidung ausgestattet, sie hatte ihr auch passende Dessous ausgesucht. Eher dezent, weil das mehr nach Emilys Geschmack war, aber die hübschen scharlachroten Teile waren schon ziemlich sexy.

Sie zog das Kleid komplett aus und stand nun in BH und Höschen vor ihm.

Levi schluckte; seine Augen fixierten einen Punkt direkt unter ihrem Kinn. »Emily, falls du vorhast, in den See zu springen, um mir irgendetwas zu beweisen, lass es lieber. Du würdest es nur bereuen.« Während er das sagte, starrte er auf ihre Brust, ihre Taille ... ihre Beine.

Sie tappte an ihm vorbei zur Kante des Stegs. »Ich will herausfinden, was du mitten in der Nacht hier draußen findest. Bist du hier endlich einmal ehrlich mit dir selbst?«

Sie warf einen Blick auf das dunkle Wasser. Es war verdammt dunkel. Aber Levi schwamm andauernd nachts im See. Und sie hatte es satt, auf Armeslänge gehalten zu werden. Sie hatte sich noch nie so weit vorgewagt für einen Mann. Aber für Levi würde sie alle möglichen Risiken eingehen.

Da sie nicht wusste, wie tief das Wasser hier am Ende des Bootsstegs war, setzte sie sich auf die Kante und stieß sich mit den Füßen voran ab.

Und bereute es augenblicklich.

»Oh Gott, oh mein Gott!« Sie zappelte und ruderte mit den Armen, um so weit wie möglich *über* der Wasseroberfläche zu sein. »Das ist ja eisig! Wieso zur Hölle machst du das?«

Levi seufzte. Er streifte Schuhe und Socken ab, riss sich das Jackett von den Schultern und sprang ihr hinterher. Mit einer anmutigen Bewegung kam er wieder noch und wischte sich das Wasser aus dem Gesicht. »Du kannst aber schon schwimmen, oder?«

»Nicht, wenn das Wasser Minusgrade hat!« Sie kam umgehend zu ihm herübergeschwommen und hielt sich an ihm fest, schlang Arme und Beine um seinen Körper.

Er war ihr Chef ... *Scheißegal!* Er hatte einen Komplex, was sie beide als Paar betraf? *Pech gehabt!* Sie brauchte seine Körperwärme einfach zu dringend.

»Es hat fast 15 Grad. Das ist warm genug«, sagte er, legte aber einen schützenden Arm um sie.

»Klar, wenn man eine eingebaute Heizung hat. Wieso bist du so warm?« Sie presste ihr Gesicht gegen seine Wange und hangelte sich dann noch höher an seinem Körper hinauf, damit ihre Brust über Wasser war. »Rühr dich nicht und lass mich hier bloß nicht allein. Ich könnte an Unterkühlung sterben.« Sie klammerte sich noch enger an ihn, als ein heftiges Zittern ihren Körper ergriff. Sie drückte ihm wahrscheinlich die Luft ab, aber er war ja ein starker Mann, er würde schon klarkommen.

»Schöne Aussicht«, kommentierte er auf Höhe ihrer Brüste. Die sie ihm womöglich direkt ins Gesicht gedrückt hatte. Auch darüber konnte sie sich jetzt gerade keine Gedanken machen. Es gab Kälte und es gab *das hier*. Sie war ein Eis am Stiel. »Ich habe dich allerdings gewarnt, dass du nicht reinspringen sollst.« Er schwamm langsam zur Seite, hielt sie dabei weiterhin im Arm.

Hielt er ihr gerade einen Vortrag? Jetzt? »Wo willst du

denn hin? Wir sind im Überlebensmodus. Hier wird nicht herumgeschwommen.«

Sein breiter Arm war sicher um ihren Rücken geschlungen, hielt sie an ihn gedrückt, aber nun änderte er die Richtung. »Ich schwimme nicht herum, ich bringe dich ans Ufer.«

Ihre Zähne klapperten gegen seinen Kopf. »Guter Plan.«

Als er aus dem Wasser kletterte, klammerte Emily sich immer noch an Levi und hatte Beine und Arme um ihn geschlungen. Und draußen war es auch nicht viel wärmer, nachdem die Sonne längst untergegangen war. »Ich meine es ernst. Ich sterbe vielleicht wirklich an Unterkühlung.«

In seiner Brust rumpelte es, oder war das ein leises Lachen? »Das können wir nicht zulassen.«

Er marschierte jetzt über den Sand. »Wohin bringst du mich?«

»Dahin, wo wir dich wieder warm kriegen.«

»Bitte sag' mir, dass du so nicht mit mir durch die Party gehen willst, oder meine Blamage ist heute Abend vollkommen.« Er schlang seinen anderen Arm um sie – ja, er hatte sie die ganze Zeit mit einem Arm getragen. Der Mann war immerhin Feuerwehrmann gewesen. »Eher friert die Hölle zu, als dass ich dich jetzt durch eine Menschenmenge trage, so wie du angezogen bist und so ... feucht.«

»Bei dir klingt es gleich wieder schmutzig.«

Er legte den Kopf zurück und grinste sie an.

Genau das war der Levi, in den sie sich verliebt hatte. Der Mann, der unter dem Gewicht der Verantwortung, die wie ein Felsbrocken auf ihm lastete, zum Vorschein kam. Der Mann, der lachen und necken konnte. Der sanft mit seiner alten Hündin umging und auch mit ihr. Nur dann nicht, wenn es darum ging, sie in sein Herz zu lassen.

Levi blieb vor einem kleinen Gebäude nahe des Poolbereichs stehen. Glücklicherweise hielten sich hier keine Gäste auf. Er gab einen Code in die Tastatur ein und betrat den Raum, der wohl eine Art Umkleide darstellte. Oben unter der Decke befanden sich Fenster, die etwas Licht hereinließen. Weiße Handtücher mit dem Logo von Club Tahoe stapelten sich auf Regalbrettern in der Ecke, daneben Haken mit frischen Frotteebademänteln.

Diesen Raum kannte sie noch nicht. Sie arbeitete jetzt schon über einen Monat im Club Tahoe, war aber noch nie in den Außengebäuden gewesen. Sie war schlicht zu beschäftigt damit, Levi zu helfen.

Er setzte sie auf dem Fliesenboden ab, und sie schlang ihre Arme um ihren Körper. Levi reichte ihr ein Handtuch, dann ließ er den Blick über die Bademäntel wandern. Er schnappte sich einen kleinen und legte ihn ihr um die Schultern.

Sie fuhr rasch mit den Armen in die Ärmel und starrte mit klappernden Zähnen zu ihm hoch.

Levi schüttelte den Kopf und zog sich das nasse Anzughemd aus. Dann streifte er auch die Hose ab.

So fiebrig sie von der Kälte auch sein mochte, der Anblick seines beinahe nackten Körpers machte die Benommenheit nicht besser.

Er rieb sich mit einem trockenen Handtuch ab und setzte sich auf die lange, gepolsterte Bank an der Wand. Dann wickelte er ein weiteres Handtuch um seine Mitte und legte sich auf den Rücken. »Rauf mit dir.«

Sie zögerte keine Sekunde. Sie krabbelte auf ihn, schmiegte ihren Körper an seine warme Haut und erschauerte.

»Besser?«

»Ein bisschen«, brachte sie zitternd hervor. »Es zieht immer noch.«

Mithilfe irgendeiner irren Männerkraft verlagerte er sein Gewicht und drehte sie beide um, bis sie auf dem Rücken lag und er sie nun mit seinem Körper bedeckte. »Ist es so gut?«

Emily packte seinen Nacken und zog seinen Kopf herab, bis der seitlich auf ihrer Brust lag und sie dort auch wärmte. »Sehr viel besser. Bleib bitte so liegen, bis meine Glieder aufgetaut sind, ja?«

Er lachte leise, und das erzeugte Reibung. Haut gegen Haut. »Ich habe dir doch gesagt, du sollst es lassen.«

»Das hast du mir bereits unter die Nase gerieben. Und du schwimmst schließlich andauernd nachts im See.«

»Ich bin ein Mann. Die Kälte macht mir weniger aus.« Er zwickte ihre Taille. »Du hast nicht genug auf den Knochen, um dich warmzuhalten.«

»Ich bin sportlich, nicht dürr.«

»Ich habe doch gar nichts von dürr gesagt.« Seine Hand glitt zu ihrer Hüfte hinab und drückte leicht zu.

Hitze breitete sich in ihrem Bauch aus, und mit einem Mal war ihr schon gar nicht mehr so kalt. Alle Stellen, an denen sich ihre Körper berührten, wurden warm.

Sie zog ihre Hände unter seinem Brustkorb hervor und schlang die Arme um seinen Rücken, fühlte die glatten Senken an seinem Rückgrat.

»Erdrücke ich dich gerade?« Er wollte sich hochstemmen.

»Wag' es ja nicht, dich zu bewegen.« Sie hielt ihn an sich gedrückt und erforschte weiter mit den Händen sein Rückgrat, dann seine breiten Schultern, dann wieder den Rücken hinunter. Ihre Hände kamen in der Kurve zur Ruhe, wo sein Rücken in den harten Hintern überging. Sie wollte sie tiefer hinabgleiten lassen, aber damit würde sie die Situation ja ausnutzen. Wobei sie das irgendwie auch jetzt schon tat, denn sie genoss ihre Lage mehr und mehr.

Seine Nase fuhr die Wölbung ihrer Brust entlang. »Was soll ich bloß mit dir anfangen?«

Was sollte das schon wieder heißen? Sie konnte sich eine Menge Dinge vorstellen, die er mit ihr anstellen könnte und die sie nur allzu sehr willkommen hieße. Wenn er sie denn *wirklich* wollte.

Sie trotzte seiner Sturheit und streckte die Arme weiter aus, griff nach seinem straffen Hintern. »Ich weiß nicht, Levi. Was wirst du mit mir anstellen? Ich werde nicht einfach verschwinden, weißt du.«

Obwohl sie genau darüber nachgedacht hatte – früher als geplant zu gehen und das Versprechen zu brechen, das sie seinem Vater gegeben hatte.

Levi atmete seufzend aus. Seine Hand glitt an ihrer Seite hoch bis zu ihrer Brust, die er nach innen schob, um mit dem Mund besser daranzukommen, sie zu küssen und mit den Lippen darüberzufahren. »Ich will nicht, dass du verschwindest.«

Ihre Hand verharrte auf seinem Hintern, den sie gerade noch genüsslich geknetet hatte. Das hier war der einfache Teil, rief sie sich ins Gedächtnis. An der gegenseitigen körperlichen Anziehung hatte ja nie ein Zweifel bestanden. Es war der andere Teil, der zur Debatte stand – die Möglichkeit einer Beziehung und die Frage, ob sie beide eine Zukunft hatten. »Wenn du nicht willst, dass ich gehe, dann hör auf, mich immer wieder wegzustoßen.«

Er rutschte höher und berührte ihre Schläfe, starrte einen Augenblick lang auf sie hinab. »Ich kann nichts versprechen.«

Emily schluckte. Ihr Herz wurde eng. Sie hatte ihm ihr Herz

geöffnet, sich fast nackig gemacht – wortwörtlich wie auch im übertragenen Sinn – und war ins eisige Wasser gesprungen … und dennoch hatte sich nicht das Geringste geändert.

Vielleicht lag es an ihrer Position. Sie waren einander so nah. Oder es war die gedämpfte Beleuchtung im Raum. Oder es war ihr jetzt einfach egal. Sie spannte sie Oberschenkel an und rieb sich an ihm.

Wieder spannte er den Kiefer an, und sein Blick wanderte tiefer. »Bist du sicher, dass du das anfangen willst?«

»Ich weiß nicht«, gab sie schnippisch zurück. »Kannst du mit so viel Intimität denn überhaupt umgehen? Ich will dich nicht verschrecken.«

Er verlagerte das Gewicht und zog ihren Bademantel unten auseinander, hob ihre Beine um seine Taille. Seine Lippen senkten sich auf ihre, und sein Kuss nahm ihr den Atem. Als er die Hüften anspannte, rieb er gegen ihre Mitte, und die Berührung sandte Hitze durch ihren Körper, die wie ein Lauffeuer alles in ihr entfachte.

Emily riss das Handtuch weg, das ihm sowieso schon halb weggerutscht war. Er trug nur noch seine nasse Boxershorts. Ihre Unterwäsche war ebenfalls noch feucht, und es fühlte sich beinahe an, als wären sie bereits komplett nackt.

Sein Atem ging schneller, als er seine Erektion drängend an ihr rieb. Er zog ihr den Bademantel von den Schultern.

Bevor sie anfangen konnte, sich wegen all der Gründe zu sorgen, wieso das eine ganz schlechte Idee war, fuhr Emily mit ihren inzwischen wieder warmen Händen in seine Boxershorts und zog diese über seinen Hintern und dann seine muskulösen Oberschenkel. Sie blickte hoch, und er starrte sie an.

Er legte seine Hand auf ihre Hüfte und zog ihr ebenfalls

das Höschen herunter, zog sie ihr ganz aus, dann sich ebenso seine Shorts.

Emilys Herz raste. Ihr Atem stockte und ihre Hände zitterten. Vielleicht war das dumm, aber sie liebte ihn und wollte die Chance nicht verstreichen lassen, mit ihm zusammen zu sein.

Sie würde das hinkriegen. Nur Sex. Denn wenn sie diesen Moment nicht ergriff und auslebte, würde sie das womöglich für den Rest ihres Lebens bereuen.

Levi positionierte seine Hüften zwischen ihren Beinen, und sie spürte sein heißes Glied an ihrem Oberschenkel. Er küsste ihr Dekolleté, ihre Brust, hob sie ganz leicht an. Als er sie wieder auf die Bank bettete, lag ihr BH auf dem Boden, und sein Mund saugte an ihrem Nippel.

In ihrem Bauch flogen die Funken, und sie packte seine Arme, zog ihn hoch, signalisierte ihm, dass sie wollte, dass er höher kam. Er war zu groß und zu schwer, dass sie ihn ohne seine Mitarbeit bewegen könnte.

Er rutschte höher, zog seinen Körper an ihrem entlang, küsste ihr Kinn, ihren Mund, ihren Mundwinkel, schob ihr die Zunge in den Mund und ahmte Bewegungen nach, die denen glichen, die sie hoffte, gleich zu erleben

Seine Lippen glitten erneut zu ihrem Mundwinkel, und er murmelte: »Nimmst du die Pille?«

»Ja, aber hast du ...«

»Ich bin sauber.«

Und dann drang er auch schon in sie ein. Ihr Körper zitterte, aber ihr war nur noch heiß. Dieses Zittern hatte nichts mit der Kälte zu tun, aber alles mit dem Mann, den sie auf die eine oder andere Art geliebt hatte, seit sie ihm begegnet war. Nur kannte sie den jungen Kerl von damals nicht mehr. Die erwachsene Version von Levi war gütig, sanft, ein Beschützer, wahnsinnig stur – und nun war er ganz tief in ihr.

Levi streichelte ihre Brüste, küsste sie, während er sich langsam und rhythmisch in ihr bewegte, sodass dort, wo sie einander am tiefsten berührten, die Funken der Lust nur so sprühten.

Er senkte den Kopf an ihr Ohr, und sein Atem ging scharf, ein und aus. »Du fühlst dich so gut an, fast zu gut.« Er stellte einen Fuß auf dem Boden ab und schob seine Hand zwischen sie, um ihre Mitte zu berühren, während er weiter in sie hineinstieß.

Und sie hatte dabei seine ganze beeindruckend attraktive Statur deutlich vor Augen. Breite Schultern, breite Brust, definierter Bauch mit mehr Tälern und Höhen, als sie je bei einem Mann gesehen hatte. Als seine große Hand ihren Kitzler berührte und sein praller Penis in ihr noch weiter anschwoll, glaubte sie, jeden Moment durchzudrehen. Oder zu kommen.

Sie ließ den Kopf zur Seite fallen und biss sich auf die Lippe, als die Lust sie mit heftigen Zuckungen übermannte. Ein Stöhnen entwich ihr. Sie keuchte und krallte sich an ihm fest, als ihr Orgasmus sie gleichsam schüttelte.

Er zog ihre Arme hoch über ihren Kopf und stieß wieder und wieder in sie hinein. »Oh Gott, Emily. Das ist so gut.« Er küsste sie fordernd, verschlang ihren Mund, löste damit weitere Zuckungen aus, die als Echo des eben erlebten Höhepunkts aus ihrem Zentrum abstrahlten.

Sie spürte, wie er in ihr schwoll, und dann stöhnte er, sein Körper spannte sich an, und auch er erzitterte unter seinem Höhepunkt.

Nach einigen Augenblicken verlangsamte sich sein galoppierender Atem, und er ließ den Kopf neben ihren auf die Bank sinken, hatte das Bein immer noch auf den Boden gestemmt, um ihr sein Gewicht nicht komplett aufzubürden.

Er verlagerte sein Gewicht dann ganz auf den Fuß, setzte sich vorsichtig auf und zog sie auf seinen Schoß, legte den Bademantel um ihre Schultern. »Das nächste Mal erinnerst du mich bitte daran, dass ich dich nicht wieder auf einer Bank verführe.«

Sie bedachte ihn mit einem Seitenblick und hätte gern gewusst, was er fühlte. »Hast du mich verführt? Ich war der Meinung, ich wäre die Verführerin. Ich habe schließlich als erste meine Kleider ausgezogen.«

»Auch wieder wahr. Dann erinnere mich daran, dich daran zu erinnern, deine Kleider anzulassen, bis wir irgendwo sind, wo ich mich deinem Körper so richtig ausgiebig widmen kann. Auf dieser Bank lässt es sich nicht gerade ideal manövrieren.«

Sie nahm den Kopf zurück, damit sie ihm besser in die Augen sehen konnte. »Wird es denn ein nächstes Mal geben? Ich dachte, genau das willst du nicht?«

Er wandte den Blick ab und schloss die Augen. »Ich würde mich freuen, wenn es ein nächstes Mal gäbe. Aber ich habe dir ja gesagt ...«

Ich kann dir nichts versprechen, hatte er gesagt. So langsam klang das, als wäre es das Motto ihrer Beziehung zueinander.

Ihre Kehle brannte, und ihr wurde ganz anders. Sie wollte ihn verfluchen. *Verdammt.* Sie hatte doch gewusst, dass er nichts Ernstes wollte. Noch vor wenigen Augenblicken war das für sie in Ordnung gewesen ... aber jetzt tat es ätzend weh. Denn ihre sexuelle Vereinigung hatte ihr Herz noch weiter geöffnet. Und er zögerte immer noch.

Sie wand sich von seinem Schoß, stand auf und zog den Bademantel enger. »Ich versteh' schon.«

Er blickte auf und wirkte überhaupt nicht glücklich. Es war eher Entschlossenheit, vielleicht auch ein wenig Furcht, was sie in seinem Blick las.

Es war dumm gewesen, es soweit kommen zu lassen. Er hatte ihr klargemacht, wo sie beide standen, und sie hatte trotzdem mit ihm geschlafen. Weil sie gehofft hatte, dass er, wenn er sich bloß endlich gehenließ, schon begreifen würde, wie richtig sie füreinander waren.

Aber das funktionierte so nie, und sie war klug genug, das zu wissen.

»Ist schon gut. Alles okay.« Sie versuchte sich an einem Lächeln, aber ihr Gesicht fühlte sich merkwürdig starr an.

Da sie nicht wusste, was sie sonst tun sollte, streckte Emily die Hand nach der Tür aus und schlüpfte hinaus, rannte hinüber zum Ende des Bootsstegs, wo sie ihr Kleid und die Schuhe gelassen hatte. Dann rannte sie zur Seite des Hauptgebäudes und zog sich im Schutz der Dunkelheit nahe des Mitarbeitereingangs an. Levis Rufe aus der Ferne ignorierte sie. Dass sie weglief, war ein ziemliches Eingeständnis dessen, was in ihr vorging, aber sie hätte auch nicht bleiben können. Nicht eine Minute länger. Sie holte ihre Handtasche aus ihrem Büro und verließ dann das Gebäude.

Sie musste den Gedanken an Levi loslassen, sich von diesem Traum verabschieden. Nicht den Traum, den sie mit 21 gehabt hatte, sondern den, der sich in den vergangenen Wochen in ihrem Herzen breitgemacht hatte, als sie den echten Levi kennengelernt hatte.

Und sich in den Mann verliebt hatte, nicht in ihre Vorstellung von ihm.

KAPITEL 26

Emily hatte sich heute Morgen krankgemeldet, aber Levi hatte nicht mit ihr gesprochen. Nein, er hatte es aus zweiter Hand erfahren müssen, von seiner Vorzimmerdame.

Das gefiel ihm nicht.

Er hatte es schon wieder verbockt.

Er rieb sich über die Stirn. Er konnte an nichts anderes denken als daran, wie sexy Emily letzte Nacht gewesen war und wie sehr er sie wollte. Er hatte nach ihr gesucht, nachdem sie davongerannt war, aber es war dunkel gewesen und sie gut im Schleichen. Ihr Kleid lag nicht mehr am Steg, daher hatte er gewusst, dass sie weg sein musste. Sie hatte auch die drei Textnachrichten ignoriert, die er ihr geschickt hatte. Wenn sie heute früh nicht angerufen hätte, dann hätte er einen Suchtrupp losgeschickt.

Dachte Emily wirklich, dass er glaubte, sie wäre nicht gut genug für ihn? Da irrte sie sich aber. Er war es, der zu viel Gepäck mit sich herumschleppte und nicht gut genug für sie war. Wenn sie einen anderen gefunden hatte, würde ihr das auch klarwerden.

Levi machte ein finsteres Gesicht. Der Gedanke an Emily mit einem anderen war ihm verhasst. Er wollte am liebsten auf irgendetwas einschlagen.

Er verschränkte die Arme über dem T-Shirt und legte die bestiefelten Füße auf dem Fensterbrett seines Büros ab. Heute Morgen hatte er sich absolut mies gefühlt und daher die spießigen Klamotten im Schrank gelassen, an die er sich in den letzten Wochen gewöhnt hatte, und stattdessen das angezogen, worin er sich wohlfühlte.

Auch wenn er wegen Emily extrem angespannt war, musste er seine Aufmerksamkeit auf etwas anderes richten und sich die Frau, nach der er sich verzehrte, die er aber nicht haben konnte, aus dem Kopf schlagen. Es ging um die verflixte Geschichte mit Samuel Miller. Der Kerl hatte dem Club Informationen gestohlen, und das mithilfe wenigstens eines Angestellten – ihres IT-Administrators. Er hatte darüber hinaus auch Geld gestohlen. Levis Finanzdirektor untersuchte den Fall gerade und lag ihm andauernd damit in den Ohren, dass er schon länger Unterstützung bei seiner Arbeit brauchte. Das Unternehmen war gewachsen und der Mann überarbeitet. Gerade deswegen hatte er ja auch nicht rechtzeitig bemerkt, dass die Gelder umgeleitet worden waren. Die Veruntreuung brachte zum Vorschein, dass die Personaldecke in der Firma zu dünn war, und trieb seinen Finanzdirektor an den Rand des Menschenmöglichen.

Levi musste also einen ordentlich qualifizierten Mitarbeiter finden, der seinen Finanzmenschen unterstützen konnte, und je schneller er jemanden auftrieb, desto schneller wäre er auch in der Lage, die relevanten Informationen an die Strafverfolgungsbehörden weiterzugeben. Den Anwälten, mit denen er bisher gearbeitet hatte, traute er jetzt auch nicht mehr über den Weg, also würde er ebenfalls neue auftreiben müssen.

Es gab also Leute, die glaubten, sie könnten ihn und seine Brüder übervorteilen? Leute, die glaubten, dass Ethan Cades Söhne nichts draufhatten und mit der Leitung, dem Betrieb des Unternehmens überfordert waren? Da hatten sie sich aber geschnitten.

Levi wählte die Nummer, die er eben erst von Lisa bekommen. »Hallo, Jared? Hier spricht Levi Cade.«

»Hey, Levi ... Geht's Emily gut?"

Levi presste seine Finger auf die Augen. »Ich, äh, ja. Also, sie hat sich heute krankgemeldet, aber ich glaube nicht, dass es etwas Ernstes ist.« Abgesehen davon, dass sie ihn wahrscheinlich gerade so richtig hasste. »Ich rufe wegen eines geschäftlichen Angebots an. Emily sagt, Sie sind einer der besten Finanzleute der Stadt. Ich habe bereits einen Finanzdirektor, aber wir haben es gerade mit einer schwierigen Situation zu tun, und mein Mitarbeiter könnte zusätzliche Hilfe gebrauchen. Ich hatte schon länger vor, noch jemanden hinzuzuziehen, und die momentane Lage macht die Sache jetzt etwas dringender. Ich bin bereit, Ihnen zehn Prozent mehr als Ihr derzeitiges Gehalt zu zahlen. Ich brauche jemanden, dem ich vertrauen kann, und das praktisch sofort.«

»Oh...kay. Damit habe ich nicht gerechnet, aber das Angebot kommt mir dennoch gelegen ... Ich würde mich gern mit Ihnen zusammensetzen und über diese schwierige Situation sprechen, die Sie erwähnten. Den Finanzdirektor kennenlernen. Ich würde außerdem gern mit Lisa sprechen und ganz sichergehen, dass das alles für sie auch in Ordnung ist.«

»Natürlich.«

Sie beendeten den Anruf mit einem Termin für ein Treffen am nächsten Vormittag.

Mit einer Sache hatte Emily durchaus recht. Die Vergangenheit war vorbei und alles, was blieb, war die Zukunft. Er wollte dafür sorgen, dass er sich gut um den Club und seine Angestellten kümmerte und dass er seinen Brüdern den Weg in die bestmögliche Zukunft ebnete. Er trug so viel Verantwortung auf seinen Schultern, da spielten Levis eigene Wünsche keine Rolle.

———

AM NÄCHSTEN TAG meldete sich Emily erneut krank, dann wieder am darauffolgenden Tag. Levi war kurz vor dem Durchdrehen. Die Untersuchung im Fall Samuel Miller ging voran, Jared hatte sein Angebot angenommen und würde heute als Finanzmanager anfangen. Dennoch fühlte Levi sich elend, und dieses Gefühl wollte sich auch nicht vertreiben lassen.

Jared war heute früh schon um fünf gekommen und hatte gemeinsam mit dem Finanzdirektor bis nach dem Mittagessen daran gearbeitet, die Unterlagen in Ordnung zu bringen. Die Polizei war benachrichtigt, und beinahe alle Dokumente, die Levi brauchte, waren bereits beisammen, damit er sie aufs Dezernat bringen konnte. Er war vielleicht kein Feuerwehrmann mehr, aber er wusste, was zu tun war, wenn es irgendwo brannte. Was er fühlte, waren allerdings nur Zorn und Verärgerung.

Emily ging nicht ans Telefon und rief auch nicht zurück; zur Arbeit tauchte sie nicht auf. Hätte sie heute Morgen nicht erneut mit dem Vorzimmer gesprochen, dann wäre er selbst zu ihr gefahren, um nachzusehen, ob ihr auch wirklich nichts zugestoßen war. Aber das Einzige, was ihr zugestoßen war, war er.

Er mochte fähig sein, die Situation mit Miller in den Griff zu bekommen, aber ohne Emily an seiner Seite, die mit dem Tablet in den Händen dafür sorgte, dass er bei der Sache blieb, machte das keinen Spaß. Nicht, dass er das gebraucht hätte, aber … es gefiel ihm. Er hatte sie gern hier, hatte sie auch gern bei sich zu Hause, wie an dem einen Tag, als er sie überredet hatte, auf Grace aufzupassen.

Levi konnte Club Tahoe am Laufen halten, davon war er inzwischen überzeugt, aber ohne Emily fehlte die Wärme in dem alten Kasten. Herrgott, sie hatte sein komplettes Leben mit ihrer Wärme bereichert.

War es ein Fehler, dem Club oberste Priorität einzuräumen? Mist, sein Vater hatte genau das getan und ihnen damit beinahe das Leben versaut. Was zur Hölle hatte er sich denn bloß gedacht? In den letzten paar Tagen wusste er ja nicht einmal mehr, wieso eine Beziehung mit der Schwester seiner Ex ein großes Problem darstellen sollte. Vielleicht war das für manche Leute ein Problem, aber so langsam hatte er das Gefühl, dass es ihm scheißegal war.

Seit Emily vor wenigen Nächten aus dem Poolhaus geflohen war, fühlte er sich, als hätte er ein Bein verloren. Als würde er nur noch im Kreis herumhumpeln. Emily gab einem nicht das Gefühl, dass sie gerettet werden musste, so wie die meisten Frauen, mit denen er ausgegangen war. Sie war im Gegenteil für ihn dagewesen. Und er hatte sie weggestoßen.

Verdammte Scheiße.

Levi verließ sein Büro und verschloss die Tür. Für heute war es genug. Er hatte sich die ganze Woche nicht mehr die Mühe gemacht, sich fein anzuziehen. Zu viel Aufwand, wenn er all seine Kraft brauchte, um überhaupt einen Fuß vor den anderen zu setzen. Aus irgendeinem Grund fühlte er sich ebenso schlecht, ebenso am Boden wie direkt nach seinem Unfall. Was verrückt war, wenn er darüber nachdachte. Neben seinen Brüdern hatte es nie etwas gegeben, das ihm mehr bedeutete als die Feuerwache.

Zum ersten Mal schien es, als würde im Club alles in die richtige Richtung laufen. Die Finanzen waren wieder auf Kurs, die Schadensquelle identifiziert, die Anklage wurde vorbereitet. Levi hatte einen neuen Anwalt eingestellt, ebenso einen neuen IT-Administrator, der auch im Programmieren firm war und herausfinden konnte, ob sein Vorgänger nicht womöglich ein Hintertürchen ins System eingeschrieben hatte. Und das Kinderprogramm war bereits so gut wie ausgebucht. Aber Levi fühlte sich absolut mies, und das hatte nicht das Geringste mit dem Stress und den Herausforderungen seiner Position zu tun.

»Ich bin dann weg«, verabschiedete er sich von dem jungen Mann, der heute Vorzimmerdienst hatte. Zwei Angestellte teilten sich die Stelle; eine junge Frau, die in der Stadt aufs College ging, und ein Lehrling, der Verwaltungserfahrung brauchte. Der Junge zog sich auch entsprechend an, trug heute Stoffhose, ein weißes Hemd und Krawatte. Er sah besser aus als Levi momentan.

Er musste auch wieder anfangen, im Anzug zur Arbeit zu erscheinen. Ganz gleich, wie es um sein Privatleben stand, er konnte nicht weiter in Jeans und Stiefeln hier auftauchen, wenn er wollte, dass seine Angestellten und die Gäste ihn ernstnahmen.

Auf dem Weg nach draußen schaute er kurz beim Golfshop vorbei.

Wes stand mit Gewittermiene hinter dem Tresen.

»Was ist denn mit dir los?« Wenn diese Woche noch eine Sache schiefging, war es gut möglich, dass Levi irgendetwas kaputtschlagen würde.

»Gar nichts«, grummelte Wes, der damit beschäftigt war, Posten auf einer Liste abzustreichen, die auf dem Tresen lag.

Es sah aber gar nicht danach aus, als wäre nichts. Wes hatte die Lippen fest zusammengepresst und weigerte sich, überhaupt richtig aufzusehen. »Alles in Ordnung auf dem Platz?«

»Alles bestens.«

Levi sah sich um. Im Shop schien alles aufgeräumt und schick – ein paar Kunden schwirrten herum. »Was zur Hölle ist denn dann los mit dir?«, fragte er leise genug, dass nur Wes ihn hören konnte.

Endlich blickte Wes auf, sah aber nicht Levi an. Er starrte ein Pärchen an, das sich weiter hinten im Laden die Golfhemden mit dem Logo des Clubs anschaute.

Der Mann war etwa in Levis Alter, die Frau mochte vielleicht ein bisschen jünger sein. Hübsch. »Was hast du für ein Problem mit den beiden da drüben?«

Wes funkelte ihn an. »Gar kein verdammtes Problem. Ich will nur, dass sie verdammt nochmal abhauen.«

Levi hob beschwichtigend die Hände. »Mach dich locker. Wenn du so mit deiner Kundschaft umspringst, müssen wir uns dringend mal unterhalten.«

Wes griff sich mit Zorn in den Augen ins dunkle Haar. »Wieso muss sie hierherkommen?«

Levi sah noch einmal hin. »Das Mädchen?«

»Ja, das *Mädchen*«, zischte sein Bruder.

»Wer ist sie denn?«

Wes wandte den Blick ab. »Niemand.«

Levi schüttelte den Kopf. »Na gut. Feierabend. Du bist raus für heute, keine Diskussion. Kann jemand für dich übernehmen?«

Wes winkte einem der Angestellten, der weiter hinten Bekleidung in ein Regal räumte.

Sein Mitarbeiter kam herüber, und Wes gab ihm den Ladenschlüssel. »Du schließt ab und achtest bitte darauf, dass die Auslage abgestaubt wird, bevor du Schluss machst.

Levi und Wes verließen den Golfshop.

»Du kommst mit zu mir«, beschloss Levi. »Körperliche Arbeit ist immer noch die beste Methode, auf andere Gedanken zu kommen.«

Wes war so aus der Fassung, dass er nicht einmal versuchte zu widersprechen.

Sie gingen quer über den Parkplatz, und Levi fragte: »Was war denn da überhaupt los? Ich habe dich noch nie so wütend erlebt wegen einer Frau.«

Wes starrte stur geradeaus. »Ich war mal mit ihr zusammen.«

»In der Schule?«

Wes zögerte. »Auf dem College.«

Levi blieb mitten auf dem Parkplatz stehen. »Das ist aber nicht zufällig die Frau, die zwei Jahre lang deine Freundin war und dich dann fallengelassen hat, woraufhin deine Karriere einen Sturzflug hingelegt hat, oder?«

Der Blick, den Wes ihm zuwarf, sagte Levi alles, was er wissen musste. Er beließ es dabei. Er hatte schließlich mit seinen eigenen Schwierigkeiten zu kämpfen, was Frauen anging. Es war unnötig, sich Wes' Probleme auch noch aufzubürden.

»Und wofür brauchst du nun die zusätzliche Arbeits-kraft?« Wes blieb vor seinem Wagen stehen und schaute über die Motorhaube hinüber zu Levis Parklücke.

»Wir bauen eine Nurdachhütte bei der Feuerstelle.«

Wes verdrehte die Augen. »Hast du je daran gedacht, bitte zu sagen, statt Befehle zu geben? Ich bin doch nicht dein Sklave.«

Levi atmete aus. »Hast du denn was Besseres vor? Ich

war der Meinung, dass du schleunigst aus dem Laden raus-musstest, bevor du dich wie ein Höhlenmensch aufführst.«

Wes ließ ein wütendes Knurren hören und stieg in sein Auto.

Bevor Levi losfuhr, vergewisserte er sich noch einmal, dass seine anderen Brüder auch zu ihm nach Hause unterwegs waren.

Was er Wes verschwiegen hatte und auch den anderen nicht auf die Nase binden würde: Er brauchte sie gerade weit mehr, als sie ihn brauchten.

KAPITEL 27

L evi schlug Nägel in die Plattform, die den Boden des Holzrahmenzelts bilden sollte, und hörte dabei dem Polizeiscanner zu.

Wes zog die Brauen zusammen, als er das Holz, das zugesägt werden musste, vorbereitete. »Warum hörst du dir das eigentlich immer noch an?«

»Weil es mich beruhigt.« Levi war alles andere als ruhig, aber er musste irgendetwas tun, um nicht ständig nur an Emily zu denken. Er hatte Mist gebaut und hatte keinen Plan, wie er das wieder geradebiegen sollte. Manchmal half es ihm tatsächlich zu entspannen, wenn er den ausgehenden Meldungen lauschte.

Gestern hatte er die Löcher für die Grundpfeiler ausgemessen, gegraben und mit Beton ausgegossen, sich dabei nach den genauen Maßen des Zelttuchs gerichtet, das er bestellt hatte. Das alte, schlichte Pop-up-Zelt hatte ihm bisher immer gute Dienste geleistet, aber nun wollte er plötzlich etwas Besseres für draußen, wenn man unter Sternen schlafen oder auch nur liegen wollte. Etwas, wohin man jemand Besonderen mitnehmen konnte.

Seit Emily angefangen hatte, im Club Tahoe zu arbeiten, hatte er sich hundertmal ermahnt, dass er das nicht machen konnte. Dass sie tabu war. Den Teil seiner selbst, der Beziehungen führte, hatte er doch schon vor langer Zeit hintenangestellt, aber jetzt fragte er sich, ob er nicht gerade den größten Fehler seines Lebens begangen hatte. Mit jedem Tag, den sie fernblieb, wurde er rastloser.

Wes war ein Stück abseits mit der Säge zugange und schien vor sich hinzugrübeln – wahrscheinlich ging es um die Frau aus dem Golfshop –, während Adam gegenüber von Levi Bretter festnagelte.

Adam stützte den Hammer auf seinem Oberschenkel ab. »Ich habe mit unserem neuen Generaldirektor über Miller gesprochen. Er wird dem Vorstand die Informationen vorlegen, die du mir gegeben hast. Viel können wir nicht unternehmen, denn es ist ja nicht verboten, Aktien unseres Mutterkonzerns zu kaufen. Aber Blue Casino wird sich in Zukunft nicht mehr mit Miller über potenzielle Kunden beraten. Nach dem, was ich ihnen erzählt habe, verzichten sie auf seine moralisch fragwürdigen Methoden.«

Levi brummte. Die Verantwortlichen im Blue Casino hatten die Gelegenheit zu ihrem Vorteil genutzt. Welche Firma hätte das nicht getan? Aber er wusste schon, was sein Bruder ihm sagen wollte. Das Casino hatte in der Vergangenheit manchmal zweifelhaftes Geschäftsgebaren an den Tag gelegt. Es klang aber, als wäre das neue Management darauf bedacht, sauber zu bleiben.

In diesem Moment kam Jaeg mit einem Zwölferpack Bier die Straße heraufmarschiert. »Hab gehört, ihr braucht Unterstützung.« Er nickte Adam zu, der seit der Highschool einer seiner besten Freunde war.

Levi war schon groß und breit gebaut, aber Jaeg war ein Koloss. Ein sanfter Riese, könnte man sagen. Jaeg war Profi-

Skifahrer gewesen, bevor ihn eine Knieverletzung zum Aufgeben gezwungen hatte. Trotz seiner gescheiterten Profisport-Karriere waren ihm die schönen Frauen immer scharenweise nachgelaufen. Bis er Cali begegnet war. Jetzt hing er ebenso rettungslos an Cali wie Adam an Hayden. Keine wilden Nächte mit den Jungs mehr – beide blieben lieber zu Hause bei ihren Weibern, was für den Rest der Clique echt nervig war.

Aber Levi begann langsam zu verstehen, worin der Reiz bestand. Mit der richtigen Frau an seiner Seite hätte er auch nichts dagegen, zu Hause zu bleiben. Schließlich wollte er gerade nur eins: Emily sehen.

Er nahm das Bier, das Jaeg ihm reichte, stellte es aber gleich wieder beiseite. Seine Brust war wie zugeschnürt, die Hände ruhelos. Deswegen hatte er ja mit der Handwerkerei angefangen.

Jaeg war ein Künstler; er hatte die Buchstaben gemacht, die bei der Verlobungsfeier von Adam und Hayden an der Wand gehangen hatten. Er hatte auch Levis Lieblingstische gebaut, die im Haus standen. Jaeg war ein meisterhafter Holzhandwerker. Der Krempel, den sie heute zusammenzimmerten, war Kinderkram im Vergleich zu den aufwendigen Sachen, die er baute, weswegen seine Unterstützung Levi umso mehr bedeutete. »Danke fürs Kommen.«

»Alles gut. Cali macht heute Mädelsabend mit Hayden, Mira und Gen, da bin ich lieber abgehauen. Ich musste weg. Die fingen an, über Calis Aufgabenliste zu sprechen, und wollten mir immer noch mehr aufbürden.«

Adam ging in die Hocke und kratzte sich am Kopf. »Cali hat auch so eine ›Schatz, mach doch mal‹-Liste? Meine Güte, ich dachte, Hayden wäre die einzige. Und irgendwie wächst die Liste immer schneller, je mehr Punkte ich abhake.«

Jaegs leises, tiefes Lachen hallte von der Baustelle wider. Er nahm einen Hammer in die Hand und machte sich auf der anderen Seite der Plattform an die Arbeit.

Die Männer schimpften darüber, dass ihre Frauen ihnen ganze Listen mit Dingen schrieben, die sie erledigen sollten, aber Levi konnte nur daran denken, wie schön es wäre, eine Frau zu haben, um die er sich kümmern konnte. Nicht irgendeine Frau natürlich. An einer, die gerettet werden musste oder wollte, war er nicht mehr interessiert. Jetzt wollte er eine Frau, die ihn zu würdigen wusste. Eine Frau, für die er Dinge tun, erledigen, bauen wollte. Einfach, weil er es konnte.

Bran kippte das Bier, das Jaeg ihm gegeben hatte, schnell herunter und zerdrückte die Büchse, warf sie zum restlichen Abfall, der sich in einer Ecke häufte. Er streckte die Arme nach einem Stapel Bauholz aus und wollte die 5 mal 15 Zentimeter messenden Planken aus der Hocke heraus anheben, aber beim Aufstehen kippte das Holz seitlich weg und warf dabei einen Sägebock um, auf dem das teure Werkzeug gelegen hatte.

»Kannst du mal aufpassen?«, fluchte Levi. »Seit wann hast du denn zwei linke Füße?«

Bran ließ die Holzplanken fallen. »Du Arschloch! Wir sind hier, um dir zu helfen. Ist dir je in den Sinn gekommen, dich zu bedanken, statt jedes Mal ganz selbstverständlich vorauszusetzen, dass wir springen, wenn du irgendwas brauchst?«

Adam, Wes und Jaeg hielten in ihrer Arbeit inne. Hunt war nicht eingeladen gewesen. Levi glaubte nicht, dass er Hunt überhaupt nochmal zu sich einladen würde, nachdem der es gewagt hatte, Emily anzufassen. Allein der Gedanke brachte Levis Blut zum Kochen. »Ich habe euch doch mehr als genug geholfen über die Jahre.«

»Und ich habe mich dafür bedankt!«, konterte Bran mit hochrotem Gesicht. Er hatte nur ein Bier getrunken, war also definitiv nicht betrunken. »Du bist schon seit mindestens zwei Wochen ein verkrampftes Arschloch. Also, was ist los?«

Adam stand auf und warf den Hammer auf den Boden, starrte Levi zornig an. »Bran hat recht. Der einzige Grund, wieso ich dir nicht in den Arsch getreten habe, nachdem du Hunt *auf meiner Verlobungsparty* angegriffen hast, ist der, dass Hayden so happy war mit allem, was Emily für uns getan hat. Sie hat den Abend genossen und das trotz deiner Scheiß-Aktion.«

Levi spannte die Kiefermuskeln an. Adam wusste, dass Levi ihn fertigmachen konnte. Levi war größer, schwerer und auch schlichtweg stärker. Aber sein kleiner Bruder, der so gern feinsten Zwirn trug, war rauflustig. Levi würde kaum ohne Blessuren davonkommen.

»Verdammt, warum läufst du ihr nicht endlich nach und holst sie zurück!«, pflaumte Adam ihn an. Jaeg warf ihm einen verwirrten Blick zu. »Wes und Bran würden dich am liebsten erwürgen. Hunt auch, aber das ist ja nichts Neues. Und ich halte es inzwischen auch kaum mehr als ein paar Minuten in deiner Nähe aus. Das ist echt noch schlimmer als die erste Zeit, nachdem du bei der Feuerwehr aufgehört hast. Wen juckt's, ob Emily Lisas kleine Schwester ist? Du liebst sie, denn sonst würdest du dich nicht wie ein totaler Arsch verhalten. Dieses jammernde Elend muss endlich ein Ende haben, du Waschlappen.«

»*Waschlappen?*« Levis Gesicht rötete sich vor Zorn. »Was glaubst du eigentlich, mit wem du sprichst?« Levi zerrte sich das Flanellhemd von den Schultern und warf es auf den Boden. Dann eben Blessuren. »Du und ich, jetzt sofort. Wir wären gar nicht so tief in der Tinte, wenn du hier nicht desertiert wärst, um für Blue Casino zu arbeiten.«

Jaeg trat zwischen die beiden und legte jedem eine Hand auf die Brust. »Langsam. Ihr beide habt euch nicht mehr geprügelt, seit ihr Kinder wart. Reißt euch mal zusammen.« Er nahm Levi in den Blick. »Wenn es hier bloß um eine Frau geht, dann sieh zu, dass du die Sache verarbeitest.«

Adam funkelte die anderen böse an. »Ich habe es sowieso bis hier oben stehen, dass ihr Arschlöcher mir ständig die Schuld dafür zuschieben wollt, dass es mit Club Tahoe nicht so läuft. Wenn ihr nicht dort arbeiten wollt, dann stellt ein paar fähige Leute ein!«

»Im Gegensatz zu euch vier Nullen«, knurrte Levi, »fühle *ich* mich verantwortlich, die Wünsche unseres Vaters zu erfüllen.«

»Seit wann denn? Du hast doch nie gemacht, was Dad wollte.«

»Seit er gestorben ist.«

»Aber du bist immer noch am Leben«, konterte Adam. »Also leb' doch endlich dein verdammtes Leben. Selbst Dad hätte nicht gewollt, dass du Club Tahoe leitest, wenn er geglaubt hätte, dass es dich so unglücklich macht. Es besteht immerhin die Möglichkeit, dass er dachte, es würde dir nach dem Unfall wieder ein Gefühl der Sinnhaftigkeit geben. Und vielleicht hat er auch etwas in dir gesehen, von dem er dachte, es wäre gut für den Club.«

Levi erwiderte nichts darauf. Die Arbeit im Club Tahoe machte ihn doch gar nicht unglücklich. Es war zwar nicht sein Traumjob, aber er war ihm bereits ans Herz gewachsen. Er war einfach stocksauer, dass Emily sich von ihm entfernte.

Eine Meldung rauschte durch den Polizeifunk. Ein Brand in einem Wohnblock.

Levis Kopf fuhr herum; er lauschte aufmerksam. »Das ist Emilys Adresse«, murmelte er vor sich hin.

Eine Sekunde später rannte er bereits mit voller Geschwindigkeit auf sein Haus zu, während seine Brüder ihm etwas nachbrüllten.

Der Schlüssel zu Adams Pick-up steckte in der Zündung. Er stieg rasch ein und ließ die alte Mühle an, legte den Gang ein und raste die Straße hinab. Was für ein Glück, dass er Emily an dem einen Abend nach Hause gefolgt war, denn nun wusste er genau, wo er hinfahren musste. Die Adresse hatte er sich allerdings auch schon gemerkt, als sie im Club Tahoe angefangen hatte.

Levi hatte damals ihre Personalunterlagen eingesehen, um ganz sicherzugehen, dass seine blöden Anwälte recht hatten und Emily tatsächlich volljährig war. Inzwischen wusste er gar nicht mehr, wieso er sie zunächst für so jung gehalten hatte. Sie besaß ein jugendliches Aussehen, ja, aber er hatte von Anfang an nach Gründen gesucht, Abstand zu ihr zu wahren – sich selbst zu überzeugen, dass sie nicht die Richtige für ihn war. Denn er hatte gespürt, dass da etwas zwischen ihnen war.

Er hatte seine Gefühle die ganze Zeit geleugnet, und jetzt war sie in seinem schlimmsten Albtraum gefangen. Sie war in Gefahr, vielleicht sogar in Lebensgefahr.

Er war damals nicht Feuerwehrmann geworden, um seine geliebten Berge zu schützen. Er liebte sie, ja. Dass der Job als Feuerwehrmann perfekt zu seinem Bedürfnis nach körperlicher Betätigung und nach Ordnung gepasst hatte, war ebenfalls nicht maßgeblich gewesen. Es hatte perfekt gepasst, ja. Aber sein Grund für die Berufswahl war der, dass er nie wieder einen Menschen verlieren wollte, der ihm wichtig war. So wie er seine Mutter und im übertragenen Sinne auch seinen Vater verloren hatte.

Am besten bewahrte man sich vor dem Verlust geliebter Menschen, wenn man selbst ein Mensch wurde, der andere beschützen konnte. Er wollte Emily beschützen. Weil er sie *liebte.*

Emily füllte eine Leere, von der er nicht einmal gewusst hatte, dass sie da war. Einen Ort in seinem Herzen, den er niemals geöffnet hatte. Und nun, da dieses Schloss geknackt und die Tür geöffnet war, verblutete er ohne sie. Er blutete seit Wochen und ließ seinen Schmerz an denen aus, die ihm am nächsten standen.

Emily gehörte zu ihm. Er mochte kein Feuerwehrmann mehr sein, aber er wollte verdammt sein, wenn er zuließ, dass ihr etwas zustieß.

Er packte das Lenkrad mit solcher Kraft, dass er es beinahe aus der Verankerung gerissen hätte.

Komm runter, du Vollidiot. Du bist gleich bei ihr.

KAPITEL 28

Dieser blöde Kerl. Emily wischte sich die Tränen aus dem Gesicht, aber sie flossen ungehemmt weiter. Sie kannte nur einen Weg, über etwas hinwegzukommen, das sie tief getroffen hatte: sich richtig ausheulen. Nur waren die Tränen diesmal zu einer dreitägigen Sintflut geworden.

Sie trat noch heftiger in die Pedale ihres Spinning-Rads, und Spandau Ballet spielte dazu in Endlosschleife, floss ihr durch die Kopfhörer direkt in die Gehörgänge. Ihre Augen waren so geschwollen, dass sie sich nicht einmal für einen kurzen Spaziergang nach draußen wagte. Sie sah aus, als wäre sie verprügelt worden. Außerdem gab es in der Wohnung immer noch Oreos.

Sie streckte die Hand nach den Keksen aus, steckte sich einen in den Mund. »Blöder Kerl«, schimpfte sie mampfend und versprühte Kekskrümel.

Levi hatte unrecht. Was sie beide hatten, war etwas Besonderes. Wieso konnte er das denn nicht sehen?

Sture, dickköpfige Ziegelmauer. Sie war wiederholt gegen diese Mauer angelaufen. Damit war jetzt Schluss! Sie war fertig mit ihm. Ihre Schwester hatte vorhergesagt, dass es so kommen würde, denn Lisa kannte Levi wohl am allerbesten. Emily stellte keine Ausnahme von der Regel dar. Sie war die Regel – auch nicht anders als alle anderen, mit denen er zusammen gewesen war. Nur, dass das mit Lisa zumindest etwas Ernstes gewesen war. Emily hatte nur Sex bekommen.

Zugegeben, sie hatte guten Sex bekommen.

Heißen Sex.

Aber sie verdiente mehr als das, ob von Levi oder von sonst irgendeinem Mann.

Mehr als die seltenen Anrufe, die sie von ihrem Vater bekommen hatte, wenn ihm danach zumute war.

Mehr als das ständige Herunterputzen durch ihren bescheuerten Ex.

Sie hatte nie einen Mann gehabt, der sie wirklich wertschätzte, aber genau den verdiente sie.

Sie war Levi nähergekommen, hatte ihn kennengelernt. Er war zuverlässig, ehrenhaft und er wollte die Menschen beschützen, die ihm wichtig waren. Aber er verhielt sich wie ein sturer Esel. Wenn er sie einfach nicht vorne anstellen wollte, dann würde sie ihm nicht länger nachweinen, ganz gleich wie viel er ihr bedeutete.

Männer waren dumm. Sie knurrte – und ein Kekskrümel blieb ihr im Hals stecken, ließ sie husten. Was sie nur noch mehr zum Weinen brachte.

Heulen war dumm!

Wieso tat das Universum ihr das an? Sie hatte sich in den starrköpfigsten Mann der Welt verliebt und nun musste sie damit leben, dass sie nicht mit ihm leben durfte.

Emily streckte die Hand nach der Packung mit den Taschentüchern auf ihrem Nachttisch aus, aber der Heimtrainer stand zu weit weg, und sie hätte ihn beinahe umgekippt mit ihren Verrenkungen. Sie zog das Taschentuch aus ihrer Hosentasche, aber das hatte sie schon so oft benutzt, dass es in ihrer Hand zerfiel.

Sie zog sich die Kopfhörerstöpsel aus den Ohren und schwang die wackligen Beine vom Spinning-Rad, schwankte hinüber und putzte sich ein paar tausendmal die Nase, bis sie wieder frei atmen konnte.

Und dann roch sie den Rauch.

———

LEVI HIELT NAHE EMILYS HAUS, als die Feuerwehrleute gerade aus ihren Löschfahrzeugen stiegen. Er hörte zufällig, wie im Funkverkehr der Crews der Ausdruck ›Schnellzugriff‹ fiel, aber ihm war auch so klar, dass es um Sekunden ging. Flammen schlugen deutlich sichtbar aus dem oberen linken Fenster des Gebäudes.

Levis Herz raste, als er die Muskeln anspannte.

Während die Crew im Laufschritt auf die Haupttreppe zuhielt und die zweite um das Gebäude herumeilte, rannte er auf das seitliche Geländer zu. Wenn er die Feuerwehrleute bei ihrer Arbeit behinderte, würde er richtig Ärger bekommen, aber er würde auf gar keinen Fall hier draußen stehenbleiben, während Emily noch da drin war. Sie ging nicht ans Telefon, und er glaubte nicht, dass sie irgendwo unterwegs war, nachdem sie sich krankgemeldet hatte. Auch wenn das nur ein Vorwand gewesen war, um sich von ihm fernzuhalten.

Himmel nochmal, *Emily.* Warum hatte er ihr nicht gesagt, was er wirklich fühlte? Warum hatte er sie gehen lassen?

Mit einem Satz war er über das Geländer gesprungen, das um das Erdgeschoss herumführte, und hatte bereits die Hand nach dem des ersten Stocks ausgestreckt, um sich daran hochzuziehen. Für die Rufe der Feuerwehrmänner war er taub, als er oben den Korridor entlanglief und die Wohnungsnummern abzählte. Vor der Nummer neun zögerte er für den Bruchteil einer Sekunde, hielt die Hand an die Tür, um die Temperatur zu prüfen, und drehte dann den Knauf.

Abgeschlossen. »Emily!«

Er spähte durch das kleine Fenster neben der Tür, sah sie aber nicht. Er dankte Gott, dass er auch keinen Rauch sah, aber er wusste, dass der sich sehr bald seinen Weg in ihr Apartment bahnen und darin ausbreiten würde, wenn die Feuerwehrleute den Brand nicht schnell löschten.

Levi trat einmal, zweimal gegen die Tür. Nach dem dritten Tritt knackte es laut. Beim vierten Mal legte er all seine Kraft in den Stiefeltritt, und die Tür flog auf.

»Emily!« Er hastete hinein und spähte ins erste Zimmer. Es war klein und hatte gerade genug Platz für einen Schreibtisch und einen Stuhl.

Und dann stand sie im Flur, mit geschwollenen, rot verweinten Augen. Sie sah aus, als hätte sie nächtelang nicht geschlafen. Unter ihren Augen hatten sich dunkle Halbmonde gebildet.

Er atmete voller Erleichterung aus, machte einen Schritt auf sie zu und zog sie eng an sich. »Alles in Ordnung?«

»Was ist denn los?« Ihre Stimme klang gedämpft, da er sie gegen seine Brust gedrückt hielt, also ließ er ein bisschen locker, aber nicht viel. »Ich habe den Rauch gerade erst bemerkt und dann auch schon die Sirenen gehört.«

Er antwortete nicht, sondern warf sie sich einfach über die Schulter, schleppte sie aus der Wohnung und an den Feuerwehrleuten vorbei, die die Treppe hinaufkamen.

»Levi Cade!«, brüllte der Gruppenführer ihm nach.

»Wenn ich mit diesem Brand fertig bin, mache ich dir Feuer unterm Arsch!«

Levi blieb vor Adams Pick-up stehen und zögerte. Er wollte Emily nicht loslassen.

»Levi«, keuchte sie und klopfte ihm auf den Rücken, »lass mich runter. Du brauchst mich nicht zu tragen, ich hätte auch selbst laufen können.«

Natürlich hätte sie das. Aber er fühlte sich tausendmal besser, wenn er alles unter Kontrolle hatte, bis er sie aus dem brennenden Haus geschafft hatte. In brennenden Gebäuden passierten schlimme Dinge. Dächer gaben nach, brachen zusammen. Zementblöcke landeten auf Köpfen.

Er setzte sie sachte ab, hielt sie aber nach wie vor fest. Er wusste, was er zu tun hatte, aber zum ersten Mal in seinem Leben wollte er sich *nicht* zuerst um das Feuer kümmern. Dennoch, er musste sich kurz mit dem zuständigen Einsatzleiter absprechen. »Ist alles okay; kannst du einen Augenblick hier warten?«

»Ja«, gab sie zurück, schlang aber sofort die Arme um ihren Körper und sah ganz klein und verloren aus.

Als er eben noch meinte, sich mit Adam prügeln zu müssen, hatte er sein warmes Hemd auf den Boden geworfen, aber jetzt hätte er sich am liebsten selbst in den Hintern getreten, denn er hatte nichts, was er ihr um die Schultern legen konnte.

Hinter dem Fahrersitz des Wagens zog er die Decke hervor, die Adam dort aufbewahrte, und wickelte sie darin ein. »Geh' nicht weg, okay? Ich bin gleich wieder da.«

Sie nickte, und er eilte zum Einsatzleiter hinüber. Er wollte sie nicht alleinlassen, musste aber klären, ob er noch etwas tun konnte, bevor er mit ihr von hier verschwand.

Er ging auf den Gruppenleiter zu. »Braucht ihr noch Hilfe?«

Bill, der früher schon mit Levi zusammengearbeitet hatte, schüttelte den Kopf. »Das Gebäude ist evakuiert.« Er warf einen Blick in Richtung der Tür, die Levi eingetreten hatte. »Die nageln wir erstmal mit Brettern zu.« Sein Blick sagte Levi, dass er nichts mehr von ihm hören wollte. »Und jetzt verschwinde von hier, bevor noch mehr Zivilisten denken, sie könnten einfach so in ein brennendes Gebäude rennen.«

Das ließ sich Levi nicht zweimal sagen. Er machte kehrt und eilte zu Emily zurück, packte sie und zog sie hastig in seine Arme. Er legte sein Kinn auf ihren Kopf und sog ihren süßen, blumigen Duft ein.

Seine Augen brannten, und das lag keineswegs am Qualm.

Er hätte sie verlieren können. Der Club war nicht wichtiger als Emily. Wieso war er so ein dummes Arschloch gewesen?

Hatte er wirklich gedacht, seine Vergangenheit mit ihrer Schwester spielte eine Rolle? Die war völlig unwesentlich.

Und dass er sich um den Club kümmern, ihn beschützen musste – natürlich musste er das tun, aber das konnte er doch ebenso gut mit Emily an seiner Seite tun. Der Club und alles, was damit zusammenhing, war ein einziges Chaos, aber was war daran schon so besonders? Das ganze Leben war ein Chaos, und Emily schien sich nicht daran zu stören, dass sie ihm dabei helfen sollte, die Dinge wieder auf die Spur zu bringen. Sie schien das sogar zu genießen. Also was zur Hölle war eigentlich sein Problem gewesen?

Er mochte ein Talent dafür haben, Brände einzudämmen, echte ebenso wie metaphorische Feuer zu löschen, aber das alles war doch bedeutungslos, wenn er Emily nicht bei sich hatte. »Ich war ein Idiot. Ich glaube ... ich glaube, ich hatte einfach nur Angst, noch einen Menschen zu verlieren, der mir etwas bedeutet. Es tut mir alles so leid.«

Er spürte, wie sie schluckte. »Bist du sicher?«

Er blickte auf sie herab und küsste ihre Nase. »Ich habe meine Arbeit über dich gestellt und ebenso meine dumme Vergangenheit. Dabei sollte die doch vergangen bleiben. In ein brennendes Gebäude zu rennen, war immer viel einfacher für mich. Ein Geschäft zu übernehmen, von dem ich keine Ahnung hatte, ging mir sowas von auf den Senkel. Aber gefürchtet habe ich mich nur davor, das Risiko mit dir einzugehen. Du warst nicht Teil meines Plans, aber Pläne können wie ein Kartenhaus zusammenbrechen. Das weiß ich besser als jeder andere. Das spielt jetzt alles keine Rolle mehr. Es ist mir gleich, wenn ich dich nicht habe. Ich bin jetzt bereit, das Risiko einzugehen, aber willst du mich denn überhaupt noch? Ich könnte es dir kaum verdenken, wenn du deine Meinung geändert hättest.«

Ein ersticktes Lachen entrang sich ihrer Kehle. »Du bist ein furchtbar sturer Esel. Natürlich will ich dich immer noch, aber ich kann das nicht, wenn du dir nicht ganz und gar sicher bist.«

Er schlang die Arme um sie, bis seine Fingerspitzen ihre Hüften berührten und sie in seiner engen Umarmung gefangen war. »Ich bin mir sicher.«

Sie erschauerte leicht und kuschelte sich noch näher an ihn. »Wie um alles in der Welt hast du eigentlich von dem Brand erfahren? Und nur fürs Protokoll: Ich habe den Rauch gerochen und wollte gerade herauskommen. Ich war also gar nicht in Gefahr.«

»Darauf wollte ich es nicht ankommen lassen«, murmelte er in ihr Haar. »Ich habe über den Polizeifunk davon erfahren. Den höre ich manchmal wie andere Leute Radio. Ist eine alte Angewohnheit.«

Er hob eine Hand und legte sie um ihren Hinterkopf, blickte auf sie herab. »Es wird immer wieder Brände geben, die ich löschen muss, aber das Feuer in meiner Brust, das will ich gar nicht eindämmen. Diese Flamme brennt für dich, und die möchte ich nähren und schüren.« Er senkte seinen Mund auf ihren und küsste sie innig.

Sie nahm den Kopf zurück und rang nach Luft. »Du solltest wissen, dass ich meine Zähne nicht geputzt habe.«

»Für mich schmeckst du ganz süß.« Er küsste ihre Wange und wollte sich dann erneut über ihre Lippen hermachen.

Sie zog halbherzig die Brauen zusammen. »Das müssen die vielen Oreos sein, die ich in mich reingestopft habe, um mich zu überzeugen, dass ich dich vergessen kann.«

Sein Blick wurde ernst. »Vergiss mich nicht.«

Sachte berührte sie die Narbe über seinem Auge. »Stoß mich nicht mehr weg. Du musst mir nur zuhören.«

Er vergrub sein Gesicht an ihrem Hals. »Ich habe dir immer zugehört, nur auf mein Bauchgefühl wollte ich nicht hören. Aber diesen Fehler werde ich nicht mehr machen.« Er drückte sie an sich. »Gibst du mir eine Chance?«

Sie seufzte. »Sieht wohl so aus. Diese Kekse hätten mich sowieso irgendwann umgebracht. Zumindest kann ich jetzt aufhören, sie zu essen, um mich besser zu fühlen.«

»Du kannst sie ruhig weiterhin essen. Bei mir zu Hause. In meinem Bett.«

KAPITEL 29

Sie fuhren zu Levi nach Hause. Adam stand draußen vor dem Holzhaus, als sie ankamen. Er schüttelte den Kopf, und Emily nahm an, dass das der Tatsache geschuldet war, dass Levi seinen Wagen genommen hatte.

Sie stiegen aus, und Levi warf seinem Bruder den Schlüssel zu, nickte knapp zum Dank.

Auf dem Weg hierher hatten sie beide geschwiegen, aber Levi hatte die ganze Zeit ihre Hand gehalten und mit dem Daumen kreisend über ihren Handrücken gerieben.

Adam setzte sich hinters Steuer und fuhr davon, als sie und Levi das Haus betraten.

Er schloss die Tür, umfasste ihren Hintern und hob sie hoch.

Sie schlang ihre Arme um seine Schultern. Er sah sie an, als wäre sie wunderschön, dabei hatte sie noch nie im Leben so erbärmlich ausgesehen. Jedenfalls hatte er sie ganz sicher noch nie so verquollen gesehen. Er küsste sie sachte auf die Lippen und trug sie durch das Haus nach hinten. Sein intensiver Blick verriet eine Million aufregender Gedanken. Unanständiger Gedanken, wenn sie seinen Gesichtsausdruck richtig las.

Ein erwartungsvoller Schauer lief ihr über den Rücken. »Ich sollte wohl besser nochmal zurück ... zu mir nach Hause. Meine Handtasche holen, mein Telefon ...«, stammelte sie, mit einem Mal nervös, als er die Tür zu seinem Schlafzimmer aufstieß.

War es diesmal wirklich echt? Würden sie sich beide ganz darauf einlassen, nachdem er ihr so wehgetan hatte?

Er küsste sie sanft. »Erstens hast du keine Wohnungstür mehr. Die habe ich eingetreten, und die Feuerwehr vernagelt den Eingang mit Brettern. Zweitens ist dein Feueralarm offensichtlich defekt, denn der ist nicht angegangen, als ich dich geholt habe. Dein Mietshaus ist also tatsächlich nicht sicher, falls das Feuer allein nicht Hinweis genug war. Und zuletzt kann ich dir versprechen, dass du deine Handtasche und dein Telefon in den nächsten 24 bis 48 Stunden nicht brauchen wirst.«

Sie hob eine Braue und bemühte sich um einen strengen Blick. »Und wieso das bitte?«

»Weil«, er grub seine Finger in ihre Pobacken, »ich vorhabe, dich nach allen Regeln der Kunst« er schob Grace sanft zurück, damit sie nicht mit ins Schlafzimmer kam, »zu verwöhnen.«

Levi legte sie auf sein Bett und beugte sich über sie, auf sie, hielt ihre Wange mit einer großen Hand umfasst. Und dann waren seine Lippen wieder auf ihren, drängend und erlösend zugleich.

Er hob den Kopf und strich mit dem Daumen über ihr Kinn. »Ich hätte dich verlieren können.«

»In dem Feuer?« Sie schüttelte den Kopf. »Das hatten die doch sofort unter Kontrolle.«

»Kann schon sein, aber ich hätte dich auch verlieren

können, weil ich ein Idiot war, der andere Dinge vorschiebt und versucht, sich selbst zu schützen.«

Sie ließ ihre Finger durch sein weiches Haar gleiten. »Du hast es eingesehen. Nur das zählt.« Sie schenkte ihm ein anzügliches Lächeln, um der Stimmung den Ernst zu nehmen. »Und was willst du jetzt mit mir anfangen?«

Sein Mund verzog sich zu einem unanständigen Grinsen. »Fangen wir doch damit an«, sagte er, setzte sich auf und zog ihr die Jogginghose mit einem gewandten Ruck von den Beinen, »die hier auszuziehen.«

»Ich habe meine Schuhe noch an!« Sie sah zu komisch aus in Unterhose und Stoffschuhen.

Er schmunzelte und löste die Schnürsenkel der Tennisschuhe, zog sie ihr aus und warf sich erst den einen, dann den anderen über die Schulter. Dabei ließ er sie nicht aus den Augen. Er wies mit dem Kinn auf ihren Oberkörper. Das Sweatshirt brauchst du auch nicht mehr. Wie wäre es, wenn du das ausziehst?«

»Aber dann wird mir doch kalt.« Sie verkniff sich ein Lächeln, weil sie diese Seite von ihm liebte. Die selbstsichere, draufgängerische Seite, das Necken.

»Das geht natürlich nicht.« Levi stürzte sich auf sie, und sie stieß ein Quieken aus. Mit einem Lächeln griff er nach dem Saum ihres Sweatshirts, kitzelte sie an der Taille und zog ihr das Oberteil über den Kopf.

Er starrte ihre Brust an und atmete hörbar aus. »Kein BH?«

»Ich habe Sport gemacht«, erklärte sie entrüstet. »Dabei trage ich normalerweise BH, aber ich war ja drinnen ... womöglich trage ich immer noch die Klamotten, in denen ich letzte Nacht geschlafen habe.«

Levis Hand hatte sich bereits um eine ihrer Brüste gelegt, und sein Mund fand den Weg zu ihrem Nippel.

»Mmm. Du solltest nie einen BH tragen, wenn du bei mir bist. Zumindest nicht hier bei mir zu Hause.«

»Bedeutet das, dass ich wiederkommen werde? Oder wirst du dich auch diesmal hinterher zurückziehen?« Sie wollte die Stimmung nicht versauen, aber sie musste sich vergewissern.

Er hielt inne und sah ihr in die Augen. »Ich will dich.«

Sie schluckte. Sein stahlblauer Blick war aufrichtiger denn je. »Das hast du schonmal gesagt.

»Nicht nur in meinem Bett. Ich will dich in meinem Leben.« Er zog die Brauen zusammen und packte ihre Hände, hob sie mit sanfter Gewalt über ihren Kopf. »Im ersten Moment, als du mein Büro betreten hast, da wusste ich schon, dass du mir Ärger machen würdest. Dass du mich in Versuchung führen und mein Leben verkomplizieren würdest. Mir war damals aber noch nicht klar, dass du jeden Augenblick meines Lebens besser und schöner machen würdest. Ich wäre überglücklich, wenn du meine Freundin, meine Partnerin sein willst. Wenn du mich immer noch willst.«

Seine Freundin. Das wollte sie, aber ... »Du hast mir wehgetan.«

Seine Kiefermuskeln spannten sich, und sein Blick wurde gequält. »Ich habe ... Ich wollte alles richtig machen, aber ich habe alles verbockt.«

»Nicht alles. Du bist doch schon viel besser geworden. Und du machst einen tollen Job mit der Leitung von Club Tahoe, auch wenn du dir das gar nicht zugestehst.«

»Im Club zu arbeiten ist gar nicht so schlecht, wie ich dachte.« Er ließ eine ihrer Hände los und strich ihr eine Haarsträhne aus dem Gesicht. »Aber seit du krank bist«, – er schenkte ihr einen wissenden Blick, denn sie hatte sich ganz offensichtlich nur vergraben und war überhaupt nicht krank gewesen – »habe ich eingesehen, dass der Job ohne dich einfach mies ist. Alles ist doof ohne dich. Ob du im Club arbeitest, ist mir egal, aber ich will dich in meinem Leben haben. Du bist viel gütiger als ich, viel rücksichtsvoller, und das sorgt dafür, dass ich ein besserer Mensch sein möchte. Außerdem kann ich die Augen und die Finger nicht von dir lassen.« Er küsste ihr Kinn. »Du lässt mir nichts durchgehen, geigst mir die Meinung, wenn ich Mist baue, und das finde ich amüsant, denn außer meinen Brüdern macht das sonst niemand.«

Sie hatte gelächelt bis zu diesem Punkt. »Wo wir schon davon reden, du musst dich unbedingt mit Hunt aussöhnen. Er hat einen Fehler gemacht, als er 18 war. Er wollte dich nicht verletzen. Ich glaube, dass er Lisa wirklich mochte. Wie clever warst du denn mit 18, wenn es um Mädchen und Frauen ging?«

Levi schnaubte, aber sein Gesichtsausdruck verriet seine Schuldgefühle.

»Siehst du. Das ist Jahre her, und Hunt braucht dich. Ihr braucht einander, gerade nach dem Verlust eures Vaters. Du hast ihn lange genug bestraft.«

Er stieß einen langgezogenen Seufzer aus. »Ich werde einen Versuch starten.« Sie hob den Kopf und küsste ihn sanft auf die Lippen.

»Bedeutet das aber, dass du mir noch eine Chance gibst?«

Sie drückte seine breiten Schultern und streichelte über dem Hemd seine Brust. »Ich denke schon. Aber wenn du siehst, dass überall Oreos herumliegen, dann nimm das als Hinweis, dass du Mist gebaut hast. Und hör auf, so dickköpfig zu sein. Hör mir von nun an auch wirklich zu.«

»Ich habe dir immer zugehört. Ich habe lediglich ignoriert, was du gesagt hast.«

Sie schlug ihm auf den Arm, und er ließ ein tiefes, leises Lachen hören.

»Bisher, meine ich. Habe ja auch nie behauptet, ich wäre perfekt.« Er küsste sie auf die zusammengepressten Lippen, die sich augenblicklich erweichen ließen, da mochte sie noch so sehr versuchen, ihm den geschlossenen Mund zu präsentieren. »Ich bin dir verfallen. Bin ziemlich sicher, dass ich mich in dich verliebt habe, als du mir auf dem Golfplatz die Leviten gelesen hast. Und noch mehr, als du bei der Party für Shin meine Brüder zurechtgewiesen hast. Und dann war es vollends um mich geschehen, als ich dich schlafend auf meiner Couch gefunden habe, mit Grace. Aber ich wollte das einfach nicht wahrhaben. Ich habe geglaubt, wenn ich meine Gefühle ignoriere, dann verschwinden sie wieder, und ich verliere dich trotzdem nicht. Aber in Wahrheit war das natürlich der sicherste Weg, dich zu verlieren. Das hier war nicht geplant und es gibt auch keine Regeln, wie das laufen soll. Es gibt nur ein Gefühl ganz tief in meiner Brust, dass du für mich bestimmt bist.«

Sie zog ihn zu sich herunter und küsste ihn heftig, schob ihn aber ebenso schnell wieder von sich weg. »Und du versprichst mir, dass du es dir nicht wieder anders überlegst? Denn ich werde dir mehr als nur die Leviten lesen, wenn du dieses Spielchen noch einmal mit mir spielst.«

Er lachte leise und umfasste ihren Hintern. »Ich bin mir sicher. Ich bin ein Mann, der zu seinem Wort steht.«

»Das weiß ich doch. Das wusste ich von Anfang an, aber du bist eine ganz schön harte Nuss, ein echter Dickschädel, wenn du dir etwas anderes in den Kopf gesetzt hast.«

»Hast du mich gerade mit Eichhörnchenfutter verglichen?«

»Habe ich. Was willst du dagegen machen?«

Er setzte sich wieder auf. »Zunächst mal bist du ja schon oben ohne – was für ein Glück –, aber ich finde, wir sollten endlich gleichziehen.« Er zog sein T-Shirt aus und schmiegte seine Brust an ihre. »Mmm, ich verstehe langsam, wieso Grace dich zu ihrem neuen Kissen erkoren hat. So könnte ich auch jede Nach einschlafen.«

Sie fuhr ihm mit den Fingerknöcheln sachte über den Kopf. »Nur einschlafen?«

Ihr gingen gerade ganz andere Dinge durch den Kopf.

Sie spürte sein Lächeln an ihrer Brust. Die andere knetete er mit seiner Hand. »Hinterher.«

»Hinterher.« Nun war das Lächeln in ihrer Stimme zu hören.

Levi hob eins ihrer Beine an und schob sich zwischen ihre Schenkel. »Nachdem ich dich auf dem Bett und dann auf der Couch geliebt habe.« Er ließ die Hände an ihrem Hintern hinabgleiten und strich mit den Fingern über die empfindliche Haut am Übergang zwischen Po und Oberschenkeln.

Ihr Atem ging schneller. »Das hört sich sehr gut an ... obwohl diese Bank auch ein nettes Abenteuer war.«

Er senkte den Kopf, ließ seine Lippen über ihr Schlüsselbein gleiten und fuhr dann weiter hinab zu einer ihrer Brüste. »Bist du ein abenteuerlustiges Mädchen?«

Ihre Wangen wurden heiß. »Ich dachte eigentlich nicht, aber ... ich glaube, mit dir macht so einiges mehr Spaß.«

Seine Finger glitten in ihr Höschen. »Finden wir es heraus.« Er streichelte und zupfte ihre weiche Haut, ließ seinen Daumen um die Stelle kreisen, die sich nach seiner Berührung sehnte, während ein Finger in sie eindrang. Und dann zog er seine Hand wieder weg.

Emily öffnete die Augen – offenbar hatte sie sie irgendwann geschlossen. Er hatte sich wieder aufgesetzt und ließ seinen Blick über ihren Körper wandern.

Sie stützte sich auf die Ellbogen. »Was ist denn?«

»Ich will dich noch näher, will noch besser an dich rankommen.« Er schob vorsichtig ihr Höschen nach unten, warf es dann zur Seite, ergriff ihre Hand und zog sie hoch. Zog sie so zu sich, dass sie mit weit gespreizten Beinen auf seinem Schoß landete. Er packte ihre Hüften und zog sie zu sich heran, bis er ihre Brüste direkt vor seinem Mund hatte. »So ist es viel besser.«

Ihre Hände flatterten zu seinen Schultern. »Warte. Was ist mit deiner Jeans?«

Seine Lippen hielten um ihren Nippel inne, küssten ihn noch einmal, bevor er mit ihr in seinem Arm hochkam, seine Hose rasch hinunterschob und ihr dabei die ganze Zeit in die Augen sah. »So besser?«

»Ja«, hauchte sie und streckte die Hand nach dem Stück von ihm aus, das sich ihr entgegenreckte, heiß gegen ihren Bauch presste.

Sein Mund verschlang den ihren, während sie ihn zu ihrer Öffnung dirigierte und sich dann auf ihn sinken ließ.

Levis Finger fand erneut ihren Kitzler und rieb sanft über das Knäuel empfindlicher Nervenenden, reizte sie, bis sie vor Lust fast verging. Sie bewegte sich immer schneller auf ihm.

»Ich kanns nicht viel länger aushalten«, keuchte sie. »Ich bin gleich ... jetzt ...«

»Du brauchst dich nicht zurückzuhalten. Das ist nur die Vorspeise.« Seine Lippen schlossen sich wieder um ihren Nippel, und er neckte ihn mit der Zunge.

Ihr Höhepunkt überkam sie heftig, nach all dem Druck der letzten Tage, als sie gefürchtet hatte, ihn verloren zu haben. Ihn vergessen zu müssen, obwohl sie ihn so sehr liebte.

Ihr Körper verkrampfte sich, die Lust durchflutete sie in langgezogenen Wellen, und ein Stöhnen entrang sich ihrer Kehle.

Als sie wieder zu Atem kam, stieß Levi nach oben und zitterte geradezu vor Begehren. Er klammerte sich an ihr fest, seine Brust hob und senkte sich schnell, und dann zuckte auch sein Körper, als er endlich kam.

Sein Atem beruhigte sich langsam wieder, und sie ließ sich aufs Bett zurückfallen, er mit ihr. Er lag halb auf ihr und halb auf der Matratze, sein Gesicht an ihrer Wange, in ihrem Haar vergraben. Sie hatte derweil freie Sicht auf seinen scharfen, halbnackten Arsch. Viel besser konnte es kaum noch werden.

Er umfasste ihre Brust und küsste ihre Schläfe. »Vergiss nicht, für die nächsten 24 bis 48 Stunden gehörst du ganz mir. Wenn es nach mir geht, sogar noch länger.«

Der Mann hatte noch nicht mal die Hose komplett ausgezogen und dachte bereits über Runde zwei nach?

Der Himmel möge ihr beistehen.

Sie war verliebt. Ihr Herz war so von diesem Gefühl erfüllt, dass sie nicht glaubte, dass dort noch Raum für irgendetwas anderes blieb. Und das Beste daran? Levi liebte sie auch. Sie hatte das immer gespürt, aber nun hatte sie es endlich aus seinem Mund gehört.

Es konnte nichts Schöneres geben, als von Levi Cade geliebt zu werden.

KAPITEL 30

Levi trug jetzt wieder seine Anzüge, wenn er zur Arbeit erschien, auch wenn er sie immer noch verabscheute. Emily machte es extrem an, sie ihm auszuziehen, also würde er sich doch nicht den Wünschen seiner Frau verweigern.

Er grinste, als er daran dachte, wie sie das neue Zelt eingeweiht hatten. Er hatte dafür eigens ein Bettgestell gebaut und eine neue Matratze gekauft. Das Zelt hatte er an seinem Lieblingsplatz auf dem Grundstück errichtet und dabei an Emily gedacht, auch wenn er das beim Bau niemals zugegeben hätte. Er hatte sich einen besonderen Ort vorgestellt, an den er sie mitnehmen wollte, um den Blick auf den See, die Berge und hinauf in die Sterne zu genießen. Denn mit einem Mal wollte er nichts mehr in seinem Leben ohne sie genießen.

Das Telefon auf seinem Schreibtisch klingelte, und er nahm den Hörer ab, verbannte die Gedanken an seine nackte Freundin, die sich in dem neuen Zelt räkelte, aus seinem Kopf. »Levi Cade hier.«

»Hallo, Mr. Cade. Hier spricht Hwan Kim von Shin Electronics. Mein Vorgesetzter bat mich, unser jährliches Geschäftstreffen für das kommende Jahr in Ihrem Resort zu buchen. Unsere Delegation wird voraussichtlich doppelt so groß sein wie in diesem Jahr, daher würde wir für die größere Gruppe gern frühzeitig reservieren. Einer unserer wichtigsten amerikanischen Kunden hat uns nach unserem Aufenthalt diesen Sommer kontaktiert und noch einmal versichert, wie sehr er Club Tahoe genossen hat. Er würde gern im nächsten Jahr wiederkommen, und wir möchten ihn selbstverständlich glücklich sehen.«

Levi konnte kaum glauben, was er da hörte. Er hatte wirklich gedacht, er hätte ihre Chancen auf eine weitere Zusammenarbeit mit dem Konzern verspielt, weil die Vertreter von Shin mit einem katastrophalen Eindruck nach Hause geflogen waren. »Es war mir ein Vergnügen, Sie hier zu haben. Selbstverständlich werden wir Sie auch im kommenden Jahr erneut willkommen heißen. Ich veranlasse, dass meine Resort-Managerin Emily Wright Sie zurückruft. Sie wird dafür Sorge tragen, dass alles nach Ihren Wünschen bereitsteht.«

Levi hatte Emily befördert. Ja, sie war seine Freundin, aber vor allem hatte sie die Arbeit einer Betriebschefin gemacht, ohne den entsprechenden Titel zu tragen. Nun hatte er die Routinearbeiten, die sie außerdem noch erledigte, auf seine beiden Empfangsleute und einen der leitenden Angestellten seines Teams umverteilt, die sich ebenfalls über die damit einhergehende Gehaltserhöhung freuten.

In den letzten Monaten hatte er sparsam gewirtschaftet, aber nachdem er erst letzte Woche einen vierjährigen Konferenzvertrag unterzeichnet hatte und jetzt auch noch die Shin-Buchung fürs nächste Jahr hinzugekommen war, sah die Zukunft vielversprechend aus. Emily hatte sich außerdem um die zweite Marketing-Runde für das Kinderprogramm gekümmert. Die Resonanz war durchweg positiv, die Buchungen um weitere zehn Prozent gestiegen.

Nachdem sie dank der Machenschaften Samuel Millers mehrere wichtige Kunden und dazu noch Kapital verloren hatten, waren sie ganz schön ins Schlingern geraten. Auch jetzt mussten sie wachsam bleiben und sich den neugewonnenen Schwung zunutze machen, aber nachdem Levi von Millers heimlichen Aktivitäten erfahren hatte, war nicht nur der Anwalt gefeuert worden, sondern auch alle, die mit ihm unter einer Decke gesteckt hatten. Mithilfe der Informationen, die sein Finanzdirektor und Jared zusammengetragen hatten, hatte Levi Miller und die anderen angezeigt. Die Betrüger würden demnächst vor Gericht stehen.

Lisas Freund Jared war nicht nur ein guter Mann, er hatte sich auch rasch in das Team im Club Tahoe eingefügt. Er hatte sogar eine weitere Möglichkeit aufgetan, Gelder einzusparen, was wiederum Levi dazu veranlasste, eine weitere Wohltätigkeitsorganisation zu unterstützen. Diese Art von Hilfe hätte Levi von einem Finanzmenschen gar nicht erwartet. Lisa hätte es nicht besser treffen können, und er freute sich aufrichtig für sie – und natürlich auch für sich selbst. Er hatte einen großartigen Finanzmanager hinzugewonnen, sie einen tollen Partner.

Hunt klopfte an die offene Tür. »Du hast mich herbestellt?«

»Komm rein.« Levi stand auf und trat ans Fenster, lehnte sich mit der Hüfte gegen das Fensterbrett und verschränkte die Arme. Es war höchste Zeit, sich mit seinem Bruder auszusprechen. Er war nicht sicher, ob es ihm gelänge, die Feindseligkeit, die sich über Jahre zwischen ihnen aufgebaut hatte, zu überwinden, aber er war gewillt, an ihrem Verhältnis zu arbeiten. »Setz dich doch.«

Hunt atmete genervt aus. »Ich bleibe lieber stehen. Ich habe noch viel zu tun.«

»Na gut, sicher. Ich wollte dich einladen, heute Nachmittag eine Runde Golf mit mir zu spielen.«

Hunt machte ein finsteres Gesicht. »Wir brauchen keine Runde Golf zu spielen. Sag' mir einfach, was ich deiner Meinung nach jetzt wieder falsch gemacht habe, dann bin ich auch schon weg.«

Levi seufzte. Ganz offensichtlich brauchten manche Dinge Zeit und ließen sich nicht so einfach aus der Welt schaffen. »Es gibt nichts zu kritisieren. Ich war nur der Meinung, wir sollten mal etwas Zeit miteinander verbringen.«

Hunt musterte ihn. »*Zeit miteinander* ... meinst du das ernst?«

»Es wird ein gutes Stück Arbeit werden, bis die Dinge wieder so zwischen uns stehen wie früher, aber ich bin willens, mich dafür anzustrengen. Mir Mühe zu geben.«

Hunt blinzelte. Er wandte den Blick ab und steckte die Hand in die Hosentasche. Zuerst erwiderte er gar nichts darauf. Dann: »Ich habe sie echt geliebt, weißt du.« Er sah wieder auf. »Lisa.«

»Das hat Emily auch gesagt.«

Hunt starrte ihn lange an, dann nickte er. »Treffen wir uns um viertel vor sechs am Tee. Vielleicht schaffen wir schnelle neun Löcher, bevor es dunkel wird. Zuerst muss ich Emily aber noch mit dem Kinderprogramm helfen.« Er verlagerte das Gewicht. »Ich hätte sie nicht anfassen sollen. Ich war wütend.«

»Tu das nochmal, und es wird das letzte Mal sein, dass deine Hand zu irgendwas zu gebrauchen ist.«

Hunt schüttelte den Kopf, die Mundwinkel zu einem leisen Lächeln verzogen. »Ist registriert. Bis später.« Er verließ den Raum mit leichten Schritten. So entspannt hatte Levi ihn seit Langem nicht gesehen.

Es war ein Schritt in die richtige Richtung gewesen. Er baute Brücken. Oder zumindest goss er den Beton für die Brückenpfeiler zukünftiger Brücken. Sie hatten noch einen langen Weg vor sich, aber er war hoffnungsvoll.

Emily kam herein und starrte zurück in den Korridor. Levi nahm an, dass sie Hunt hinterhersah. »Habe ich da gerade richtig gehört? Du und Hunt, ihr seht euch später noch? Er hat gerade gar nicht so finster geschaut. Ihr habt euch doch nicht etwa beieinander entschuldigt?«

»Nicht so richtig, aber sowas in der Art. Ich habe ihn gefragt, ob er heute Nachmittag mit mir Golf spielen geht, und er hat zugesagt.«

Sie legte einen Stapel Akten – ohne einen sah man sie eigentlich nie – auf seinen Schreibtisch und kam herüber, stellte sich neben ihm ans Fenster. Er zog sie an seine Brust, legte ihr einen Arm um die schmale Taille. Ihre Hände landeten auf seinen Schultern, fuhren an den Armen hinab. »Aber woher weiß er denn, dass du an eurer Beziehung arbeiten möchtest?«

Levi hob eine Braue. »Ich habe ihn doch zu einer Runde Golf eingeladen?!«

»Ist das so eine Art Männersprech für ›Es tut mir leid‹?«

»So ungefähr.«

Emily blickte ihn ungläubig an.

Er grinste und beugte sich hinunter, um ihren Hals zu küssen, öffnete den obersten Knopf ihrer allzu hochge-schlossenen Bluse, um besser an die besten Stellen zu gelangen. »Wir haben eine knappe halbe Stunde bis zu meinem nächsten Termin. Dann küsste er die zarte Haut unterhalb ihres Schlüsselbeins, weil er wusste, wie gern sie das mochte.

Ihre Hände glitten bereits unter sein Hemd, das sie ihm hinten aus der Anzughose gezogen hatte. »Wir sind so schlimm. Wie sollen wir es bloß schaffen, die Finger voneinander zu lassen, wenn wir jeden Tag zusammenarbeiten?«

Er nahm den Kopf zurück und sah sie verwirrt an. »Wieso sollten wir denn die Finger voneinander lassen? Das ist der genialste Plan, den ich je hatte.«

»Du hast es eben *nicht* geplant.«

»Und wenn schon. Bleiben wir doch bei der Sache.« Er drückte genüsslich ihre Pobacken. »Gib mir zwei Sekunden.«

»Hm?«

Sie starrte ihm überrascht hinterher, während er zur Tür marschierte. Er streckte den Kopf in den Flur hinaus und blickte kurz in beide Richtungen. Aber statt die Tür zuzuziehen, trat er einen Schritt zurück. Und dann noch einen.

»Levi«, begrüßte Esther ihn, kam mit ihm ins Büro und schloss die Tür hinter ihnen. Sie ließ den Blick schweifen. »Und Emily. Schön, Sie zu sehen, meine Liebe.« Sie grinste, stockte dann beim Anblick von Levis zerknittertem Hemd. Er schob sich die Enden schnell wieder in den Hosenbund zurück. Es war, als hätte ihn seine Mutter beim Knutschen erwischt. Nur, dass seine Mutter nicht lange genug gelebt hatte, um eine solche Situation zu erleben. Das war nun Esther zugefallen. »Schön zu sehen, dass ihr beide euch so gut versteht.«

Amüsierte sie sich etwa gerade über ihn? Sei's drum. Diesen Preis zahlte er gern, um mit Emily zusammen zu sein.

»Du siehst gut aus, Esther.« Sie trug einen schicken Sportanzug. Sicher Designerware. Diese Frau wusste, wie man stilsicher den Ruhestand genoss. »Bist du wegen unserer Verabredung zum Mittagessen hier? Nächste Woche, richtig?«

»Ich bin hier, um dir etwas zu geben. Unter vier Augen, wenn das in Ordnung ist?« Sie schenkte Emily einen entschuldigenden Blick. Die hatte ihre vielen Akten bereits wieder in die Hand genommen.

»Aber natürlich«, wehrte Emily ab und wandte sich zur Tür. »Ich wollte sowieso gerade ...« Sie warf Levi einen verstohlenen Blick zu. Emily war eine ganz schlechte Lügnerin. »... gehen.«

»Ich komme nach Hause, wenn die Sonne untergeht«, rief er ihr nach und enthüllte damit alles.

Bisher hatte er Emily noch nicht überredet, zu ihm zu ziehen, aber er war nahe dran. Sie wollte ein Jahr warten, und das war in Ordnung für ihn. Levi würde immer auf Emily warten. Besonders, da sie zurzeit abwechselnd bei ihr und bei ihm schliefen, wobei sie schon öfter bei ihm blieb als umgekehrt. Beide liebten die Landschaft und das Grundstück, beide gingen gern mit Grace spazieren.

»Levi!« Sie warf Esther einen nervösen Blick zu, aber die lächelte bloß. »Ich schätze, diese Katze ist aus dem Sack.«

Esther wirkte keineswegs erstaunt oder empört. »Ach, meine Liebe, das war doch offensichtlich von dem Moment an, als ich euch beide einander vorgestellt habe.«

Emilys Schultern sackten herab, und sie verzog den Mund zu einer niedlichen Schnute. »Wirklich?«

Esther lächelte erneut. »Wirklich.«

Sie umarmten sich kurz, und dann verließ Emily das Büro. Sobald sie die Tür hinter sich geschlossen hatte, trat Esther an den Schreibtisch, hinter dem er Platz genommen hatte. Aber sie setzte sich nicht auf den freien Stuhl ihm gegenüber. »Ich bin nur gekommen, um dir den hier zu bringen.« Sie zog einen großen Umschlag aus ihrer Handtasche und reichte ihn Levi. »Der ist von deinem Vater.«

Levi blinzelte. »Wie bitte?«

Sie lächelte traurig. »Er hat ihn geschrieben, bevor er starb. Ich weiß nicht, was darinsteht, aber ich hatte strikte Anweisungen, wann ich ihn dir aushändigen durfte. Nun ist der Zeitpunkt gekommen.«

Er hielt den Brief mit steifen Fingern.

»Ich lasse dich jetzt zum Lesen allein. Ich erwarte dich nach wie vor am Mittwoch pünktlich um zwölf zum Mittagessen im Restaurant. Ich habe viele Termine.«

Er sah mit zusammengezogenen Brauen auf. »Du bist im Ruhestand.«

»Ja, mein Lieber, das stimmt. Aber der Ruhestand bedeutet ja nicht das Ende des Lebens.« Sie lockerte ihr perfekt geföhntes Haar mit den Fingern auf. »In Wirklichkeit ist das erst der Anfang.«

Esther verließ sein Büro mit beschwingten Schritten, und Levi verzog das Gesicht. Er wollte gar nicht wissen, was sie damit gemeint hatte. Gott verschone ihn vor Sechzigjährigen mit einem aktiven Liebesleben.

Als sie die Tür hinter sich schloss, starrte Levi erneut den Umschlag an. Sein Vater hatte ihm einen Brief geschrieben? Was mochte er denn zu sagen gehabt haben? Sie hatten nur selten nette, positive Worte gewechselt; sie waren einander zu ähnlich und beide verdammt stur.

Levi riss den Umschlag auf und entfaltete den Brief. Das Papier trug den Briefkopf seines Vaters, und er musste schlucken. Die Erinnerungen an seinen Dad, der auf demselben Stuhl gesessen hatte, strömten auf ihn ein. Und dann fing er zu lesen an.

Lieber Levi,

Ich wollte, dass du diesen Brief erst bekommst, nachdem du ein paar Monate im Club gearbeitet hast, also sei Esther bitte nicht böse, dass sie ihn dir erst jetzt gegeben hat. Sie hat nur meine Anweisungen befolgt.

Du hast dich vielleicht gefragt, wieso ich dir Emily Wright als Assistentin zur Seite gestellt habe. Die Wahrheit ist, dass ich sie dir geschickt habe, um die Dinge in Ordnung zu bringen. Sie hat das Herz, das mir gefehlt hat, den Elan und Tatendrang, den ich respektiere, und sie wird dir guttun.

Ich weiß, dass du meinen Rat niemals wolltest, ganz gleich, worum es ging. Aber wäre es an mir gewesen, eine der Wright-Schwestern für dich auszuwählen, dann wäre das Emily gewesen. Nicht, weil die auffälligere Schwester nicht auch ein nettes Mädchen gewesen wäre, sondern weil du eben jemanden brauchst, der dir durch die schweren Zeiten hilft. Jemanden, der deine Kanten abschleift, an denen auch ich nicht unschuldig bin. Meine Güte, vielleicht hast du sie auch von mir geerbt, die Ecken und Kanten. Wenn nicht, kannst du sie auf meine Erziehung schieben.

Ich liebe dich, Levi. Das hätte ich viel öfter sagen sollen. Ich hätte vieles tun sollen, das ich nicht getan habe. Letztendlich wollte ich nicht, dass unsere letzten Monate von Schuldgefühlen geprägt sein würden – weder von meinen noch von deinen. Aber jetzt sage ich dir noch einmal, nachdem Esther mir diesen letzten, unschätzbaren Dienst erwiesen hat, dass du der Mann bist, den ich mir ausgesucht hätte, um das Resort zu leiten, ungeachtet deiner Qualifikation oder Erfahrung. Du besitzt die nötige Stärke und du lässt dir von den Narren nichts vormachen.

Manchmal nimmt uns das Leben mit auf eine Reise, die wir niemals hätten vorhersagen können. Ich weiß, dass du dich gut um den Club und um Emily, mein tolles Mädchen, kümmern wirst. Und wenn du es zulässt, ihr dein Herz öffnest, so wie ich meines deiner Mutter geöffnet habe, dann wird sie sich ganz sicher auch gut um dich kümmern.

In Liebe,

Dad

Levi ließ sich auf dem Schreibtischstuhl zurücksinken und kippte den Kopf nach hinten gegen das Leder der Rückenlehne. Er hob die Hände und presste sie gegen seine geschlossenen Lider. Er weinte nicht. Seine Augen brannten bloß, mehr nicht.

Sein verflixter alter Herr. Der würde jetzt grinsen, wenn er sehen könnte, wie nah seine Worte seinem stoischen, ältesten Sohn gingen. Und wie zur Hölle hatte sein Vater die Sache mit Emily vorhersehen können? Hatte er das etwa gemeinsam mit Esther ausgeheckt?

Nein, das ergab keinen Sinn. Esther hatte gesagt, sie wisse nicht, was in dem Brief stand, und sie hatte zugegeben, dass ihr eine Anziehung zwischen den beiden erst aufgefallen war, als sie sie miteinander bekannt machte. Ihre Vorhersagen kamen also erst danach. Das musste bedeuten, dass sein Vater persönlich die Frau ausgesucht hatte, in die Levi sich verlieben würde.

Levi hasste es, wenn sein Vater recht behielt, aber nun war es ihm mehr als egal.

Er lächelte. Dann hatte der alte Herr eben recht behalten. In diesem Fall mochte die ganze Welt es schon von Anfang an gewusst haben, das war ihm egal. Denn er war schließlich am Ende der Glückspilz, der das Mädchen bekommen hatte.

EPILOG
WES

Jetzt reichte es ihm. Sie war schon zum zweiten Mal in der Golfboutique aufgetaucht. Der Shop war sein Hoheitsgebiet.

Wes stürmte quer durch den Laden, an den neu eingetroffenen Puttern für bessere Gewichtsverteilung und den Golfhemden für Damen vorbei. Sie stand mit dem Rücken zu ihm und betrachtete die Auslage mit der Herrenbekleidung. »Was zur Hölle machst du hier?«

Kaylees Schultern versteiften sich, dann drehte sie sich langsam um. »Hallo, Wes. Schön, dich wiederzusehen.« Ihr Blick sagte ihm, dass sie auf der Hut war, so als hätte sie Angst vor ihm.

Was. Zur. Hölle. Diese Frau, sie ... sie ... »Ich habe dir eine Frage gestellt.«

»Ich sehe mich um. Ist das nicht offensichtlich?« Endlich entdeckte er einen zornigen Funken in ihren Augen.

Das gefiel ihm schon besser. Wenn er darüber nachdachte, erinnerte er sich nicht daran, dass sie oft zornig gewesen wäre. Im Gegenteil, sie war immer so lieb und süß gewesen. *Gewesen* – das war lange her. Vergangenheit. Diese vermeintliche Unschuld hatte sie an jenem Tag abgelegt, als sie ihn verarscht hatte.

»Ist es, aber das ist genau meine Frage. Warum solltest du hier einkaufen wollen? Du weißt doch, dass das Resort meiner Familie gehört. Versuch mir also nicht vorzumachen, dass du ganz zufällig auf einmal hier aufgetaucht bist.«

»Ich wusste, dass das Resort deiner Familie gehört, ja. Aber dass du hier hinter der Theke stehst, konnte ich doch nicht wissen. Als wir uns das letzte Mal gesehen haben, hattest du noch ganz andere Pläne.«

Er spürte, wie ihm die Hitze ins Gesicht stieg, und ballte die Hände zu Fäusten. Allerdings hatte er andere Pläne gehabt. Pläne, die *sie* zunichte gemacht hatte. Nicht mit Absicht, das mochte schon sein. Aber seit dem Tag, an dem Kaylee ihn abserviert hatte, litt er im Golf unter einer Pechsträhne, die er einfach nicht abschütteln konnte. »Ich habe immer noch andere Pläne. Und mir wäre lieber, du würdest deinen Arsch schleunigst hier raus ...«

Eine kräftige Hand fasste Wes an der Schulter. »Alles in Ordnung?« Levi ließ wieder etwas locker. »Ich bin Levi, Wes' Bruder. Und Sie müssen ...« Sie schluckte, wandte sich Levi zu, um ihm die Hand zu schütteln. »Kaylee. Nett, Sie kennenzulernen. Ich erinnere mich, dass Wes Sie erwähnt hat, als wir auf dem College waren.« Sie schenkte ihm ein schüchternes Lächeln.

Was für ein verdammter Witz! Sie war überhaupt nicht schüchtern. Sie war das Gegenteil von schüchtern. Aber diese Seite von ihr kam nur zum Vorschein, wenn sie allein waren. Für den Rest der Welt wirkte sie schüchtern, und so hatte sie auch auf ihn gewirkt, bevor Wes sie besser kennengelernt hatte.

Na gut, ihre Schüchternheit war also nicht gespielt, aber der Rest ...

Levi drehte sich zu ihm um. »Emily und ich wollen ein paar Bälle schlagen, um nicht aus der Übung zu kommen. Hast du Lust mitzukommen?«

Der Kerl, mit dem Kaylee schon beim ersten Mal im Golfshop aufgetaucht war, kam nun auch wieder hinzu. Er legte ihr eine Hand auf den Arm. »Wir sollten besser los, Baby«, mahnte er sie und nickte Levi und Wes mit einem angedeuteten Lächeln zu.

Wes wandte sich abrupt ab und ging steif zum Tresen zurück, wo er die Arbeitszeitlisten überflogen hatte. Er stopfte die Listen zurück in die Schublade und winkte einen seiner Mitarbeiter heran, damit der seinen Posten übernahm.

Levi trat hinzu. »Das war aber unfreundlich. Du hast Kaylee nicht einmal Gelegenheit gegeben, uns ihren Freund vorzustellen.«

Wes ignorierte die Bemerkung und wechselte das Thema: »Harte Schläge zu üben, kommt mir gerade sehr gelegen. Ich habe große Lust, Dampf abzulassen.« Er schnappte sich seine Schläger, die hinter dem Tresen bereitlagen.

Levi betrachtete ihn besorgt, folgte seinem Bruder aber nach draußen und nahm seine eigene Schlägertasche auf die Schulter, die er vor der Tür abgestellt hatte.

Sie spazierten auf den Platz hinaus, und Levi warf ihm erneut einen Blick zu. »Was genau war denn da los?«

»Gar nichts.«

»Das hast du beim letzten Mal auch schon gesagt. Und ebenso sauer dabei ausgesehen.«

Wes funkelte ihn an. *Geh mir nicht auf den Sack,* sagte

sein Blick. »Und ich habe es auch schon beim letzten Mal so gemeint.«

Levi schüttelte den Kopf, aber dann blieb sein Blick an Emily hängen, die gerade mehrfach zum Schwung ausholte, und er grinste bloß noch dümmlich.

Verflixt nochmal. Wes hatte geglaubt, dass er und seine Brüder nicht mehr unter Levis Launen zu leiden hätten, wenn der endlich nachgegeben und sich seine Gefühle für Emily eingestanden hatte. In den Wochen, bevor die beiden zusammengekommen waren, war mit Levi überhaupt nicht gut Kirschen essen gewesen. Aber Wes hatte sich geirrt, denn den beiden Turteltäubchen dabei zuzusehen, wie sie einander bei jeder Gelegenheit anhimmelten, war beinahe noch schlimmer. Er würde noch den Verstand verlieren. Oder sein Mittagessen wieder auskotzen.

»Emily, du verziehst schon wieder nach links«, rief Levi und stellte sich hinter sie. »Aber ansonsten machst du eine verdammt gute Figur.« Sein Blick wanderte an ihr hinab und blieb an ihrem Hintern haften.

Wes verdrehte die Augen. Mit diesem Mist hatte er es jetzt ständig zu tun. Andererseits konnte er sich wohl kaum beklagen, denn Emily hatte aufgearbeitet, was er und seine Brüder verbockt hatten, als sie Club Tahoe übernahmen. Sie war eine Riesenhilfe.

Er würde sich einfach anderweitig beschäftigen müssen, um nicht mitanzusehen, wenn die beiden romantisch wurden. Es war schon besser, wenn Emily da war und dafür sorgte, dass nicht wieder alles in die Binsen ging. Und sich darum kümmerte, dass Levi gut gelaunt war und ihnen nicht dauernd den Kopf abreißen wollte.

Er setzte seine Tasche ein Stück abseits der beiden ab, damit er nicht mitansehen musste, wie sein stahlharter älterer Bruder das Gesicht im Nacken seiner Freundin vergrub wie ein notgeiler Hund. Allerdings stellte er fest, dass er sich jetzt unweit der Stelle befand, wo Kaylee sich zum Spielen bereitmachte.

Womit hatte er es verdient, dass sie erneut in sein Leben trat? Sie hatte ihn verlassen, und er hatte die Sache hinter sich gelassen. Hatte sich mit unzähligen anderen Frauen vergnügt und sie völlig vergessen. Sein gewandtes, selbstsicheres Spiel hatte er immer noch nicht wiedererlangt, aber auch daran arbeitete er.

Sie holte mit dem Schläger aus.

Und hieb am Ball vorbei.

Kaylee wusste ganz offensichtlich überhaupt nicht, was sie da tat. Ihre Haltung war grottenschlecht. Soweit er wusste, hatte sie noch nie gespielt. Jedenfalls nicht, als sie mit ihm zusammen gewesen war. Wieso zur Hölle sollte sie jetzt auf einmal damit anfangen?

Und dann erspähte er ihren Freund ein Stück weiter vorn auf dem Platz. Seine Haltung war ein bisschen besser. Er musste der Grund für ihr plötzliches Interesse an diesem Sport sein, der Wes in den Adern floss, seit er sich erinnern konnte.

Kaylee sollte gar nicht hier sein. Es war ein zu großer Zufall, dass sie so plötzlich aus dem Nichts auftauchte. Und das Letzte, was er gerade gebrauchen konnte, war der schlechte Einfluss, den sie auf seine Konzentration hatte. Sie würde ihm sein Spiel versauen, während er sich auf das Turnier vorbereitete, mit dem er sich aufs Neue für den Profisport qualifizieren konnte.

Er wusste nicht, warum sie wirklich hier war, aber das würde er schon noch herausfinden.

Liebe Leserin, lieber Leser,

ich hoffe, euch hat *Levis Versuchung* gefallen, der erste Band meiner Reihe über die Cade-Brüder. Über eine kurze Rezension und eure Gedanken zu dieser Geschichte würde ich mich sehr freuen. Ihr könnt euch auch für meinen Newsletter anmelden, der euch (auf Englisch) über Neuerscheinungen und Neuigkeiten von meinem Schreibtisch informiert **Jules' Newsletter abonnieren.**

Seid ihr neugierig geworden, was zwischen Wes und Kaylee vorgefallen ist und ob den beiden eine zweite Chance auf die große Liebe vergönnt ist? Holt euch das nächste Buch der Cade Brothers-Reihe, *Wes' Herausforderung*.

Alles Liebe,

Jules

WES' HERAUSFORDERUNG

Eine zweite Chance, mit der er nicht gerechnet hat ...

Wes war schon immer ehrgeizig und erfolgsorientiert. Von klein auf hat er alles gegeben, um nie zu verlieren.

Und das gelang ihm auch, bis er im letzten Jahr auf dem College von seiner Freundin verlassen wurde und seine Karriere im Profisport abrupt endete.

Vier Jahre später trainiert Wes für das Spiel seines Lebens. Ausgerechnet jetzt taucht seine Exfreundin mit ihrem neuen Verlobten in seinem Resort auf. Aber vielleicht ist das ja seine Chance, zurückzugewinnen, was er verloren hat.

Denn wenn er sich damals in Kaylee geirrt hat und sie ihn tatsächlich liebte, dann kann er womöglich die Blockade im Kopf überwinden, wieder an sich glauben und das Spiel gewinnen – und auch das Mädchen.

Holt euch das nächste Buch der Cade Brothers-Reihe, **Wes' Herausforderung.**

DANKSAGUNG

Ich möchte mich bei Troy S. dafür bedanken, dass er all meine Fragen über die Feuerwehr beantwortet hat. Besonderer Dank geht an Derek K. und Kyung S. für die Übersetzung der koreanischen Passagen. Und ein herzliches Dankeschön an meinen Mann, der mir die Golfbegriffe im Detail erklärt hat.

Zuletzt möchte ich allen Männern und Frauen im Rettungsdienst danken, denn die sind die wahren Helden des täglichen Lebens. Außerdem sehen sie in Uniform blendend aus.

BÜCHER VON JULES BARNARD

Keine Regeln

Vermieter küsst man nicht (Band 1)

Mitbewohner küsst man nicht (Band 2)

Die Cade-Brüder

Levis Versuchung (Band 1)

Wes' Herausforderung (Band 2)

Brans Verführung (Band 3)

Hunts Bekehrung (Band 4)

Die Männer aus Lake Tahoe

Er ist tabu (Band 1)

Er ist unwiderstehlich (Band 2)

Seine zweite Chance (Band 3)

Mehr als nur Freunde (Band 4)

Er ist mein Feind (Band 5)

ÜBER DIE AUTORIN

Jules Barnard ist *USA Today*-Bestsellerautorin und schreibt Liebesromane und Romantic Fantasy. Zu ihren Contemporary-Reihen gehören die *Men of Lake Tahoe* und die *Cade Brothers*, die nun erstmals auch auf Deutsch erscheinen. Ganz gleich, ob sie über sexy Kerle in Lake Tahoe oder eine Feenwelt schreibt, die sich auf einem College-Campus verbirgt, Jules' Geschichten machen sofort süchtig und sind voller Herz und Humor.

Wenn Jules nicht gerade in Jogginghose am Schreibtisch sitzt oder sich fürs Schreiben mit Pralinen belohnt, verbringt sie ihre Zeit mit ihrem Mann und zwei Kindern in einer Kleinstadt in Washington an der Pazifikküste. Auf ihre Fähigkeit, auch auf dem Laufband oder beim Kochen lesen zu können, ist sie mächtig stolz. Manchmal brennt dabei allerdings auch das Abendessen an.

Bleib informiert! Melde dich für Jules' Newsletter.

Oder scanne den QR-Code mit der Kamera deines Handys, um zur Anmeldung zu gelangen: